100 große

Gedichte

Zweite Lieferung

Ausgewählt und gedeutet von Kulturredakteuren der Augsburger Allgemeinen

Augsburger Allgemeine ||| Exklusiv

VORWORT

Ein Schatz, der unerschöpflich ist

100 große Gedichte: Wer aus dem Schatz der deutschsprachigen Lyrik eine solche Auswahl trifft, kann am Ende nur ausrufen: 100 – das ist viel zu wenig! Weshalb es auf der Hand liegt, zu sagen: Dann eben nochmal dieselbe Menge! Gesagt, getan: Nach einer ersten Serie mit „100 großen Gedichten“, die von 2013 an zwei Jahre lang einmal wöchentlich in der Augsburger Allgemeinen zu finden war, startete die Feuilletonredaktion zu Beginn des Jahres 2015 eine neue Folge mit weiteren „100 großen Gedichten“. Wieder aus dem wohl kaum je auszuschöpfenden Fundus der deutschen Dichtkunst.

Befördert hat den Entschluss, sich ein weiteres Mal und in wiederum 100 Folgen jeweils einem Gedicht zu widmen, die außerordentliche Resonanz, auf welche die erste Serie bei den Lesern stieß. Ein Enthusiasmus, der letztlich dazu führte, dass aus den Zeitungsveröffentlichungen ein Buch zur Serie entstand, dessen erste Auflage schon bald die Nachfrage nicht mehr deckte.

Eine „zweite Lieferung“ also musste her, eine neue Serie, in der sich jedoch, das stand von Anfang an fest, die Gewichte ein wenig verschieben sollten. Entstammte in der ersten Serie das Gros der Gedichte dem 19. Jahrhundert, so verlagerte sich der Schwerpunkt jetzt zeitlich nach vorne, ins 20. Jahrhundert: wahrlich ein Zeitalter, das randvoll ist mit gehaltvoller Lyrik. Aber auch diesmal blieben die voraufgegangenen Epochen nicht unberücksichtigt. Sodass sich der Bogen erneut vom Mittelalter über das Barock und die Zeit der Klassik und Romantik bis zu den Anfängen der Moderne spannt – während am entgegen liegenden Ende der Zeitleiste die Gedichtauswahl sogar über das 20. Jahrhundert hinaus bis in die Jetztzeit reicht. Zudem hat sich diesmal auch ein Beispiel fremdsprachiger Verskunst eingeschlichen. Und es gibt sogar ein Gedicht, das ganz ohne Buchstaben auskommt!

Wie so viele Kunst neuerer Zeit gilt auch die moderne Lyrik – zumindest in Teilen – als schwierig. Tatsächlich tritt sie anders auf als die Dichtung früherer Zeit, oft geradezu radikal anders. Die Themen dieser Poesie sind ungewohnt, reagieren auf neue Arten des Denkens und Empfindens, auf grundstürzende Geschichtsereignisse, auf Unterdrückung und Exil. Alte Formen werden gesprengt, die gewonnenen Freiheiten gehen Hand in Hand mit der Bildung neuer sprachlicher Strukturen. Zum hohen Ton gesellt sich ein alltäglicher, statt Emphase durchweht nun nicht selten Kälte die Verse und Strophen.

Diesen Wandel aufzuzeigen, dazu dient erneut der kleine Essay, der jedem der 100 Gedichte beigegeben ist und einesteils erläuternde, zum anderen interpretierende Funktion besitzt. Wobei natürlich gilt, dass niemals erschöpfend alles über ein Gedicht gesagt werden kann; und ebenso, dass jede Interpretation immer auch ihre individuellen Seiten hat, man ihr also keinesfalls in allen ihren Schlüssen folgen muss.

Die Autoren dieser Essays sind, wie schon in der ersten Serie, die Redakteure und Mitarbeiter der Feuilletonredaktion. Sie sind es auch, die die Auswahl der Gedichte getroffen haben. Die Kriterien hierfür, wie könnten sie anders als subjektiv sein? Eine erschöpfende Auswahl großer Gedichte vorzunehmen, das ist auch mit einer neuerlichen Hundertschaft nicht zu leisten, wie überhaupt ein solcher Anspruch von vornherein zum Scheitern verurteilt wäre. Die Liste der "100 großen Gedichte" umfasst mal mehr, mal weniger bekannte Titel, stellt klassisch gewordene Autoren neben weniger vertraute Namen.

Hier also nun sämtliche Gedichte der „zweiten Lieferung“ mitsamt ihren Begleittexten zusammengefasst in einem Band. Möge er dieselbe freundliche Aufnahme finden wie sein Vorgänger. Denn die Begegnung mit Gedichten, auch da, wo sie zunächst zugeknöpft erscheinen, lohnt sich: Lyrik ist ein Schatz, der unerschöpflich ist.

Herzlichst, Ihr

Stefan Dosch,
Feuilletonredaktion Augsburger Allgemeine

BERTOLT BRECHT

Schlechte Zeit für Lyrik

Ich weiß doch: nur der Glückliche
Ist beliebt. Seine Stimme
Hört man gern. Sein Gesicht ist schön.

Der verkrüppelte Baum im Hof
Zeigt auf den schlechten Boden, aber
Die Vorübergehenden schimpfen ihn einen Krüppel
Doch mit Recht.

Die grünen Boote und die lustigen Segel des Sundes
Sehe ich nicht. Von allem
Sehe ich nur der Fischer rissiges Garnnetz.
Warum rede ich nur davon
Daß die vierzigjährige Häuslerin gekrümmt geht?
Die Brüste der Mädchen
Sind warm wie ehedem.

In meinem Lied ein Reim
Käme mir fast vor wie Übermut.

In mir streiten sich
Die Begeisterung über den blühenden Apfelbaum
Und das Entsetzen über die Reden des Anstreichers.
Aber nur das zweite
Drängt mich zum Schreibtisch.

Von wegen schlechte Zeit

Einen Großteil seines Exils verbrachte Bertolt Brecht in dem Küstenstädtchen Svendborg auf der dänischen Insel Fünen. Dort entstand zu Beginn des Jahres 1939 das vorliegende Gedicht. Es ist die in Versen niedergelegte Auseinandersetzung Brechts mit dem eigenen lyrischen Schaffen, ein Gedicht über das Schreiben von Gedichten im 20. Jahrhundert.

Der Dichter, der hier von sich spricht, nimmt zunächst einmal die Perspektive des Publikums ein. Was von ihm erwartet wird, darüber macht er sich keine Illusionen: das Schöne, das Wohlklingende. Wenn nun aber, argumentiert der Dichter in Strophe zwei, nun mal nicht alles wohlgestaltet sein kann, weil die Verhältnisse nicht danach sind? Die „Vorübergehenden" kümmert es nicht, und das lyrische Ich scheint diese Haltung sogar noch zu untermauern: „Doch mit Recht." Wobei das auftrumpfend an den Versanfang gestellte „Doch", eigentlich eine Doppelung des voraufgehenden „aber", bereits Distanzierung anklingen lässt.

Das Schöne, das Hässliche. Erneut entfaltet der Dichter, nun in eigener Blickrichtung, diesen Gegensatz. Das heitere Idyll maritimen Betriebs vor der Küste – jedoch, mittels Zeilenbruch hart dagegen geschnitten, das den Satz schließende Bekenntnis: „Sehe ich nicht." Was er sieht, ist die Kehrseite, „der Fischer rissiges Garnnetz", ein Bild kargen, harten Lebens. Solche Orientiertheit nimmt auch die Bedienstete wahr, die „gekrümmt geht", obwohl sie doch erst 40 ist. Dabei gäbe es doch genug Schönheit, um von ihr zu berichten. Die Apfelbäume blühen, und „Die Brüste der Mädchen/Sind warm wie ehedem."

Doch die Zeiten haben sich geändert. Nicht nur durch die Hetzreden des „Anstreichers" Hitler, auch durch das Bewusstsein für die soziale Misere von Fischern, Häuslerinnen, vielen anderen. Darauf hat die Lyrik zu reagieren. In der Wahl ihrer Themen, die nun nicht mehr in der Naturschönheit, in Beglückendem jeglicher Art gesucht werden. Aber auch die Form muss sich ändern: Die Programmatik seines Aufsatzes „Über reimlose Lyrik mit unregelmäßigen Rhythmen" (1938) hat Brecht in seinem Gedicht ausdrücklich umgesetzt.

Brechts Konzept einer Dichtung, die sich von traditionellen lyrischen Inhalten ebenso verabschiedet wie von einer auf Harmonie ausgerichteten Form, hat Schule gemacht im Konzert ästhetischer Theorien im 20. Jahrhundert. Die Prognose, die der Titel des Gedichts behauptet, hat sich dabei ins Gegenteil verkehrt: Wo so relevant gedichtet wird, kann nicht die Rede sein von einer schlechten Zeit für Lyrik. Wobei Brecht, dialektisch-skeptisch, vielleicht auf den Eingang seines Gedichts zurückverwiesen hätte...

Stefan Dosch

ANONYM

Dû bist mîn

Dû bist mîn, ich bin dîn.
des solt dû gewis sîn.
dû bist beslozzen
in mînem herzen,
verlorn ist das sluzzelîn:
dû muost ouch immêr darinne sîn.

Der Schlüssel zum Liebesglück

Wie so oft in Liebesgedichten kommt hier das Wort „Liebe“ gar nicht vor. Poesie ist immer auch Umschreibung. Gleichwohl gelten diese Zeilen als einer der bekanntesten Texte der mittelhochdeutschen Liebesdichtung. Manche sprechen werbewirksam sogar vom „ältesten deutschen Liebeslied“.

Aber so genau weiß man das nicht – wie man vieles nicht weiß. Wer ist der Verfasser? Die Verfasserin? Wer spricht hier wen an? Wann ist die Dichtung entstanden? Handelt es sich überhaupt um Verse oder doch eher um deutsche Reimprosa, die sich mit den Mitteln der lateinischen Rhetorik Nachdruck verschafft? Liegt ein „Original“ vor oder tragen die sechs Zeilen den Prägestempel eines älteren Musters? Teil der Spekulationen ist nicht zuletzt, hier könnte eine (verliebte) Nonne zur Feder gegriffen haben…

Der (anonyme) Text findet sich in einer Handschrift mit lateinischen Liebes- und Freundschaftsbriefen, die vermutlich in der zweiten Hälfte des 12. Jahrhunderts im Benediktinerkloster Tegernsee entstanden sind. „Dû bist mîn“ steht am Ende eines dieser Briefe. Sie werden in der Bayerischen Staatsbibliothek in München verwahrt.

Der heutige Leser darf sich, fern allen philologischen Gezänks, an dieser innig-selbstsicheren, einprägsamen, so einfach klingenden wie meisterlich gefügten Dichtung erfreuen. In der sprachlichen Verschränkung spiegelt sich das erfüllte Liebesglück, die „herzeliebe“. Ein einziger Reim verschließt das Schatzkästlein. Herz, Schloss und Schlüssel sind erotisch-sexuelle Motive, die schon in der Antike in Umlauf waren, später auch bei Dante und Petrarca. Der vorherrschende i-Laut versieht die Zeilen mit einer idealen Tonlage. (Sprachforscher haben jüngst Hinweise gesammelt, nach denen das i-Phonem häufig nicht nur kleine, sondern auch schöne Dinge bezeichnet – wie Liebe, Frieden, Paradies.)

Unser Gedicht ist jedenfalls noch heute in Gebrauch, und sei es als Parodie: „Ein Deutschlehrer mischte in Wien/dem Schulrat ins Essen Strychnin/und schickte Madame/ein Blitztelegramm:/Du bist mîn, ich bin dîn, er ist hin.“ (Abgedruckt in der Zeit, Nr. 28 von 1972.)

Und noch etwas: Reimt sich die verschlungene Wortfolge von du und mîn und ich und dîn nicht beispielhaft auf einen Brauch unserer Tage, nämlich die vielerorts an den Brückengeländern hängenden Schlösser, die symbolisch die (ewige) Liebe besiegeln? Meist sind die Initialen der Verliebten/Verheirateten in ein eingraviertes Herz gefasst, während das „sluzzelîn“ dem Fluss (der Zeit) übereignet wurde. Hie und da haben diese Schlösser allerdings schon Rost angesetzt: Nicht jedes Treueversprechen ist gegen den Kurzschluss gefeit. *Günter Ott*

INGEBORG BACHMANN

Schatten Rosen Schatten

Unter einem fremden Himmel
Schatten Rosen
Schatten
auf einer fremden Erde
zwischen Rosen und Schatten
in einem fremden Wasser
mein Schatten

Das Ich erkennt sich selbst

Wie stark moderne Lyrik am Rand des Verstummens angesiedelt sein kann, aber auch wie stark sie die damit riskierte Zone des Nichtgesagten als Ausdruck nutzt, bekundet dieses Gedicht Ingeborg Bachmanns (1926–1973) auf eindrückliche Weise. Sie ist als eine der maßgeblichen Gestalten der Nachkriegsliteratur lange Zeit präsent gewesen, doch hat der frühe Ruhm Anfang der 1950er-Jahre neben Anerkennung auch eine Belastung dargestellt. Denn die Gedichtbände „Die gestundete Zeit" (1953) und „Anrufung des Großen Bären" (1956) blieben ohne Fortsetzung, und Bachmanns Weg in die Prosa wurde ihr von vielen verübelt. Ihre Dankesrede für den Hörspielpreis der Kriegsblinden stellte sie unter die programmatische Überschrift „Die Wahrheit ist dem Menschen zumutbar". Trotz großer Resonanz muss heute, zumindest gegenüber jüngeren Generationen, die Bedeutung der Autorin betont werden.

Bedeutungsgesättigte, symbolträchtige Bilder werden schon in der Überschrift, als dem Gesicht des Gedichtes, nebeneinander und auch gegeneinander gestellt: Eine Leitvorstellung von Schönheit, Leben und Liebe, wie sie durch die Rose aufgerufen wird, kommt in die Mitte zu stehen zwischen den oder die Schatten. Sind sie die Vertreter des Dunkels oder gar des Todes? Das Gedicht gibt darauf keine eindeutige, aber doch so etwas wie eine sprechende Antwort, die aber nicht auf eine Aussage reduziert werden kann.

Der Offenheit einer solchen, gleichwohl nicht beliebigen Antwort entspricht der Verzicht auf das Verb. An die Stelle einer zeitlichen Orientierung tritt die räumliche, die das lyrische Ich sozusagen von oben nach unten führt, vom Himmel über die Erde zum Wasser. Erst in der letzten Zeile gibt sich dieses lyrische Ich zu verstehen, und es wird sich dann gleichsam identifizieren: „mein Schatten". Hier wird, mit subtilsten sprachlichen Mitteln, ein Erkenntnisvorgang beschrieben, an dessen Ende die Wahrnehmung steht, dass sich das lyrische Ich in seinem Schatten erkennt. Vergänglichkeit ist darin ebenso enthalten wie der scharfe Umriss.

Aber wie reich gestaltet ist dieser Prozess in so wenigen Zeilen. Er erscheint als Blickwendung vom Himmel über die Erde auf das Wasser (unter – auf – in), als Konzentration der Leitbilder von Rosen und Schatten, von denen am Ende nur der Schatten übrig bleibt, so als ob sich die Möglichkeiten der Rose zunehmend verflüchtigt hätten. Und dann ist da dieses dreifache „fremd" – als Moment einer Unverfügbarkeit, einer Besitzlosigkeit, die die spezifisch moderne Selbstentfremdung in diesem kleinen und so großen Gedicht sichtbar macht. Indem er uns auch eine Wahrheit zumutet, verdient es der Text, im Gedächtnis zu bleiben. *Mathias Mayer*

AUGUST VON PLATEN

Es liegt an eines Menschen Schmerz

Es liegt an eines Menschen Schmerz, an eines Menschen Wunde nichts,
Es kehrt an das, was Kranke quält, sich ewig der Gesunde nichts!
Und wäre nicht das Leben kurz, das stets der Mensch vom Menschen erbt,
So gäb's Beklagenswerteres auf diesem weiten Runde nichts!
Einförmig stellt Natur sich her, doch tausendförmig ist ihr Tod,
Es fragt die Welt nach meinem Ziel, nach deiner letzten Stunde nichts;
Und wer sich willig nicht ergiebt dem ehrnen Lose, das ihm dräut,
Der zürnt ins Grab sich rettungslos und fühlt in dessen Schlunde nichts;
Dies wissen alle, doch vergißt es jeder gerne jeden Tag,
So komme denn, in diesem Sinn, hinfort aus meinem Munde nichts!
Vergeßt, daß euch die Welt betrügt, und daß ihr Wunsch nur Wünsche zeugt,
Laßt eurer Liebe nichts entgehn, entschlüpfen eurer Kunde nichts!
Es hoffe jeder, daß die Zeit ihm gebe, was sie keinem gab,
Denn jeder sucht ein All zu sein und jeder ist im Grunde nichts.

Über allem: nichts

Die Entdeckung außereuropäischer Dichtung Ende des 18. Jahrhunderts machte auch vor dem Orient nicht halt. Herder gab den Anstoß, Goethe übernahm und schrieb später seinen „West-östlichen Divan“. Dem Weimarer Vorbild, Modelle der orientalischen Verskunst dem eigenen Schreiben anzuverwandeln, folgten im 19. Jahrhundert vor allem zwei Autoren, Friedrich Rückert und August von Platen. Letzterer, 1896 ins Ansbach geboren, erlernte eigens die persische Sprache, und für sein frühes Schaffen war jene Gedichtform von überragender Bedeutung, in welcher der persische Lyriker Hafis als der Meister schlechthin galt: das Ghasel (mit Betonung auf der zweiten Silbe). Platen legte mehrere Sammlungen mit Gedichten dieses strengen Formtyps vor; der letzten, den 1823 erschienenen „Neuen Ghaselen“, entstammt das vorliegende Beispiel.

Die Besonderheit des Ghasels besteht darin, dass ein einziger Reim – hier ist es die Wortendung „-unde“ – beliebig oft wiederholt wird. Und zwar durchgängig im geradzahligen Vers, während der ungerade ohne Reim verbleibt, sieht man ab von der ersten Zeile, die den Reim gewissermaßen erst setzt. Ein weiteres tritt hinzu: ein auf den Reim folgendes Zusatzwort, das einen neuen Reim präsentiert, diesmal durch schlichte Wortwiederholung – „nichts“ im Falle unseres Ghasels.

Es ist denn auch dieses Wörtchen „nichts“, das dem Gedicht seinen Stempel aufdrückt. Denn die exponierte Position am Ende jedes zweiten Verses bringt nicht nur eine Hervorhebung im Klanggefüge mit sich. Das „nichts“ verneint auf abrupte Weise auch jedesmal die zuvor getroffenen Aussagen. Irritierend ist das vor allem deshalb, weil die Verneinung auf Motive wie Schmerz und Tod trifft und diese durch das „nichts“ keinesfalls aufgehoben werden. Im Gegenteil, die Negation bekräftigt sie noch.

Man kennt solch lyrische Klage über die Vergänglichkeit aus dem Barock. Platens Ghasel aber ist ein tief nihilistisches Gedicht. Wo sich bei den Dichtern des 17. Jahrhunderts über der Vanitas-Beschwörung noch der göttliche Himmel spannte, ist bei Platen die tröstende Transzendenz verschwunden: kein Wort von Gott fällt in den vierzehn Zeilen. Doch es klingt auch keine Verzweiflung an, eher leiser Spott über die menschliche Natur, die entgegen jeder Offensichtlichkeit ihren Hoffnungsapparat nicht auszuschalten vermag: „Vergeßt, daß euch die Welt betrügt…“

Die formale Schönheit, im Gegensatz zum tristen Thema des Gedichts, hat die Rezipienten früh dazu verführt, die Verse als Triumph der Poesie zu lesen: *ars longa, vita brevis* – kurz ist das Leben, lange währt die Kunst. Platens allumfassendes Nichts freilich will nicht einmal davon etwas wissen. *Stefan Dosch*

ALFRED LICHTENSTEIN

Punkt

Die wüsten Straßen fließen lichterloh
Durch den erloschnen Kopf. Und tun mir weh.
Ich fühle deutlich, daß ich bald vergeh –
Dornrosen meines Fleisches, stecht nicht so.

Die Nacht verschimmelt, Giftlaternenschein
Hat, kriechend, sie mit grünem Dreck beschmiert.
Das Herz ist wie ein Sack. Das Blut erfriert.
Die Welt fällt um. Die Augen stürzen ein.

Ein Dichter zündet Spreng-Sätze

Alfred Lichtenstein, der Berliner Fabrikantensohn, gebot gleichsam frei von der Feder weg über vielfältige Schreibmodi. Ihm lag die Parodie („Gesänge an Berlin"), mehr noch die Groteske, in der er disparate Satz- und Bildelemente zu einer Endzeit-Kulisse zusammenbaute. Manche seiner frühexpressionistischen Zeitgenossen sahen mit Argwohn auf das, was er schrieb. Zumal er beispielsweise auf Gottfried Benns brutal-medizinischen Befund im „Morgue"-Gedichtband von 1912 im selben Jahr mit seinem Gedicht „Operation" antwortete. Es verriet den Benn-Schock an banale Effekte.

Lichtenstein sah sich wiederholt Plagiats-Vorwürfen ausgesetzt. Der Jurist, der in Erlangen seine Dissertation über „Die rechtswidrige öffentliche Aufführung von Bühnenwerken" vorlegte, wusste sich zu wehren, indem er Angreifer wie Ernst Blass und Kurt Hiller (in seiner Prosa) als Spinoza Spaß bzw. Dr. Bryller verspottete. Parodien entzünden Sprachfunken.

Von anderem Gewicht sind Lichtensteins Gedichte „Die Dämmerung", „Prophezeiung", „Schlacht bei Saarburg" – oder auch „Punkt", entstanden 1914, dem Todesjahr des Dichters. Am 25. September 1914 fiel Lichtenstein, 25 Jahre alt, an der Westfront nahe Reims. – Was meint der Gedicht-Titel? Zieht er die morbid tumultuarischen Metaphern über Ich und Großstadt in einem Punkt zusammen? Oder formulieren die jambischen Zeilen in umarmendem Reim schlicht einen Schlusspunkt? Das Ich ist nicht mehr Herr im Haus der Welt. Subjekt sind die „wüsten Straßen", ihr verheerender Dynamismus. Er geht über das Zeilenende hinweg, drängt sich in das wehrlose, zu Wahrnehmung und Perspektive nicht mehr fähige Ich. Lichtenstein fasst den Schmerz in der Anspielung auf den dornengekrönten Christus. Das hat pathetischen Nachdruck, während der vorauslaufende Satz „Und tun mir weh" alltäglich-banal erscheint. Wie gesagt, der Dichter variiert die Sprachhöhen. Max Oppenheim hat ihn für „Menschheitsdämmerung", die berühmte Anthologie expressionistischer Gedichte (1920) von Kurt Pinthus, mit angedeuteter Dornenkrone porträtiert.

Das Gedicht zerrt Innen- und Außensicht vor einen Spiegel, um diesen dann mit Lust zu zertrümmern. Kälte und Deformation, wohin man sieht, wenn man in dieser Apokalypse überhaupt noch Augen hätte zu sehen!

„Sturz und Schrei", so bezeichnete Kurt Pinthus den ersten Abschnitt seiner Anthologie. In ihr hat Lichtenstein seinen Platz. Pinthus hoffte, dass aus aller Vernichtung „Heilendes" erstehen könnte. Lichtenstein hält seine Spreng-Sätze dagegen: „Die Welt fällt um. Die Augen stürzen ein." *Günter Ott*

MARIE LUISE KASCHNITZ

Genazzano

Genazzano am Abend
Winterlich
Gläsernes Klappern
Der Eselshufe
Steilauf die Bergstadt.
Hier stand ich am Brunnen
Hier wusch ich mein Brauthemd
Hier wusch ich mein Totenhemd.
Mein Gesicht lag weiß
Im schwarzen Wasser
Im wehenden Laub der Platanen.
Meine Hände waren
Zwei Klumpen Eis
Fünf Zapfen an jeder
Die klirrten.

Der tiefe Blick in den Brunnen

Mitte der 1950er-Jahre lebte Marie Luise Kaschnitz (1901–1974) einige Zeit in Rom. Von hier aus ist es etwa eine Autostunde in Richtung Osten, hinein in die Berge des Apennin, bis zu dem kleinen Ort Genazzano, auf den sich das vorliegende, 1957 erstmals erschienene Gedicht bezieht.

Knappe, atmosphärisch dichte Eindrücke bestimmen die einführenden Verse. Ein Winterabend, lediglich das Hufgeklapper von Eseln ist zu hören auf dem Weg, der steil in das Städtchen hinaufführt. Einsamkeit umgibt das Ich, das sich erst in der sechsten Zeile als das erlebende Individuum zu erkennen gibt. Dass dies in der Form der Vergangenheit geschieht, mag zunächst irritieren, geht man als Leser doch automatisch davon aus, dass die Beschreibung von Genazzano im Präsens erfolgt. Dabei hat die Dichterin in den eröffnenden Zeilen wohlweislich kein einziges Verb gesetzt. Die Zeit erscheint diffus, ins Überzeitliche entrückt – was der Thematik der Verse, wie sich zeigen wird, passgenau entspricht.

Man stutzt auch über den Vers, der die Achse des Gedichts bildet: „Hier wusch ich mein Totenhemd." Ist das Ich etwa schon tot? Eine unerhebliche Frage. Der Sinn dieser Szene am Brunnen – man darf ihn sich im Zentrum von Genazzano vorstellen – weist über die konkrete Verrichtung hinaus. Es geht hier um zentrale Themen des Lebens, um Vermählung und Fortführung der Existenz im Gebären, aber auch um die Begrenztheit des Lebens durch den Tod – Themen, die das Gedicht in den Bildern vom Waschen des Braut- und des Totenhemds engführt.

Nicht von ungefähr steht das Ich an einem Brunnen. Gilt der doch seit jeher als Ort der Verheißung, aber auch der Unergründlichkeit. Einen jeden treiben die existenziellen Fragen um: „Weißt du, wie es wird?", lässt Richard Wagner eine der Schicksalsgöttinen fragen, und so blickt auch das Ich im Gedicht in das „schwarze Wasser" – um auf sich selbst, auf das eigene Spiegelbild zurückgeworfen zu werden: Nur der Vollzug des Lebens wird Auskunft geben, und man mag einen Hinweis darauf im „wehenden Laub" erkennen. Aber vielleicht hat der Blick in den Brunnen, hat das Sinnen über Leben und Tod auch eine Vorahnung, ein Erschrecken mit sich gebracht. Das Gesicht ist ohne Farbe, die Hände, die den Brunnenrand umfassen, sind vor Kälte starr.

Aus der Gedankeninnerlichkeit lässt die Dichterin in diesen Schlussversen wieder die Situation des Gedichtanfangs heraufsteigen – Genazzano an einem Winterabend. Wie Ort und Zeit, Leben und Tod hier wie transparente Folien übereinandergelegt sind, das macht den Rang dieses durch zahlreiche Halbreime (z.B. Abend/Klappern; Eselshufe/Brunnen) auch klanglich fein austarierten Wortkunstwerks aus.

Stefan Dosch

JOHANN WOLFGANG GOETHE

Gingo biloba

Dieses Baums Blatt, der von Osten
Meinem Garten anvertraut,
Gibt geheimen Sinn zu kosten
Wie's den Wissenden erbaut.

Ist es Ein lebendig Wesen,
Das sich in sich selbst getrennt?
Sind es zwei, die sich erlesen,
Daß man sie als Eines kennt?

Solche Frage zu erwidern
Fand ich wohl den rechten Sinn;
Fühlst du nicht an meinen Liedern
Daß ich Eins und doppelt bin?

Eins und doppelt

Je älter Goethe wurde, desto mehr erschien ihm die Natur als Gleichnis des Lebens. Da genügte dann die Anschauung eines botanischen Blatts, um sich darüber in weitreichenden Betrachtungen zu ergehen. Das trifft auch auf das hier vorliegende Gedicht zu, das vor 200 Jahren, im September 1815, entstand – und zu dem zugleich ein besonderes Ereignis im Leben Goethes den Anlass gab.

Im Sommer jenes Jahres war in Frankfurt die Neigung des damals 66-Jährigen zu Marianne von Willemer zu höchster Intensität erblüht. Ein Hingezogensein, das von der 35 Jahre jüngeren verheirateten Frau in nicht minderem Maße erwidert wurde. Die beiden verband eine sublime, in tiefer geistiger Übereinkunft sich genügende Leidenschaft, deren literarische Spiegelung sich in Goethes damals entstehendem Gedichtzyklus „West-östlicher Divan“ wiederfand – übrigens nicht nur mit Versen aus seiner, sondern auch aus Mariannes Feder. In jenen Septembertagen aber dürfte Goethe die Erkenntnis erfasst haben, dass der intensiven Beziehung keine Zukunft beschieden war. Auch davon spricht das Gedicht.

Der Titel „Gingo biloba“ bezieht sich auf die botanische Bezeichnung des ursprünglich aus Ostasien stammenden Ginkgo-Baums. Dessen fächerartige Blätter zeichnen sich durch eine markante Mittelkerbe aus, sodass es den Anschein hat, als seien zwei Blätter miteinander verwachsen. „Dieses Baums Blatt“ nun besitzt über seine Naturexistenz hinaus für das betrachtende Dichter-Ich noch einen weiteren, „geheimen Sinn“. Eine Symbolbedeutung, die sich freilich nicht auf Anhieb offenbart. Die zweite Strophe legt mit ihrer Doppelfrage dar, an welche Möglichkeiten zu denken wäre. An dieser Stelle erhebt sich die Erörterung über das Baumblatt hinaus auf die menschliche Bezugsebene, konkreter noch: auf das Wesen der Liebe. Außerordentlich ist hier die Kunst Goethes, im klaren liedhaften Fluss der trochäischen Vierheber mit einer Handvoll Wörter äußerste Prägnanz zu entfalten. Natur der Pflanze, Natur der Liebe: Ein Wesen, „das sich in sich selbst getrennt“; oder deren zwei, dergestalt, „daß man sie als Eines kennt“?

Antwort auf die Alternative gibt die letzte Strophe, in einer für den späten Goethe typischen Weise – nicht als Ausschluss, sondern als Synthese. Hier wird auch deutlich, dass der Dichter von sich selbst spricht. „Eins und doppelt“ ist er: Doppelt im zweifellos weiter währenden, wenn auch künftig nur erinnerten Liebesgefühl. Eins hingegen in der Einsicht, dass die Trennung unvermeidlich ist und auch die eigene Dichterexistenz dies bedingt. Ende September 1815 hat Goethe von Frankfurt und damit auch von Marianne Abschied genommen. Sie haben sich nie wiedergesehen. *Stefan Dosch*

RAINER MARIA RILKE

Vorfrühling

Härte schwand. Auf einmal legt sich Schonung
an der Wiesen aufgedecktes Grau.
Kleine Wasser ändern die Betonung.
Zärtlichkeiten, ungenau,

greifen nach der Erde aus dem Raum.
Wege gehen weit ins Land und zeigens.
Unvermutet siehst du seines Steigens
Ausdruck in dem leeren Baum.

Rufzeichen des Raums

Im Sommer 1921 hatte Rainer Maria Rilke (1875–1926) zusammen mit der Malerin Baladine Klossowska („Merline“) auf einer Reise durchs Wallis den Schlossturm Mazot entdeckt, oberhalb von Sierre gelegen. Dort fand der Dichter eine neue Bleibe. Dort beendete er 1922 die „Duineser Elegien“ und schrieb die „Sonette an Orpheus“.

Die Landschaft des Wallis übte einen „eigentümlichen Zauber“ auf ihn aus, zumal sie ihm frühere Aufenthaltsorte in Spanien und in der Provence in Erinnerung rief. Rilke rühmte die beseelende „geistige Luft“, „das besondere Zueinanderstehen der Dinge“. Das Wallis inspirierte ihn auch zu einer Reihe kleinerer Gedichte. Dazu zählt „Vorfrühling“, entstanden im Februar 1924. Zunächst fällt auf: In diesem Gedicht ist kein Wind. Wind und Frühling sind verschwistert. „Es läuft der Frühlingswind durch kahle Alleen“ (Hugo von Hofmannsthal). „Spürst du das Wehen der Winde der Nacht?“ (Georg Heym). „Winde schlugen an“ (Ernst Stadler). „Auf kreischt die Luft“ (August Stramm).

Rilke setzt mit einer scharfen, trochäischen Fügung ein: „Härte schwand“. Neues kommt auf. Die „Härte“ ruft noch einmal den Winter auf, Schnee und Eis – doch nur, um die Änderung vorzubereiten. Sie kündigt sich im Wort „Schonung“ an. Wobei „Härte“ und „Schonung“ fern bloßer Naturschilderung menschliche Empfindungen mitschwingen lassen.

Den schärfsten Kontrast zur anfänglichen „Härte“ bezeichnen die „Zärtlichkeiten“. Sie geben der noch im Zwischenstadium des „Grau“ (nicht mehr Weiß, noch nicht Grün) verharrenden Landschaft einen hörbaren Ruck. Das muntere Fließen hienieden transponiert das von der ersten in die zweite Strophe überlaufende Gedicht in eine kosmische Bewegung, die über die sinnlichen Landschaftsdaten weit hinausgreift. Rilkes „Vorfrühling“ vollführt den Schritt vom Sehen („und zeigens“) zum Erkennen, jenes denkende Schauen, das der Dichter dem bewunderten malerischen Werk von Paul Cezanne abgelesen hat.

Den entscheidenden Umschlag zeigt das Wort „unvermutet“ an, zusammen mit dem erstmals auftretenden „du“. Das „Du“ sieht, was eigentlich nicht sichtbar ist, einen inneren Vorgang. Es gewinnt eine Ahnung vom Aufsteigen der Säfte im Baum. In einem ebenfalls 1924 verfassten Gedicht Rilkes stehen die Zeilen: „Die Innenseite der Natur belebt sich“, und: „Des alten Nußbaums rühmliche Gestaltung füllt sich mit Zukunft“. Der Baum verbindet als Vertikale unten und oben, Erde und Atmosphäre, Sichtbares und Unsichtbares. „Rufzeichen des Raums“ hat Rilke die Pappeln der Walliser Landschaft genannt.

Günter Ott

HANS MAGNUS ENZENSBERGER

Hymne an die Dummheit

Himmelsmacht, die sich verbirgt
in den Falten des Stammhirns,
bodenlose Mitgift an das Menschengeschlecht in
saecula saeculorum,
unzählig wie die Milchstraße bist du
und vielfältig wie das Gras.
Mächtige Zwillingsschwester der Intelligenz,
Händchen haltend
zelebrierst du mit ihr ein trübsinniges Palaver.
Ja, es ist stark, wie du uns inspirierst
in immer neuen Verwandlungen,
als weibliche Dämlichkeit und als männliche Idiotie,
wie du aus den blutunterlaufenen Augen
des Schläger leuchtest
und einhertrippelst im aristokratisch hüstelnden
Dünkel,
wie du uns anwehst mit dem Mundgeruch
einer beschickerten Muse
und als vielsilbiges Delirieren im philosophischen
Seminar.
Was wäre der Tüchtige ohne dich, stock-,
stroh- und hundsdumme Dummheit,
die feurig durch seine Adern rollt wie eine
Überdosis Amphetamin
und der Forscher ohne die fixe Idee,
der er durch die weißen Korridore
seines Instituts hinterherrappelt wie die Ratte
im Labyrinth!
Gar nicht zu gedenken der Weltgeschichte,
wessen gedächte sie denn,
wenn nicht der Sieger in ihrem napoleonischen
Stumpfsinn.
So wird uns wohl der dümmliche Stolz
des Gewinners erhalten bleiben
und der dumpfe Groll des Verlierers,
nur hie und da versüßt
durch den erleuchteten Sums der Sektenprediger,
der Komiker und Quartalssäufer. Dummheit,
oft Verleumdete, die du dich in deiner Schlauheit
dümmer stellst als du bist, Beschützerin
aller Hinfälligen,
nur den Auserwählten läßt du zuteilwerden deine
seltenste Gabe,
die gebenedeite Einfalt der Einfältigen.
Sie sind die unbeschriebenen Blätter
in deinem großen Buch,
dessen Siegel du keinem von uns eröffnest.

Die Dummheit ist schlau

„Steige immer von den kahlen Höhen der Gescheitheit in die grünenden Täler der Dummheit“, so lautet eine Bemerkung des Philosophen Ludwig Wittgenstein. Von den unerschöpflichen und grenzenlosen, von den zerstörerischen wie auch kreativen Potenzialen der Dummheit legt das große Gedicht des 1929 in Kaufbeuren geborenen Hans Magnus Enzensberger ein beredtes Zeugnis ab. Hatte Erasmus von Rotterdam in seinem ironisch durchtriebenen „Lob der Torheit“ von 1509 diese selbst in der ersten Person über ihre Verbreitung sprechen lassen, so wendet der moderne Dichter die Blickrichtung, indem die Dummheit zum Gegenstand einer Hymne wird.

Dass damit eher eine Anerkennung ihrer enormen Vielschichtigkeit verbunden ist, und keine naive Lobeshymne, geht schon aus dem ersten Vers hervor: Es gehört zur Pfiffigkeit, zu den Verbergungstaktiken der Dummheit, dass sie so selten in eindeutiger Form auftritt, dass sie so oft vielmehr im Verborgenen wirkt. Denn könnte man sie ohne Weiteres identifizieren, so ließe sie sich bekämpfen oder austricksten, aber indem sie sich immer wieder maskiert, zurückzieht, verwandelt, bleiben wir alle gleichsam gegenüber der Dummheit die Dummen.

Sie ist unser aller „Mitgift“, sie begleitet die Geschichte seit ihren Anfängen, durch alle Jahrhunderte hindurch (Vers zwei). Indem sie gelegentlich von ihrer „Zwillingsschwester“, der Intelligenz, kaum zu unterscheiden ist, übt sie als verborgene „Himmelsmacht“ eine letztlich nicht besiegbare Kraft aus: „Mit der Dummheit kämpfen Götter selbst vergebens“, hatte Schiller schon gewusst.

Aber Enzensbergers Gedicht erliegt ihr nicht, sondern in der Haltung des fröhlichen Aufklärers unternimmt es eine Reihe frappierender Demaskierungen. Denn die Herrschaft der Dummheit ist beim Schlägertyp wie auch im „Delirieren im philosophischen Seminar“, in der fixen Idee wie in der Tüchtigkeit, bei Frauen wie Männern, beim Gewinner wie beim Verlierer zu beobachten.

Die Pointe dieses Katalogs liegt darin, der Dummheit eine eigene Art von Schlauheit zuzugestehen, durch die sie sich ihre Überlegenheit sichert. Das Siegel ihres großen Buches, so heißt es am Ende des Gedichts, bleibt uns allen verschlossen – das heißt, wir kommen mit ihr nicht zurande. Zu ihren Schützlingen aber ernennt sie diejenigen, die der „gebenedeiten Einfalt der Einfältigen“ teilhaftig sind, die fromme Einfalt, die sich gleichsam in der Unvermeidbarkeit ihrer eigenen Dummheit schon demütig, aber eben auch wohlwissentlich eingerichtet hat. Es ist diese Haltung, die Elias Canetti in der Fliegenpein auf den Punkt gebracht hat: „Vergiß nicht, daß du für manche so dumm bist, wie der Dümmste für dich“. *Mathias Mayer*

CLEMENS BRENTANO

Sprich aus der Ferne

Sprich aus der Ferne
Heimliche Welt,
Die sich so gerne
Zu mir gesellt.

Wenn das Abendrot niedergesunken,
Keine freudige Farbe mehr spricht,
Und die Kränze still leuchtender Funken
Die Nacht um die schattigte Stirne flicht:

Wehet der Sterne
Heiliger Sinn
Leis durch die Ferne
Bis zu mir hin.

Wenn des Mondes still lindernde Tränen
Lösen der Nächte verborgenes Weh;
Dann wehet Friede. In goldenen Kähnen
Schiffen die Geister im himmlischen See.

Glänzender Lieder
Klingender Lauf
Ringelt sich nieder,
Wallet hinauf.

Wenn der Mitternacht heiliges Grauen
Bang durch die dunklen Wälder hinschleicht,
Und die Büsche gar wundersam schauen,
Alles sich finster tiefsinnig bezeugt:

Wandelt im Dunkeln
Freundliches Spiel,
Still Lichter funkeln
Schimmerndes Ziel.

Alles ist freundlich wohlwollend verbunden,
Bietet sich tröstend und traurend die Hand,
Sind durch die Nächte die Lichter gewunden,
Alles ist ewig im Innern verwandt.

Sprich aus der Ferne
Heimliche Welt,
Die sich so gerne
Zu mir gesellt.

Durch die Nacht zum All mit Poesie

Wer diese Verse liest, ob laut oder leise, wird feststellen: Was Clemens Brentano (1778–1842) hier entfaltet, klingt wie Musik. Dabei sind es Mittel der Sprache, derer sich der Dichter bedient. Sämtliche Strophen durchziehen vorwiegend helle Vokale, Reime finden sich nicht nur am Ende, sondern teils auch zu Beginn der Verse, dazu gibt es weitere Gleichklänge. Zum melodischen Gefüge trägt jedoch auch der bewegte Rhythmus bei, wobei der Daktylus mit seinen zwei Senkungen den Ton angibt, der Abwechslung halber aber immer wieder von einfachen Senkungen durchbrochen wird. Und dann ist da noch die kontinuierliche Wechselfolge von kurzzeiligen Strophen und solchen mit langen vierhebigen Versen, welche ebenfalls Einfluss nimmt auf die kantable Bewegung. Viele von Brentanos Gedichten sind solch regelrechte Sprachmelodien, doch ist unter ihnen „Sprich aus der Ferne“ gewiss eine der schönsten.

Aber worum geht es in den Versen, die Brentano einer Figur seines 1801 erschienenen Romans „Godwi“ in den Mund gelegt hat? Zunächst einmal um die Nacht. Ist doch die dunkle Tageshälfte zwingend erforderlich, damit eintritt, wovon im weiteren die Rede ist. Das zeigt sich bereits an der grammatischen Konstruktion ganzer Passagen. Auf das temporale „wenn“, mit der etwa die zweite Strophe beginnt, folgt am Strophenende ein Doppelpunkt, der nichts anderes als ein „dann“ signalisiert: Wenn das Abendrot sinkt und es Nacht wird, dann erst sind die Bedingungen gegeben, die zum Kontakt mit der „heimlichen Welt“ führen, an die der Appell des Gedichtanfangs gerichtet ist. Vergleichbare Satzzusammenhänge finden sich ebenso in den Strophen sechs und sieben sowie, gerafft, in Strophe vier.

Wenn also Mond und Sterne aufgezogen sind und ihren Zauber entfalten, stellt sich jener herbeigesehnte Moment ein, in welchem der Mensch teilhat am „heiligen Sinn“ des kosmischen Ganzen. Ein Augenblick, der ausdrücklich als „Friede“ bezeichnet ist, führt er doch heraus aus der trennscharfen Rationalität des Tagesgeschehens und schafft Platz für die Erfahrung: „Alles ist ewig im Innern verwandt.“

Von diesem Moment des Austauschs zwischen Ich und Kosmos spricht die zentrale fünfte Strophe in ihrer hochgradig sinnlichen, Gesehenes wie Gehörtes verbindenden Schilderung eines Auf und Ab zwischen den Sphären. Was genau da hin- und her schwingt? „Lieder“ sind es. Tönende Poesie, Dichtung ermöglicht im irdischen Hier die Kommunikation mit der metaphysischen Welt, macht es dem Menschen möglich, teilhaftig zu werden an der All-Natur. Wobei Brentanos Gedicht in seiner klingenden Sprachharmonie selbst schon realisiert, wovon es spricht.

Stefan Dosch

GÜNTER EICH

Inventur

Dies ist meine Mütze,
dies ist mein Mantel,
hier mein Rasierzeug
im Beutel aus Leinen.

Konservenbüchse:
Mein Teller, mein Becher,
ich hab in das Weissblech
den Namen geritzt.

Geritzt hier mit diesem
kostbaren Nagel,
den vor begehrlichen
Augen ich berge.

Im Brotbeutel sind
ein Paar wollene Socken
und einiges, was ich
niemand verrate,

so dient es als Kissen
nachts meinem Kopf.
Die Pappe hier liegt
zwischen mir und der Erde.

Die Bleistiftmine
lieb ich am meisten:
Tags schreibt sie mir Verse,
die nachts ich erdacht.

Dies ist mein Notizbuch,
dies meine Zeltbahn,
dies ist mein Handtuch,
dies ist mein Zwirn.

Ein Dichter fängt von vorne an

Günter Eichs Nachkriegsgedicht „Inventur", vielleicht noch 1945 in amerikanischer Lagerhaft entstanden, vielleicht erst 1946/47, imaginiert eine persönliche „Stunde null". Daher wird es gern der „Kahlschlag-" bzw. „Trümmerliteratur" zugeschlagen. Aber diese die verbrecherische Vergangenheit vor 1945 ausblendende, nur noch in die (bessere) Zukunft weisende „Stunde null" hat es nie gegeben. Es ist eine Entlastungs-Fiktion.

Man mag dem Eich-Gedicht zugutehalten, dass es durch die wiederholende Aufzählung, durch seinen (in Teilen fast schon prosaischen) Lakonismus, durch die gedrosselte Emotionalität des Sprechers einen Strich durch die großnationalen Gefühle und verratenen Ideale der Nazi-Vergangenheit macht – doch es spart nicht nur die Politik aus, sondern auch die Verstrickungen Günter Eichs, des Schriftstellers im NS-Funk. Von seiner später ausgegebenen Losung, Sand im politischen Getriebe zu sein, war der Autor jedenfalls vor 1945 weit entfernt. Davon wollte er zuallerletzt sprechen.

Die Inventur richtet den Blick nach vorne. Was habe ich? Was kann ich damit tun, um Hoffnung zu gewinnen für das, was kommt? „Inventur" testet gleichsam die Möglichkeiten lyrischen Sprechens nach der (unausgesprochenen) Katastrophe. Das Ich benennt alltägliche, aber wichtige Dinge als sein Eigentum. Die Bestandsaufnahme läuft auf einen Höhepunkt zu, die „Bleistiftmine". Aus ihr fließt die Wortmagie, die sich in der vom Gestus des Zeigens und Aufzählens abhebenden Doppelzeile bekundet: „Tags schreibt sie mir Verse,/die nachts ich erdacht". Hier ist der Dichter bei sich. Hier deutet sich seine neue Identität an, die in der Schlussstrophe durch den einzigen Endreim des Gedichts („Notizbuch/Handtuch") bekräftigt wird.

Die „Bleistiftmine" wird intoniert durch den „kostbaren Nagel" und durch das zweimalige „geritzt". Auch dies meint den magischen Vorgang der Ich-Nennung und Abgrenzung. Teil der in Gang gesetzten (poetischen) Selbstfindung ist immer auch das Verschwiegene. Die Trias von Nagel, Geheimbesitz und Vers ist dadurch ausgezeichnet, dass nur diesen drei Dingen ein erläuternder Relativsatz folgt. Das Gedicht endet in Zuversicht: Der „Zwirn" heftet zusammen, er webt den Text des Gedichts.

„Dies ist mein Tisch,/Dies ist mein Hausschuh..." – so verblüffend gleichlautend beginnt ein Gedicht (1916) des Tschechen Richard Weiner über den Maler Jean-Baptiste Chardin. Eich (1907–1972) hat immer bestritten, diesen „Vorläufer" gekannt zu haben. Über jeden Zweifel erhaben sind hingegen „Inventur"-Nachdichter wie Enzensberger und Robert Gernhardt.

Günter Ott

HUGO VON HOFMANSTHAL

Manche freilich

Manche freilich müssen drunten sterben,
Wo die schweren Ruder der Schiffe streifen,
Andre wohnen bei dem Steuer droben,
Kennen Vogelflug und die Länder der Sterne.

Manche liegen immer mit schweren Gliedern
Bei den Wurzeln des verworrenen Lebens,
Andern sind die Stühle gerichtet
Bei den Sibyllen, den Königinnen,
Und da sitzen sie wie zu Hause,
Leichten Hauptes und leichter Hände.

Doch ein Schatten fällt von jenen Leben
In die anderen Leben hinüber,
Und die leichten sind an die schweren
Wie an Luft und Erde gebunden:

Ganz vergessener Völker Müdigkeiten
Kann ich nicht abtun von meinen Lidern,
Noch weghalten von der erschrockenen Seele
Stummes Niederfallen ferner Sterne.

Viele Geschicke weben neben dem meinen,
Durcheinander spielt sie alle das Dasein,
Und mein Teil ist mehr als dieses Lebens
Schlanke Flamme oder schmale Leier.

Jenseits von Oben und Unten

Von diesem Gedicht existiert eine Tonaufnahme, auf welcher Hugo von Hofmannsthal selbst seine Verse spricht. Am 22. April 1907 war das, und somit dürfte die Konserve zu den ältesten gehören, auf denen ein Dichter bei einer Lesung zu vernehmen ist. Im zeittypisch getragen-hohen Ton hat Hofmannsthal damals sein gut zehn Jahre zuvor entstandenes Gedicht in den Aufnahmetrichter des Phonographen mehr gesungen als gesprochen und ihm damit eine Ernsthaftigkeit zugemessen, die das verhandelte Thema klingend noch akzentuiert.

Denn von nichts anderem als den sehr unterschiedlichen Bedingungen des Menschseins ist die Rede, jedenfalls in den ersten Strophen. Hofmannsthal ruft das Bild einer Galeere auf: Da gibt es die einen, die „drunten", im Bauch des Schiffes, an den Rudern schweren Dienst verrichten müssen. Während im doppelten Sinne über ihnen die Befehlsgeber unter freiem Himmel stehen. Der Gegensatz wird in der zweiten Strophe noch erweitert. Die da „bei den Wurzeln" liegen, sind nicht (oder nicht nur) körperlich geknechtet, sondern offensichtlich (auch) seelisch bedrückt infolge „verworrenen Lebens". Wiederum stehen diesen „schweren" Leben, wie sie dann in der Folgestrophe genannt werden, die „leichten" gegenüber.

Erfolgt die Beschreibung dieser so gegensätzlichen Existenzverhältnisse bis hierher als neutral-distanzierte Erzählung, so stellt sich mit der vierten Strophe eine Veränderung der lyrischen Rede ein: Ein Ich tritt nun hervor. Dessen Perspektive bringt eine andere Wahrnehmung mit sich. Der Doppelpunkt am Ende der dritten Strophe signalisiert, dass es die zuvor genannten harten Kontraste sind, worüber die „Seele" des Ichs sich mitfühlend erschreckt – nicht ohne Konsequenz. Doch zunächst weitet sich noch einmal die Erlebensfähigkeit, gilt sie jetzt doch nicht mehr nur für die Gegenwart – im Präsens der ersten Strophen –, sondern auch für zeitlich Entrücktes („vergessener Völker Müdigkeiten") wie für räumlich Distanziertes („ferne Sterne"). Es sind hoch komprimierte Bilder, die der Dichter hier wie im folgenden aufbietet.

Die finale Strophe formuliert Erkenntnisgewinn. Nicht nur, dass das eigene Leben mit anderen verflochten ist; das Dasein lässt sich auch nicht mit Gegensatzpaaren wie „oben" und „unten" entschlüsseln. Das ist die Konsequenz, die das Ich in den letzten beiden Versen zieht. Die Metaphern von der „schlanken Flamme" und „schmalen Leier" zielen auf eine so kultivierte wie scheuklappenhafte „leichte" Lebensführung. Eben die aber ist überwunden: „mein Teil ist mehr". Es ist durchaus als Programm zu verstehen, was Hugo von Hofmannsthal hier mitten im Ästhetik-süchtigen Fin de Siècle entwirft.

Stefan Dosch

RICHARD EXNER

Ein solcher Tag

An meines längst erwachsenen Kindes
Hand führte mich's heute in
die waldgesäumten Hügel
meiner Kindheit.

Ich möchte eh ich gehe
und vergehe sie noch
ein paar Mal
sehen.

Sie geistern durch so vieles
was ich oft mit Sehnsucht
vor mir sehe.

Und der mich einmal holt kommt
sicher auch von dort wo ich ihn
noch als Kind die Hand
auf eine Stirne
legen sah –

Vielleicht ist dann ein solcher Tag
bereits die Summe meiner vielen
Reisen.

Ein solcher Tag.

Der alte Mann und das Kind

Die Überschrift und der Schluss von Richard Exners Gedicht „Ein solcher Tag“ bilden einen Rahmen, der schlicht und überzeugend mit dem Zyklus eines Lebenslaufes korrespondiert. Denn hier handelt es sich um eine ebenso persönlich berührende wie allgemein menschliche Erfahrung – ein alter Mensch kehrt, jetzt durch die Hand seines erwachsenen Kindes geführt, noch einmal an den Ort seiner Kindheit zurück. Die kunstvoll naive Wendung „führte mich's heute“ – hier ist nicht etwa das Kind, sondern ein willig akzeptiertes Schicksal gemeint – bekundet die Unmittelbarkeit dieser Vorstellung, in der doch die Kette der Generationen aus einer anderen Sicht erprobt wird. Denn gerade in der Verschränkung des Schlichten mit dem Reflektierten besteht die bewegende Kunst dieses, so möchte man unterstreichen, ergreifenden Textes: Es ist nun das eigene Kind, das den alten Menschen fürsorglich an die Hand nimmt, und in dieser Ablösung der Eltern-Kind-Perspektive meldet sich der Ausblick auf den nicht mehr fernen Tod.

Aber auch er wird in schlichter Menschlichkeit als Erinnerung an Szenen der Kindheit aufgerufen, wie er seinerzeit durch eine Handauflegung die Menschen abgerufen hat. Die Hügel der Kindheit werden zu Orten der inneren Phantasie, sie begleiten das Leben, wie es das Gedicht selbst vorführt, und der Besuch in der Heimat wird zu einem Erlebnis, das die vielen Reisen eines ganzen Lebens aufzuwiegen, zusammenzufassen, zu bündeln vermag.

Dabei spielt auch die Konzentration der Zeit eine entscheidende Rolle. Das Ganze eines Lebens, zwischen Kindheitserinnerung und Todeserwartung, wird auf einen einzigen Tag bezogen, der dadurch zu einem besonderen wird, dass er nicht nur den Verlauf nachzeichnet, sondern im Tausch der Rolle von Eltern und Kind Zeit aufzuheben vermag.

Geschrieben hat dieses große Gedicht Richard Exner, geboren 1929 in Darmstadt, der 1950 in die USA auswanderte, als hoch angesehener Professor in Kalifornien wirkte und später nach Deutschland zurückkehrte, wo er 2008 verstarb. Dass er eine nach wie vor lesenswerte Deutung von Hofmannsthals „Lebenslied“ vorlegte, erscheint angesichts dieses eigenen Gedichts stimmig. Sein lyrisches Werk umfasst fünfzehn Gedichtbände, zuletzt „Erinnerung an das Licht“ und den nach seinem Tod erschienenen Band später Gedichte „Das ganze Leben“. In der Gelassenheit eines Rückblicks bieten sie eindrückliche Zeugnisse von schlichter Menschlichkeit im Ton einer melancholischen Heiterkeit. *Mathias Mayer*

BARTHOLD HINRICH BROCKES

Kirschblüte bei der Nacht

Ich sahe mit betrachtendem Gemüte
jüngst einen Kirschbaum, welcher blühte,
in kühler Nacht beim Mondenschein;
ich glaubt, es könne nichts von größrer Weiße sein.
Es schien, als wär ein Schnee gefallen.
Ein jeder, auch der kleinste Ast,
trug gleichsam eine rechte Last
von zierlich-weißen runden Ballen.
Es ist kein Schwan so weiß, da nämlich jedes Blatt,
indem daselbst des Mondes sanftes Licht
selbst durch die zarten Blätter bricht,
sogar den Schatten weiß und sonder Schwärze hat.
Unmöglich, dacht ich, kann auf Erden
was Weißres aufgefunden werden.
Indem ich nun bald hin, bald her
im Schatten dieses Baumes gehe:
Sah ich von ungefähr
durch alle Blumen in die Höhe
und ward noch einen weißern Schein,
der tausendmal so weiß, der tausendmal so klar,
fast halb darob erstaunt, gewahr.
Der Blüte Schnee schien schwarz zu sein
bei diesem weißen Glanz. Es fiel mir ins Gesicht
von einem hellen Stern ein weißes Licht,
das mir recht in die Seele strahlte.

Wie sehr ich mich an Gott im Irdischen ergötze,
dacht ich, hat er dennoch weit größre Schätze.
Die größte Schönheit dieser Erden
kann mit der himmlischen doch nicht verglichen
werden.

Durch das Auge in die Seele

Es ist eine Zeit lang her, dass die Dichter zu den lebenstüchtigen, ja weltmännischen Zeitgenossen zählten: Friedrich von Hagedorn (1708–1754) war auch dänischer Diplomat. Albrecht von Haller (1708–1777), dem wir das Lehrgedicht „Die Alpen“ danken, war ein berühmter Mediziner. Barthold Heinrich Brockes (1680–1747), der Kaufmannssohn, war juristisch geschult, Senator in seiner Heimatstadt Hamburg, Diplomat in kaiserlicher Mission und Amtmann dazu. Als Dichter tat er sich in der Freizeit hervor.

Sein Gedicht „Kirschblüte bei der Nacht“ ist 1727 im zweiten Teil seiner Sammlung „Irdisches Vergnügen in Gott“ erschienen. Diesem „Vergnügen“ frönte der Dichter Brockes zwischen 1721 und 1748 mit Phantasie und Ausdauer (in neun Teilen). Sie trugen ihm großen Ruhm ein. Brockes, „durch die Schönheit der Natur gerühret“, ließ sich zu „fröhlichen Betrachtungen“ hinreißen. Er blätterte das Buch der Natur auf, bekannte sich zur sinnlichen Anschauung, zum Hörbaren, Riechbaren, Fühlbaren. Er nahm die Lizenz zur Nahsicht in Anspruch und sah im kleinsten Naturdetail die große Schöpferhand Gottes am Werk.

In der „Kirschblüte“ ist vom „kleinsten Ast“ die Rede, von den „zierlich-weißen Ballen“, von „jedem Blatt“. Die Würdigung des Unauffälligen, nachlässig Übersehenen; der Antrieb, die Erscheinungen unters Vergrößerungsglas zu legen, ob es nun um den Kirschblüten-Ballen, den Kürbis, „der Vögel muntres Heer“, ob es um den Mistkäfer, die Fliege oder die Ameise geht – der Dichter wirft ein frisches Farbenkleid über die Natur, die im Barock meist hurtig zugunsten himmlischer Regionen übersprungen wurde. Er will „belustigen“ und „erbauen“. Brockes hält die Lyrik in Fluss, gewinnt den Naturreizen lautmalerische und anspielungsreiche Formulierungen ab. Sie mögen in heutigen Ohren schnörkelhaft-künstlich klingen, doch sie setzen das Gedicht zunehmend von der (barocken) Rhetorik ab und öffnen es für die (aufklärerische) Empirie.

Im „Kirchblüten“-Gedicht wird das (jambische) Metrum variiert, ebenso der Endreim. Die Lehre und „Moral“, kulminierend im abschließenden Zeilenquartett, liegt auf der Hand. Das Gedicht lebt aus dem superlativischen Gestus, der Steigerung des Weiß (Kirschbaum, Schwan, Schnee) zum (anfangs nicht vorstellbaren) Weißeren, schließlich zum gleichsam einzig wahren Weiß (Himmelslicht). Vor ihm sinkt das irdische Leuchten bei aller Schönheit in die Schwärze der Nacht.

Die Helle hienieden fällt ins Auge, doch das überirdische Licht strahlt in die Seele. Die letztgenannte Zeile hebt Brockes heraus, indem er sie als einzige vom Reimschema freistellt. *Günter Ott*

ELSE LASKER-SCHÜLER

Weltflucht

Ich will ins Grenzenlose
Zu mir zurück,
Schon blüht die Herbstzeitlose
Meiner Seele,
Vielleicht – ist's schon zu spät zurück!
O, ich sterbe unter Euch!
Da ihr mich erstickt mit Euch.
Fäden möchte ich um mich ziehn –
Wirrwarr endend!
Beirrend,
Euch verwirrend,
Um zu entfliehn
Meinwärts!

Zurück zu mir

„Ich will": Mit unmissverständlichen Worten beginnt dieses Gedicht, 1902 erschienen in „Styx", der ersten Gedichtsammlung von Else Lasker-Schüler (1869–1945). Erstaunlich dieser Auftakt auch deshalb, weil er von einer Frau geäußert wird, keine Selbstverständlichkeit in der Zeit der vorvergangenen Jahrhundertwende. Was aber will dieses Ich, hinter dem unschwer die Dichterin selbst zu erkennen ist?

Schon der Titel verrät es: Hinweg aus der „Welt", in der, wie im Weiteren zu lesen, die Gefahr des „Erstickens" droht. Für den Anspruch des Ichs ist die Welt, der Alltag des bürgerlichen, nach außen gekehrten Lebens, zu eng. Und so ist das Ziel der Fluchtbewegung „das Grenzenlose", nicht weniger als das Universum, das ein erfüllendes All-Ein(s)-Sein verspricht – ein Aspekt, von dem noch zu reden sein wird.

Wie sehr sich die Dichterin von der Äußerlichkeit der Welt bedroht sieht, wird deutlich im dritten Vers, im Bild von der Herbstzeitlosen, als welche die Sprecherin ihre eigene Seele sieht. Die Herbstzeitlose ist eine Giftblume, insofern ist die „schon" eingetretene Blüte ein Hinweis auf die akute Gemütsgefährdung, aus der heraus nur die Weltflucht Rettung verspricht.

Wie bedrängend die Situation ist, wird auch deutlich im Zweifel, der sich einschleicht: „Vielleicht – ist's schon zu spät zurück!" Doch die Irritation währt nur kurz, wie die beiden folgenden Verse zeigen, die den radikalen Ton des Gedichtanfangs wieder aufgreifen. Die Bestimmtheit, mit der die Ablehnung von den mit „Euch" Angeredeten erfolgt, lässt gar nichts anderes zu als Flucht. „Euch", das sind all die Menschen ohne geistige Tiefe, was zwar nicht explizit genannt, jedoch aus der Absetzbewegung ins Seelisch-„Grenzenlose" zu erschließen ist. Ein Verbleiben in dieser Gesellschaft hätte jedenfalls buchstäblich tödliche Folgen.

So tritt die Dichterin den Rückzug an aus dieser Welt – hin „zu mir", in die als so viel reicher empfundene Einsamkeit mit sich selbst. „Fäden" ziehend verschließt sie sich in einem distanzierenden Kokon. Der seelische „Wirrwarr", das quälende Hin und Her zwischen Außen- und Innenwelt, kommt dadurch zum Erliegen. Dass der Rückzug unter den Zurückbleibenden („Euch") Verwirrung stiftet, wird dabei bewusst in Kauf genommen. Hier pocht das sprechende Ich auf eine selbstbestimmte Künstlerexistenz, die sich nicht „beirren" lässt, wenn es von anderen nicht verstanden wird.

„Meinwärts!" – der Anklang an „heimwärts" ist gewollt, von hierher rührt die affektive Überzeugungskraft. Im letzten Wort, im letzten Vers verdichtet sich das poetische Programm von Else Lasker-Schüler am Beginn ihrer Dichterlaufbahn. *Stefan Dosch*

JOHANN WOLFGANG GOETHE

Ganymed

Wie im Morgenglanze
Du rings mich anglühst,
Frühling, Geliebter!
Mit tausendfacher Liebeswonne
Sich an mein Herz drängt
Deiner ewigen Wärme
Heilig Gefühl,
Unendliche Schöne!

Daß ich dich fassen möcht
In diesen Arm!

Ach, an deinem Busen
Lieg ich, schmachte,
Und deine Blumen, dein Gras
Drängen sich an mein Herz.
Du kühlst den brennenden
Durst meines Busens,
Lieblicher Morgenwind!
Ruft drein die Nachtigall
Liebend nach mir aus dem Nebeltal.
Ich komm, ich komme!
Wohin? Ach, wohin?

Hinauf! Hinauf strebts.
Es schweben die Wolken
Abwärts, die Wolken
Neigen sich der sehnenden Liebe.
Mir! Mir!
In eurem Schoße
Aufwärts!
Umfangend umfangen!
Aufwärts an deinen Busen,
Alliebender Vater!

Im Schoß der Wolken

Diese zwei Gedichte hat Goethe in den Werkausgaben gekoppelt: Auf „Prometheus“ folgt „Ganymed“. Im ersten Fall geht es um die Entmachtung des Zeus (und des Christengottes) und um die Selbstermächtigung des genialen Künstlers zum Schöpfergott. Dieser prometheischen Autonomie, der strikten Trennung von Unten und Oben, antwortet im zweiten Fall die Selbstentgrenzung, die hymnisch-hochgestimmte Vereinigung mit dem „allliebenden Vater“, sprich der pantheistisch verstandenen Allnatur. Dabei ist der Zusammenhang des Gedichts mit dem schönen Jüngling Ganymed, der von Zeus als Mundschenk der Götter in den Olymp entführt wird, nur sehr lose.

„Ganymed“ ist vermutlich im Frühjahr 1774 entstanden. „Frühling, Geliebter!“: Der Überschwang, die vom Sog der sich verjüngenden Naturkräfte entfachte Schwungkraft reißt das Ich aus aller Zwielichtigkeit zwischen Nacht und Morgen, zwischen Nachtigallen-Sang und Nebeltal. Es ist die Liebes-Glut, die das freirhythmische Gedicht entzündet (Geliebter, Liebeswonne, lieblich, liebend, Liebe, allliebender).

Das Ich erscheint überwältigt und hingerissen, aufgezehrt von der Sehnsucht, die zunächst noch der Erfüllung harrt („Daß ich dich fassen möcht“; „Ich komm, ich komme! Wohin? Ach, wohin?“). Der übermächtige Liebesanruf der Natur hallt in der hymnischen Sprachhöhe wider (tausendfach, ewig, heilig, unendlich), in den acht Ausrufezeichen des Gedichts, in Doppelhebungen (anglühst, hinauf strebt's, Mir! Mir!, aufwärts).

Die abschließenden Zeilen fassen die gegenläufigen Bewegungen des „Hinauf“ und des „Abwärts“ in eins. Die erotische Verschmelzung des Ich/Ganymed mit den sich erdwärts neigenden Wolken („In eurem Schoße“) vermag die Sprache kaum mehr zu fassen: Sie reißt ab in entzückten Rufen und Jauchzern. Das Gedicht hat seinen Höhepunkt in der wunderbaren Zeile „umfangend umfangen!“. Hier finden die sich in Liebe verströmende Natur und die sich mit allen Sinnen öffnende Hingabe des Ich untrennbar zusammen. Dem eigenmächtigen Schöpfer Prometheus stellt Goethe die schöpferische Allnatur an die Seite.

Die Sprachglut des „Ganymed“ läuft der Gefühlsverzückung des „Werthers“ parallel. Der Briefroman, der Goethes Erlebnisse beispiellos freimütig spiegelt, erschien ebenfalls 1774. Vor allem Werthers Schreiben vom 10. Mai und 18. August künden von der begeisterten Naturansprache des Gedichts. Doch während „Ganymed“ den erfüllten Augenblick, das gemeinsame Liebesband von Natur und Mensch feiert, geht Werther an seiner übersteigerten Imagination zugrunde. Er kommt in der Liebe nie an.

Günter Ott

ROLF DIETER BRINKMANN

Einen jener klassischen

schwarzen Tangos in Köln, Ende des
Monats August, da der Sommer schon

ganz verstaubt ist, kurz nach Laden
Schluß aus der offenen Tür einer

dunklen Wirtschaft, die einem
Griechen gehört, hören, ist beinahe

ein Wunder: für einen Moment eine
Überraschung, für einen Moment

Aufatmen, für einen Moment
eine Pause in dieser Straße,

die niemand liebt und atemlos
macht, beim Hindurchgehen. Ich

schrieb das schnell auf, bevor
der Moment in der verfluchten

dunstigen Abgestorbenheit Kölns
wieder erlosch.

Ein Schnappschuss nach Ladenschluss

In den Jahren um 1970 galt auch für die Lyrik eine politische Ausrichtung als modellhaft. Rolf Dieter Brinkmann vertrat eine andere Position. Er setzte auf eine „neue Sensibilität“ im Erfassen lyrischer Sachverhalte und orientierte sich dabei an der Literatur des US-Undergrounds, die scheinbar Belangloses zum Gegenstand von Kunst erklärte. Brinkmann, 1940 im oldenburgischen Vechta geboren und wenige Tage nach seinem 35. Geburtstag an den Folgen eines Autounfalls in London gestorben, nahm sich dabei vor allem die von dem amerikanischen Lyriker Frank O'Hara entwickelte Technik des snap shot, der quasi fotografischen Momentaufnahme, zum Vorbild. Das zeigt auch das vorliegende Brinkmann-Gedicht, zuerst veröffentlicht 1975 in der Sammlung „Westwärts 1 & 2“.

Die Überschrift, unvollständig ohne Objekt und Verb, drängt gleich vehement in den ersten Vers hinein und von dort über nicht weniger als elf gebrochene und durchwegs ungereimte Zeilenschlüsse hinweg bis zur sechsten Strophe, wo durch einen Punkt der Sinnzusammenhang erst an sein Ende gelangt. Ein temporeiches Gefüge, ein großstädtischer Sound – das Verb „hören“, nach langen Einschüben gesetzt, bezeichnet denn auch, dass es primär hier um einen akustischen Eindruck geht.

Dieser argentinische Tango ist nicht nur ungewöhnlich für den Ort (Köln, Lokal eines Griechen) und für die Zeit (Ende August, nach Ladenschluss). Sondern ungewöhnlich vor allem deshalb, weil in dieser Straße, „die niemand liebt“, plötzlich etwas in Erscheinung tritt, das für Lebensintensität steht: ein Tango eben, seit jeher Sinnbild von Leidenschaft und Melancholie, wobei das Attribut „schwarz“ eine besondere Eindringlichkeit dieser Musik signalisiert. Durch die so überraschenden wie eindringlichen Klänge kommt das lyrische Ich, das sonst emotionslos durch diesen Ort eilt, für „einen Moment“ zum „Aufatmen“, somit zu sich selbst. Ein emphatisches Erlebnis, „ein Wunder“. Nur leider von kurzer Dauer.

Der verbleibende Teil des Gedichts spricht von der Konsequenz, mit der das Ich auf diesen verändernden Sinneseindruck, aber auch auf die Flüchtigkeit des Moments reagiert. „Ich schrieb das schnell auf“ – im Wissen, dass der Augenblick nicht anhalten und die Hochstimmung schnell wieder verfliegen wird. Festhalten lässt sich der Moment nur durch Aufschreiben, hier konkret: durch das Verfassen eines Gedichts.

Ein Schnappschuss tatsächlich. Aber einer, der nicht nur die in einem kurzen Zeitausschnitt sinnlich erlebte Oberfläche wiedergibt. Sondern zugleich den Blick lenkt auf das wahrnehmende Subjekt selbst, das diesen Schnappschuss tätigt: auf seine Gestimmtheit, sein Empfinden. *Stefan Dosch*

ANNETTE VON DROSTE-HÜLSHOFF

Am Pfingstsonntage

Still war der Tag, die Sonne stand
So klar an unbefleckten Domeshallen;
Die Luft in Orientes Brand
Wie ausgedorrt, ließ matt die Flügel fallen.
Ein Häuflein sieh, so Mann als Greis,
Auch Frauen knieend, keine Worte hallen,
Sie beten leis.

Wo bleibt der Tröster, treuer Hort,
Den scheidend doch verheißen du den Deinen?
Nicht zagen sie; fest steht dein Wort,
Doch bang und trübe muß die Zeit wohl scheinen.
Die Stunde schleicht; schon vierzig Tag'
Und Nächte harrten sie in stillem Weinen,
Und sahn dir nach.

Wo bleibt er? wo nur? Stund' an Stund',
Minute will sich reihen an Minuten.
Wo bleibt er denn? – und schweigt der Mund:
Die Seele spricht es unter leisem Bluten.
Der Wirbel stäubt, der Tiger ächzt
Und wälzt sich keuchend durch die sand'gen Fluten,
Die Schlange lechzt.

Da horch! ein Säuseln hebt sich leicht!
Es schwillt und schwillt und steigt zu Sturmes Rauschen.
Die Gräser stehen ungebeugt;
Die Palme starr und staunend scheint zu lauschen.
Was zittert durch die fromme Schar,
Was läßt sie bang' und glühe Blicke tauschen?
Schaut auf! nehmt wahr!

Er ist's, er ist's; die Flamme zuckt
Ob jedem Haupt; welch wunderbares Kreisen,
Was durch die Adern quillt und ruckt!
Die Zukunft bricht, es öffnen sich die Schleusen,
Und unaufhaltsam strömt das Wort
Bald Heroldsruf und bald im flehend leisen
Geflüster fort.

O Licht, o Tröster, bist du, ach!
Nur jener Zeit, nur jener Schar verkündet?
Nicht uns, nicht überall, wo wach
Und trostesbar sich eine Seele findet?
Ich schmachte in der schwülen Nacht,
O leuchte, eh das Auge ganz erblindet;
Es weint und wacht!

Erst ein Säuseln, dann ein Sturm

Am Anfang stand ein frommer Wunsch. Er löste 1820 „Das geistliche Jahr in Liedern auf alle Sonn- und Feiertage“ aus. Die ersten Gedichte übereignete Annette von Droste-Hülshoff (1797–1848) ihrer gottergebenen Großmutter, verbunden mit dem Versprechen, zu jedem kirchlichen Festtag ein eigenes Gedicht vorzulegen.

Der Zyklus (72 Gedichte) wurde (nach schwerer Lebenskrise) allerdings erst 1839/40 vollendet. Und er nahm eine andere Gestalt an, als ursprünglich gedacht. Denn längst hatte Droste-Hülshoff gespürt, dass sie die streng religiösen Erwartungen ihrer Familie nicht mehr erfüllen konnte. Drostes zunehmend von persönlichen Empfindungen, von fragender Skepsis durchdrungene Dichtung setzte der christlichen Tradition zu. In das Glaubensbekenntnis drängte der Zweifel.

Von dieser Tiefenspannung spricht auch das Pfingst-Gedicht. Wer es liest, wird hineingenommen in die Ruhe vor dem Sturm, der Herabkunft des Heiligen Geistes in die Schar der Apostel. Es ist hoher Mittag und ein besonderer Tag im geistlichen Jahr zugleich, den das Gedicht anzeigt. Die trübe Weltenzeit („wie ausgedörrt“) mit ihrem Leidensecho selbst bei Tiger und Schlange schreit nach Hilfe. Die kunstvoll verklammerten Verse (a b a b c b c) sehnen und flehen den Tröster herbei. Die Wende, hervorgehoben durch die doppelte Auftakt-Betonung „da, horch“, erfolgt genau in der Mitte des Gedichts – erst ein Säuseln, dann „wie Sturmes Rauschen“. Zwei Strophen feiern die mitreißende Kraft der Verwandlung, in die sich auch die dichterische Utopie einschreibt: „Und unaufhaltsam strömt das Wort“.

Und doch verhallt der Wachruf, endet das Frohlocken im klagenden „ach“, in der Zerknirschung ob des zeitlichen Abstandes zu jenem flammenden Pfingstwunder. Dessen heilsgeschichtlicher Zäsur setzt das Gedicht den lähmenden Zeitfluss, die schmachtende Seele, das Weinen und Wachen entgegen. Im folgenden Lied zum Pfingstmontag heißt es gar: „O Glaube! wie lebend'gen Blutes Kreisen,/Er tut mir not;/Ich hab ihn nicht …“

Im geistlichen Zyklus der Droste wechseln Privat- und Predigerton, stehen Fragen und Selbstbefragung der Glaubenswahrheit entgegen. Mag die poetische Schöpfung ein ums andere Mal Eigenmacht in der Bibelauslegung erlangen, so rettet Droste-Hülshoff doch gleichzeitig den Glaubensbestand in die Poesie und formt das „Geistliche Jahr“ zu einer tiefen Selbstergründung.

Die „Ärmste der Verlornen“, wie sie sich im „Pfingstmontags“-Gedicht bezeichnet, hat in der bohrenden Stetigkeit ihrer Glaubensfragen und Zweifel einen großen Vorgänger: Johann Christian Günther (1695–1723). *Günter Ott*

PAUL FLEMING

An Sich

Sey dennoch unverzagt. Gieb dennoch unverlohren
Weich keinem Glücke nicht. Steh' höher als der Neid.
Vergnüge dich an dir/und acht es für kein Leid/
hat sich gleich wieder dich Glück'/Ort/und Zeit verschworen.
Was dich betrübt und labt/halt alles für erkohren.
Nim dein Verhängnüß an. Laß' alles unbereut.
Thu/was gethan muß seyn/und eh man dirs gebeut.
Was du noch hoffen kanst/das wird noch stets gebohren.
Was klagt/was lobt man doch? Sein Unglück und sein Glücke
ist ihm ein ieder selbst. Schau alle Sachen an.
Diß alles ist in dir/laß deinen eiteln Wahn/
und eh du förder gehst/so geh' in dich zu rücke.
Wer sein selbst Meister ist/und sich beherrschen kan/
dem ist die weite Welt und alles unterthan.

Nimm's mit Gelassenheit

Vermutlich 1640 hat Paul Fleming dieses Sonett geschrieben, in seinem Todesjahr. Verse der Altersweisheit? Nein, es handelt sich um das Gedicht eines 30-Jährigen. Umso bemerkenswerter sind diese 14 Zeilen, die im Ton abgeklärter Gewissheit ein Programm der rechten Lebensführung entwerfen.

Schon der Titel sagt es: Ein Ich spricht hier „an sich" selbst. Dies geschieht weit überwiegend in Imperativsätzen, wodurch dem ganzen Gefüge der Charakter eines Lehrgedichts zukommt. Doch kann kein Zweifel daran bestehen, dass die formulierten Appelle über das Ich des Redners hinausweisen und Allgemeingültigkeit beanspruchen. Was aber wird hier anempfohlen?

Da ist zunächst dieses zweifach gesetzte „dennoch". Mit dieser Konjunktion erspart das Gedicht seinem Leser die Beschreibung dessen, auf was es Bezug nimmt, nämlich Leid in jeglicher Form, die Ursache allen Verzagtseins. Eben dagegen wenden sich die Imperative: „Weich keinem Glücke nicht" – was das sich unablässig drehende Rad der Fortuna mit sich bringt, ist für einen jeden nun mal unabänderlich, ist gottgegebenes „Verhängnüß".

Solcher Zumutung entgegenzutreten, ist dem Menschen allein dadurch möglich, dass er eine gelassene Haltung einnimmt. Wer das nicht vermag, der ist ein Spielball seiner Affekte. Wer diese vernünftigerweise jedoch zu bändigen versteht, den bringen Widrigkeiten nicht ins Wanken: „Wer sein selbst Meister ist... dem ist die weite Welt und alles unterthan." Fleming propagiert hier das Ideal des Stoizismus, einer Denktradition, die, anknüpfend vor allem an Seneca, in den Krisen des 16. und 17. Jahrhunderts Wiedergeburt und weitreichende Verbreitung erfuhr.

Fleming führt sein Plädoyer für die Selbstbeherrschung mit einigem poetischen Aufwand. Die Reimstruktur seines Sonetts folgt streng dem von Martin Opitz in seiner „Deutschen Poeterey" (1624) vorgegebenen Schema, wonach etwa in den beiden Quartetten die Verse 1, 4, 5 und 8 miteinander korrespondieren, sowie (im vorliegenden Fall nicht ganz rein) die Verse 2, 3, 6 und 7. Opitz' Beispiel folgt auch das Versmaß des Alexandriners, eines Jambus mit sechs Hebungen und mit deutlicher Zäsur in der Versmitte. Zeilen wie die beiden ersten des Gedichts, in denen jeweils drei Hebungen auf einen geschlossenen Satz entfallen, sind geradezu mustergültige Alexandriner-Hälften.

Fleming, zweifellos ein gläubiger Christ, kommt ohne explizite Diesseits-Klage und Jenseits-Hoffnung aus, anders als etwa Gryphius in seinem fast gleichnamigen Gedicht „An sich selbst". Bemerkenswert ist das auch deshalb, weil Fleming „sich" selbst – und damit überhaupt dem Menschen – einiges zutraut in der Bewältigung des Lebens. *Stefan Dosch*

PETER RÜHMKORF

Auf eine Weise des Joseph Freiherrn von Eichendorff

In meinem Knochenkopfe
da geht ein Kollergang,
der mahlet meine Gedanken
ganz außer Zusammenhang.

Mein Kopf ist voller Romantik,
meine Liebste nicht treu –
Ich treib in den Himmelsatlantik
und lasse Stirnenspreu.

Ach, wär ich der stolze Effendi,
Der Gei- und Tiger hetzt,
wenn der Mond, in statu nascendi,
seine Klinge am Himmel wetzt! –

Ein Jahoo, möcht ich lallen
lieber als intro-vertiert
mit meinen Sütterlin-Krallen
im Kopf herumgerührt.

Ich möcht am liebsten sterben
im Schimmelmonat August –
Was klirren so muntere Scherben
in meiner Bessemer-Brust?!

Die Scherben der Romantik

Die Romantik schlägt auf das Gemüt. Aufbruch und Ahnung, Sehnsucht und Geheimnis sind ihre Stichworte, volksliedhaft klingt ihr Wunderton. Das reizt zum Widerspruch. So macht sich ein Dichter wie Peter Rühmkorf (1929–2008), dem die Muse Kritik und Ironie in die Wiege gelegt hat, auf den Weg der Ernüchterung. Längst ist für ihn der Singsang der Mühlräder verhallt, längst hat ihn der Verdacht ereilt, diese Wasserräder drehen nur die Zeit zurück.

„In einem kühlen Grunde,/Da geht ein Mühlenrad,/Mein' Liebste ist verschwunden,/Die dort gewohnet hat…" So ur-romantisch beginnt Eichendorffs fünfstrophiges „Lied" von 1810. Es ist eine seiner populärsten Dichtungen. Eine Liebe geht entzwei, der Sänger verzweifelt: „Ich möcht' am liebsten sterben,/Da wär's auf einmal still."

Der Grundriss ist in der Gegendichtung „Auf eine Weise des Joseph Freiherrn von Eichendorff" noch erkennbar. Rühmkorf publizierte seine parodistische Aktualisierung 1986 in dem Band „Außer der Liebe nichts". Zitiert werden die zwei wichtigsten Versatzstücke: die untreue Liebste und der Todeswunsch. Noch ist der zeitgenössische Dichter von der Romantik affiziert, von ihrem liedhaft-jambischen Metrum, von der Strophenzahl, vom Kreuzreim mit wechselnder weiblicher und männlicher Kadenz, vom „möchte"-Ton des Verlangens.

Allerdings verlegt Rühmkorf die romantische Weise vom gefühlvollen Herzen in den „Knochenkopf", in die Beugungen und Reflexionen des Bewusstseins. Und siehe da: Die einst bedichtete „Universalpoesie" geht in die Brüche („außer Zusammenhang", „Stirnenspreu", „muntere Scherben").

Hoher und niederer Ton purzeln durcheinander; die Schnoddrigkeit schießt in den Vers („der Gei- und Tiger hetzt"); das Industriezeitalter hebt sein Haupt („Bessemerbirne" = eine Anlage zur Stahlerzeugung); der viel besungene Mond wandelt sich zum aggressiven Zeichen; die Sehnsüchte laufen auf in Karl Mays Lügenabenteuer („der stolze Effendi") wie in den Yahoos, primitiven tierischen Kreaturen (aus Jonathan Swifts „Gulliver"-Roman). Am Ende kommt noch Gottfried Benn zu Ehren: „Am schlimmsten:/nicht im Sommer sterben …".

Solcherart steuert Rühmkorfs eigenmächtiger Sprachregler die lyrische Tradition neu aus (neben Eichendorff u. a. Brockes, Klopstock, Claudius, Hölderlin, Heine usw.). Dabei kommt ihm seine virtuose Sprachwendigkeit zugute, die Mischung von Klang und Slang. Rühmkorf schüttelt das Ruhekissen alter Dichtkunst kräftig durch, seine Verse haben Bodenhaftung, seine Lust an der Parodie erledigt nicht und wischt nicht weg, sondern bringt alte Triebe zu neuer Blüte. *Günter Ott*

KAROLINE VON GÜNDERRODE

Liebe

O reiche Armut! Gebend, seliges Empfangen!
In Zagheit Mut! in Freiheit doch gefangen.
In Stummheit Sprache,
Schüchtern bei Tage,
Siegend mit zaghaftem Bangen.

Lebendiger Tod, im Einen sel'ges Leben
Schwelgend in Not, im Widerstand ergeben,
Genießend schmachten,
Nie satt betrachten
Leben im Traum und doppelt Leben.

Das Gegensätzliche zieht sich an

Zwei-, drei-, vier-, fünf- und sechshebigen Versen, die durch die klingenden Kadenzen des Reims eng aufeinander abgestimmt sind. Vor allem aber eine Fülle an Widersprüchen und Paradoxien, die ausgerechnet unter die Überschrift „Liebe“ gestellt werden.

Sie wird hier nicht als harmlose oder idyllische Vereinigung gezeichnet, sondern als ein Protokoll von Gegensätzen erfasst, das Eigenwilligkeit und Ernsthaftigkeit zugleich umfasst. Liebe als eine Erfahrung der Widersprüche, weder reich noch arm, sondern „O reiche Armut!“, nicht stumm oder sprechend, sondern „In Stummheit Sprache“. Auf diese Weise erscheint die Liebe der schlichten Vermittlung des Alltags entzogen; sie zeigt das Außerordentliche, das Gegenläufige, ohne dass es in die Ordnung von Mann und Frau gebracht würde. Der Widerspruch, wie „lebendiger Tod“, wird zum Zeichen einer alles andere als selbstverständlichen Wahrheit, die dem Maß des Normalen sich entzieht, sie nicht „satt betrachtet“.

Das Stichwort des Lebens begegnet in der zweiten Strophe viermal, in höchst komplexer Umgebung, zwischen Traum und Tod, Einheit und Verdoppelung. Aber es ist nicht der erlösende gemeinsame Liebestod, wie später bei Wagner, sondern die spannungsgeladene Vereinigung des Gegensätzlichen.

Geschrieben hat dieses Gedicht eine junge Dichterin, die unter dem Pseudonym Tian mit 24 Jahren einen Band „Gedichte und Phantasien“ herausbrachte. Geboren 1780 in Karlsruhe, war sie mit Bettine und ihrem Bruder Clemens Brentano bekannt, dessen schwärmerische Liebe sie nicht erwiderte. Wegen ihrer Liebe zu dem neun Jahre älteren Friedrich Creuzer, der an der Universität Heidelberg als Mythenforscher tätig war, kam es zum Bruch mit Bettine – nach dem Rückzug Creuzers aber zu ihrem Freitod am 26. Juli 1806 bei Winkel am Rhein.

Früh schon von Schriften Schellings und auch Hölderlins geprägt, dem sie vielleicht am nächsten verwandt sein dürfte, wurde Karoline von Günderrode nach ihrem Tod von Bettines Ehemann Achim von Arnim dichterisch verklärt.

Das lebensnahste Denkmal hat ihr aber eine andere Autorin gesetzt, Christa Wolf (1929–2011), die 1979 eine Werkauswahl unter dem Titel „Der Schatten eines Traumes“ herausbrachte und in der wertvollen Erzählung „Kein Ort. Nirgends“ eine fiktive Begegnung zwischen Karoline und Heinrich von Kleist schilderte, der in seiner „Penthesilea“ von den Widersprüchen der Liebe Zeugnis ablegte und ebenfalls freiwillig aus dem Leben schied: 1811.

Mathias Mayer

ANDREAS GRYPHIUS

An die Sternen

Ihr Lichter, die ich nicht auff Erden satt kan schauen,
Ihr Fackeln, die ihr Nacht und schwartze Wolcken trennt
Als Diamante spilt, und ohn Auffhören brennt;
Ihr Blumen, die ihr schmückt des großen Himmels Auen:

Ihr Wächter, die als Gott die Welt auff-wolte-bauen;
Sein Wort die Weißheit selbst mit rechten Namen nennt
Die Gott allein recht mißt, die Gott allein recht kennt
(Wir blinden Sterblichen! was wollen wir uns trauen!)

Ihr Bürgen meiner Lust, wie manche schöne Nacht
Hab ich, in dem ich euch betrachtete, gewacht?
Herolden diser Zeit, wenn wird es doch geschehen,

Daß ich, der eurer nicht alhir vergessen kan,
Euch, derer Libe mir steckt Hertz und Geister an
Von andern Sorgen frey werd unter mir besehen?

Über den Sternen

Andreas Gryphius (1616–1664) wurde hineingeboren in die Jahrzehnte des Kriegs, in die von Machtgelüsten und Konfessionszwisten hervorgerufene „grause Noth“. Es ist überliefert, wie enthemmte Soldaten Männern, Frauen und Kindern glühende Eisenstangen in die Gurgel stießen, wie sie die Leiber mit Jauche füllten und dann auf den Bäuchen herumtrampelten. In jenen Unzeiten wurde vielen auch der „Seelen-Schatz“ abgezwungen. Die (jesuitisch befeuerte) Gegenreformation trieb Gryphius, den Sohn eines strengen lutherischen Geistlichen aus dem schlesischen Glogau, vor sich her.

Wie sollte das Leben angesichts von „schwerdt und fewr“ anders als nichtig erscheinen? Und was konnte aus „todt“ und „elendt“ helfen? Vor allem – trotz aller Not und Anfechtung – die Standhaftigkeit im Glauben. Der Krieg verlangte nach einer Antwort des Himmels. Der Blick musste sich über die Finsternisse hienieden hinwegheben und schauen auf einen Gott, der als „Weg und Liecht“ firmierte.

Diese Bewegung vom Erden-Dunkel (Nacht, „schwartze Wolcken“) zum Sternenglanz vollzieht Gryphius’ Sonett. Es ist ein Lobpreis des Lichts im Gewand der hymnischen Ansprache: Ihr Fackeln, ihr Blumen, ihr Wächter usw. Der Dichter entspricht dem Schöpfungswunder durch das Pathos seiner erlesenen Anaphern-Folge. Er macht sich den Alexandriner, das Metrum und die Zäsuren frei zunutze, treibt seine Verse, analog zur barocken Architektur, in die strahlende Höhe, schmückt aus und verziert, setzt auf der Klaviatur der Rhetorik ein funkelndes Bilder-Spiel in Gang und bekräftigt seine Sprachmächtigkeit. Diese erweist die damals noch junge deutsche Dichtersprache als poesietauglich.

„An die Sternen“, in variierender Fassung überkommen, ist vermutlich um 1640 entstanden. Die Sterne werden nicht um ihrer selbst willen gerühmt (das ist der späteren Naturlyrik vorbehalten), sie stehen hier für Gott und seine weise Weltordnung (die nur der „blinde Sterbliche“ nicht ahnt). Sie sind Wächter des Himmels, wecken die Lust der beständigen Betrachtung und bürgen für das Jenseits. Die vorwärts drängende Spannung des (durch zahlreiche Bibel-Anklänge beglaubigten) Gedichtes kommt in der persönlichen Heilshoffnung zur Ruhe. Erst werden die Sterne von unten (Erde) betrachtet, dann von oben (Ewigkeit) besehen.

Gryphius blendet in seiner christlichen Meditation das neue, heliozentrische Weltbild völlig aus. Aber im Epigramm gibt er dem großen Nikolaus Kopernikus (gest. 1543) durchaus die Ehre, preist „die Sinnen, die den Lauff der Erden new gefunden“ und findet die schöne Zeile: „Der Kreiß auff dem wir sind muß umb die Sonnen tragen.“ *Günter Ott*

GEORG BÜCHNER

Nacht

Wieder eine Nacht herabgestiegen
Auf das alte, ew'ge Erdenrund,
Wieder eine Finsternis geworden
In dem qualmerfüllten Kerkerschlund.

Eine Vision der Schwärze

In einer Gedichtanthologie würde man ihn eigentlich nicht suchen: Georg Büchner (1813–1837) hat sich seinen Ehrenplatz in der Literatur vor allem durch die Radikalität seines Menschenbildes erschrieben, durch seine Dramen und die Fragment gebliebene Novelle „Lenz". Der schonungslose Blick des ausgebildeten Arztes, der aufgrund seines revolutionären Engagements früh zur Flucht getrieben wurde, legt die Schwächen der menschlichen Kreatur bloß. Die Erbärmlichkeit und der Zynismus der Macht in dem Revolutionsstück „Dantons Tod", der Mensch als Opfer von Trieb, Sprachlosigkeit und Unterdrückung im „Woyzeck", auch der Mensch als Marionette einer nur eingebildeten Freiheit im höchst bedeutenden Lustspiel „Leonce und Lena" – das sind Schlaglichter seines Welttheaters.

Lyrik scheint nur der Schüler Büchner verfasst zu haben: Da gibt es ein neunstrophiges Gedicht, das der Fünfzehnjährige für „seine guten Eltern" als „ein kleines Weihnachtsgeschenk" verfasst hat, in braven Kreuzreimen eine geordnete Welt bildreich besingend – so etwa zu Beginn: „Niedersinkt des Tages goldner Wagen,/Und die stille Nacht schwebt leis' herauf".

Aber wie um sich des Abstandes zu vergewissern und die eigene Entwicklung sich vor Augen zu stellen, hält Büchner auf der frei gebliebenen Seite dieser Handschrift „in späterer Zeit" einen Vierzeiler fest, dem er zwar dieselbe, wenngleich gekürzte Überschrift gibt, aber doch um darunter ein radikales Gegenprogramm zu formulieren. Die Überlieferung des Textes ist nach den neueren Ausgaben umstritten.

Hier ist nicht mehr von einer Feier der Natur, der Gestirne und der Schöpfung die Rede. Alle Romantik hat ein Ende. Statt der Verklärung des Unendlichen herrscht ein illusionsloser Blick auf die Wiederkehr des Gleichen. Die Erde ist gerade nicht das vergängliche Gegenteil eines ewigen Jenseits, sondern hier wird das Erdenrund als unsere alte Ewigkeit vorgestellt, der wir nicht entrinnen. Die Nacht erscheint als unausweichliches Erbteil einer durch und durch irdischen Existenz, für eine transzendente Perspektive ist kein Platz. Die Nacht ist nichts anderes als eine Finsternis, deren Wiederholung wir nicht entkommen – und unsre Existenz ist wie die von Danton oder Woyzeck nichts anderes als ein „qualmerfüllter Kerkerschlund". *Mathias Mayer*

ERICH KÄSTNER

Sachliche Romanze

Als sie einander acht Jahre kannten
(und man darf sagen: sie kannten sich gut),
kam ihre Liebe plötzlich abhanden.
Wie andern Leuten ein Stock oder Hut.

Sie waren traurig, betrugen sich heiter,
versuchten Küsse, als ob nichts sei,
und sahen sich an und wussten nicht weiter.
Da weinte sie schließlich. Und er stand dabei.

Vom Fenster aus konnte man Schiffen winken.
Er sagte, es wäre schon Viertel nach Vier
und Zeit, irgendwo Kaffee zu trinken.
Nebenan übte ein Mensch Klavier.

Sie gingen ins kleinste Café am Ort
und rührten in ihren Tassen.
Am Abend saßen sie immer noch dort.
Sie saßen allein, und sie sprachen kein Wort
und konnten es einfach nicht fassen.

Die Sache mit der Liebe

Der Titel des Gedichts lässt aufhorchen, reibt sich doch scheinbar Gegensätzliches aneinander. Romanze – nennt man so nicht ein gefühlvolles Liebeserlebnis? Jedoch dient in der Literatur das selbe Wort – und damit spielt der Autor – zur Bezeichnung einer Versdichtung mit deutlich erzählendem Charakter. Was hingegen das „sachliche" Attribut betrifft: Das steht zunächst einmal quer zum landläufigen Verständnis dessen, worauf es sich bezieht, die Liebe nämlich. Doch die Zeit, in der das Gedicht entstand – 1929 eröffnet es Erich Kästners Band „Lärm im Spiegel" –, ist die Dekade der Neuen Sachlichkeit, die auf die Ekstasen des Expressionismus und den Schock des Ersten Weltkriegs mit einer nüchternen Sicht der Welt antwortet. Das gilt nicht zuletzt für die Liebe. In der „Sachlichen Romanze" hat sie den Stellenwert eines Stocks oder Huts, eines Gegenstands also, der schon mal „abhanden" kommen kann. Nicht weiter schlimm, heißt das, so ein Verlust ist leicht zu ersetzen.

Kästner, der entsprechende eigene Erfahrungen gerade hinter sich hatte, was auch in weiteren Gedichten seinen Niederschlag fand, Kästner lässt in der „Sachlichen Romanze" ein Paar auseinandergehen. Es gehört zum Gestus der Sachlichkeit, dass die Verse sich nicht mit der Frage nach dem Warum aufhalten. Statt dessen erfolgt eine Beschreibung dessen, was (Sache) ist. Vor allem Sprachlosigkeit, seit jeher Hauptsymptom partnerschaftlicher Entfremdung. Der Mann und die Frau haben sich nichts mehr zu sagen, und weil sie „nicht weiter" wissen, probieren sie es noch einmal mit Zärtlichkeiten („versuchten Küsse"), was aber nichts mehr an der Situation ändert. Auch in der letzten Strophe greift Kästner die erloschene Kommunikation noch einmal auf im Bild des sprachlosen Rührens in Kaffeetassen, im „kleinsten Café am Ort", dort, wohin innig Vertraute sich normalerweise zurückziehen.

Nicht weniger fein beobachtet von Kästner ist, dass die Sprachlosigkeit in solch peinvollen Situationen einhergeht mit geschärfter Außenwahrnehmung. Man hört ein Klavier von nebenan; sieht jenseits des Fensters Schiffe ziehen. Letzteres ein sinniges Bild, gelten Schiffe doch von jeher als Symbole von Abschied und Aufbruch.

Doch trotz aller Sachlichkeit, zu der auch gehört, dass nicht ein Ich von seinem Erleben, sondern ein Erzähler aus der Distanz berichtet, wirkt Kästners Gedicht nicht kalt. Im Gegenteil, der kunstvoll gewirkte melancholisch-ironische Ton schimmert in warmen Farben, und im Nicht-Fassen-Können der prekären Lage durch die beiden Protagonisten offenbart sich sogar ein Gefühlsrest. Eine – vielleicht bleibende – Sympathie, die zurückstrahlt auf das ganze Gedicht.

Stefan Dosch

EDUARD MÖRIKE

Restauration

Das süße Zeug ohne Saft und Kraft!
Es hat mir all mein Gedärm erschlafft.
Es roch, ich will des Henkers seyn,
Wie lauter welke Rosen und Camille-Blümlein.
Mir ward ganz übel, mauserig, dumm,
Ich sah mich schnell nach was Tüchtigem um,
Lief in den Garten hinter'm Haus,
Zog einen herzhaften Rettig aus,
Fraß ihn auch auf bis auf den Schwanz,
Da war ich wieder frisch und genesen ganz.

(nach Durchlesung eines Manuskripts mit Gedichten)

Ein Rettich als Medikament

Der Dichter Eduard Mörike (1804–1875) schrieb dieses Gedicht mitten in der Epoche von Biedermeier und Vormärz. Traditionell werden seine poetisch-literarischen Schöpfungen viel, viel mehr der biedermeierlichen Beschaulichkeit zugeordnet als auch nur ansatzweise dem aufrührerischen Vormärz. Doch ganz so schlicht ist die Sache nicht.

Zunächst einmal ist das vorliegende Gedicht ein humoriges Spottgedicht auf die gut gemeinten Ergüsse von dichtenden Liebhabern, dichtenden Dilettanten, dichtenden Kollegen Mörikes. Man hört ihn förmlich aufstöhnen und aufjaulen bei der „Durchlesung" eines fremden Manuskripts mit Gedichten. Wieder einer, der reimen will – und es originär nicht kann. Das ist das lästige Los manches angesehenen Dichters, manches Redakteurs auch: Dass er gut Gemeintes, aber nicht gut Gelungenes zur Prüfung auf Druck-Tauglichkeit vorgelegt bekommt.

Und bei der „Durchlesung" wird es dem Prüfer (Mörike) dann vor lauter lind-lauwarmen Dicht-Aromen („welke Rosen", „Camilleblümlein") derart „übel, mauserig, dumm", dass er rasch auf Abhilfe, auf ein Gegenmittel sinnt. Er findet dieses Gegenmittel in einem anderen pflanzlichen Aroma, in der herzhaften Schärfe des Rettichs. Der hat jenen Saft und jene Kraft, die Mörike zuvor bei der „Durchlesung" des süßen Zeugs unter erschlaffendem Gedärm vermissen musste. Und wie eine zusätzliche (selbst-)ironische Pointe auf einen krampfhaft hingebogenen Reim liest sich dann das Finale des Gedichts, das quasi die Genesung des an untüchtiger Kunst Erkrankten bildhaft schildert: „Fraß ihn auch auf bis auf den Schwanz,/Da war ich wieder frisch und genesen ganz." Wunderbar mokant.

Diese Genesung ist vordergründig die „Restauration", die Wiederherstellung, des gebeutelten Prüfers – so der Titel zu den Versen. Aber das Wort hat man – wie das ganze Gedicht – wohl doppeldeutig zu verstehen. Denn Restauration nannte man schon zu Mörikes Zeit übergreifend die historische Periode von Biedermeier und Vormärz. Und da nun wird Mörike, wenn schon nicht eindeutig, so doch abgründig! Stellt er sich hier hinter den Saft und die Kraft des Rettichs als Saft und Kraft der politischen Restauration des Metternich-Regimes? So, wie etliche Dichter des deutschen Biedermeier, die mindestens fremdelten mit den Liberalen? Immerhin war der Begriff der „Restauration" damals noch ein positiv besetzter.

Oder schrieb Mörike womöglich doch ein Gedicht von dreifacher Ironie? Ironie gegenüber Andachtspoesie und Knittelvers – und gegenüber den scharfen Saft- und Kraftdemonstrationen der Restauration?

Die Zensur seinerzeit dürfte was zum Knabbern gehabt haben. *Rüdiger Heinze*

RAINER MARIA RILKE

Rose, oh reiner Widerspruch

Rose, oh reiner Widerspruch, Lust,
Niemandes Schlaf zu sein
unter so viel Lidern.

Lasst die Rose blühn

Es gibt diese schweren Brocken, gegen die Interpreten aus allen möglichen Richtungen angehen – und doch bleiben diese eigensinnigen Schöpfungen wie unberührt in der Literaturlandschaft liegen. Zu ihnen muss man auch Rainer Maria Rilkes Grabspruch zählen. Zwölf Wörter, kein vollständiger Satz, kein Ich, offene Wortbezüge. Es bleibt die Rätselhaftigkeit eines die Haiku-Form aufrufenden Lyrikkonzentrats. Ob die Zwölfzahl die Fülle eines vollendeten Lebens symbolisiert?

Rilke (1875–1926) verfügte im Testament von 1925 sein Gedicht „Rose, oh reiner Widerspruch“ als seinen Grabspruch. Als Ort der letzten Ruhe bestimmte er den „hoch gelegenen Kirchhof“ von Raron in der Landschaft des Schweizer Wallis, die er ihrer Weite, ihres Windes und Lichtes wegen schätzte.

Rilke war ein großer Liebhaber von Rosen. Seine Dichtung ist voll davon. In ihr erscheinen die (Augen-) „Lider“ mehrfach als Bild für die Rosenblätter. Der Anfang des Dreizeilers kehrt somit an seinem Ende wieder. Das Gedicht schließt sich ab. Was aber meint die „Rose“? In Rilkes „Sonetten an Orpheus“ stehen die Verse: „Errichtet keinen Denkstein. Laßt die Rose/nur jedes Jahr zu seinen Gunsten blühn./Denn Orpheus ists.“ Orpheus ist der Sängerdichter. Dass das Gedicht im Gesang, durch die Verwandlungskraft der Kunst, überlebt, ist seit der Antike wohlvertraut. Es liegt daher nahe, die „Rose“ des Grabspruchs an die Dichtung anzuschließen – eine Dichtung, welche die Spannungen und Widersprüche des Lebens in Schönheit verwandelt und sich so als Einspruch gegen den Tod behauptet. Könnte man diesen Einspruch nicht auch aus der paradoxen Formulierung „Niemandes Schlaf“ heraushören und zudem durch den Gleichklang von „Lider“ und „Lieder“ stützen?

„Rose“, „Lust“, „Lider“, all diese Wörter weisen auf das Diesseits, die Schönheit des Lebens, die der Grabspruch auch im zunehmend freier werdenden Rhythmus und im hellen i-Ton spiegelt – ohne freilich die „Widersprüche“ auszublenden. Die Rose verblüht, die Lust vergeht, der Schlaf ist nah am Tod. „O Leben, Leben, wunderliche Zeit/von Widerspruch zu Widerspruche reichend...“ – diese von Rilke beschworene Mischung von Rühmung und Klage mag auch im „oh“ seiner Grabdichtung mitschwingen.

Das artifizielle Epitaph mutet wie ein letzter Schutzraum des Dichters an. Seine Geheimnisse sind zu wahren, und nicht, wie folgt, in plumpe Eindeutigkeiten christlicher Provenienz zu überführen: „Rose, oh frohe Botschaft der Überwindung des/Todes durch das ewige Leben.“ Rilke hatte sich in seinem Testament ausdrücklich gegen priesterlichen Beistand verwahrt. *Günter Ott*

THEODOR STORM

Abseits

Es ist so still; die Heide liegt
Im warmen Mittagssonnenstrahle,
Ein rosenroter Schimmer fliegt
Um ihre alten Gräbermale;
Die Kräuter blühn; der Heideduft
Steigt in die blaue Sommerluft.

Laufkäfer hasten durchs Gesträuch
In ihren goldnen Panzerröckchen,
Die Bienen hängen Zweig um Zweig
Sich an der Edelheide Glöckchen,
Die Vögel schwirren aus dem Kraut –
Die Luft ist voller Lerchenlaut.

Ein halbverfallen niedrig Haus
Steht einsam hier und sonnbeschienen;
Der Kätner lehnt zur Tür hinaus,
Behaglich blinzelnd nach den Bienen;
Sein Junge auf dem Stein davor
Schnitzt Pfeifen sich aus Kälberrohr.

Kaum zittert durch die Mittagsruh
Ein Schlag der Dorfuhr, der entfernten;
Dem Alten fällt die Wimper zu,
Er träumt von seinen Honigernten.
– Kein Klang der aufgeregten Zeit
Drang noch in diese Einsamkeit.

Das zerbrechliche Idyll

Zu den Bewunderern von Theodor Storm gehörte Thomas Mann. Der schätzte seinen schleswig-holsteinischen Landsmann nicht nur wegen dessen Novellen, sondern insbesondere auch aufgrund der Lyrik. Gerade Storms „Abseits“, 1847 entstanden, hatte es Thomas Mann angetan, er sah das Gedicht in einem Rang, der es ihm erlaube, „neben dem Höchsten und Reinsten seinen Platz zu nehmen, was Gefühl und Sprache hervorgebracht haben“.

Was das „Reinste“ betrifft, so kommt Storm hier tatsächlich mit einfachsten Mitteln aus. Die Sätze reihen sich gleichförmig jeweils zwei Verse lang aneinander, die Reimstruktur der Strophen besteht aus lediglich einem Kreuzreim mit angehängtem Paarreim. Wie viel Kunstfertigkeit jedoch diesem so behaglichen Sprachfluss untergemischt ist, das zeigt schon die erste Strophe in ihrer Schilderung sommerlicher Natur. Fast alle Sinne sind hier aufgerufen: das Hören („Es ist so still“) ebenso wie das Fühlen (der „warmen“ Sonne), das Sehen („rosenrot“, „blau“) nicht anders als das Riechen („Heideduft“). Aus der Sphäre der Vegetation schwenkt der Blick in der zweiten Strophe ins Tierreich und richtet sich dort von den Laufkäfern am Boden über die Bienen an den Zweigen hinauf bis zu den Vögeln am Himmel. Noch eine Strophe weiter gesellt sich zu diesen Bildern der Mensch dazu, doch nicht als Überhöhung der Natur, sondern als organisch ihr zugehöriger Teil. Der Alte, der an der Tür der Kate lehnt, und sein Pfeifchen schnitzender Junge haben Muße, sie lassen dem Walten der Natur seinen Lauf. Ein Idyll, diese ganze Szenerie.

Und doch ist diesem paradiesischen Zustand nur ein begrenzter Raum beschieden, ein „Abseits“, wie der Titel besagt. Dass es ein Jenseits davon gibt, macht schon der Schlag der Dorfuhr deutlich, auch wenn er „kaum“ Auswirkung auf das Idyll besitzt. Der an die Zeit erinnernde Klang wird in den beiden letzten Versen erneut aufgegriffen, nun aber mit bedeutsam verändertem Akzent. Es ist nicht nur die Uhrzeit – Sinnbild des geschäftigen Lebens –, sondern auch die „aufgeregte Zeit“, die der Natur-Einsamkeit entgegensteht: In diesen Worten klingen die sich anbahnenden Revolutionsunruhen von 1848 ebenso an wie die politisch-sozialen, technisch-wirtschaftlichen Umwälzungen des Zeitalters. Die solcherart bedrohte Idylle scheint auf einmal vergänglich, kenntlich gemacht durch den Wechsel vom Präsens ins Präteritum in den Schlussversen und verstärkt durch das unterschwellig orakelnde „noch“.

Mit diesem – um Thomas Manns Begriff zu verwenden – gefühlvollen Hinweis auf die Gefährdung des Paradieszustands hat Storm aber dafür gesorgt, dass dem Zauber seiner Verse nichts Süßliches anhaftet. *Stefan Dosch*

ERNST JANDL

wien : heldenplatz

der glanze heldenplatz zirka
versaggerte in maschenhaftem männchenmeere
drunter auch frauen die ans maskelknie
zu heften heftig sich versuchten, hoffensdick.
und brüllzten wesentlich.

verwogener stirnscheitelunterschwang
nach nöten nördlich, kechelte
mit zu-nummernder aufs bluten feilzer stimme
hinsensend sämmertliche eigenwäscher.

pirsch!
döppelte der gottelbock von Sa-Atz zu Sa-Atz
mit hünig sprenkem stimmstummel.
balzerig würmelte es im männechensee
und den weibern ward so pfingstig ums heil
zumahn: wenn ein knie-ender sie hirschelte.

Partisan am Heldenplatz

Am 14. März 1938 hielt Adolf Hitler triumphalen Einzug in Wien: Theodor Kardinal Innitzer ließ alle Kirchenglocken läuten. Tags darauf proklamierte Hitler vom Balkon der Hofburg aus den Anschluss Österreichs an das Deutsche Reich. 250.000 Menschen standen auf dem Heldenplatz und an der Ringstraße. Sie „brüllzten“ (brüllten und balzten), machten Männchen („männchenmeere“), stimmten sich ein auf den neuen „Erlöser“ („hoffensdick“, „pfingstig“), verfingen sich in der Nazi-Ideologie („maschenhaft“). Diese unheilvolle Melange aus Heilserwartung, Gewaltlust, Trieb und Ekstase fängt Ernst Jandl in seinem „heldenplatz“ so meisterhaft ein, dass kein Unterschied mehr ist zwischen konkreter und politischer Poesie. Jandl, damals zwölf Jahre alt, war Augen- und Ohrenzeuge der Großkundgebung. 24 Jahre danach, 1962, schrieb er sein Gedicht, 1966 veröffentlichte er es im Lyrikband „Laut und Luise“ – in einer Zeit, da auch in Österreich noch viele in Unschuld die Hände wuschen und sich als „Opfer“ von Nazi-Deutschland wähnten.

Ernst Jandl setzt auf Neuschöpfungen als kritisch-satirisches Gegenmittel gegen die Verführung. Sein Widerstand kommt aus der (parodierenden) Wort-Fantasie. Wo die nationalsozialistische Rede ein ums andere Mal ideologisch einrastet, fällt Jandl aus dem Raster. In dieser Abweichung und Querstellung gewinnt seine Lyrik jene Freiheit und Mehrdeutigkeit zurück, die am Heldenplatz so gänzlich „versaggerte“.

„Versaggerte“: Das Wort erinnert an „versacken“, „versagen“ und „sabbern“ zugleich. Es können hier nicht alle Neologismen aufgedröselt werden. Da sind auch die Assoziationen des Lesers gefragt. Der Dichter pointiert Wort- und Sinnfelder: das Heldenhaft-Germanische („verwogen“, „hünig“; siehe auch die zahlreichen Stabreime); das Triebhaft-Animalische („knie-ender“, „balzerig“, „würmelte“, „hirschelte“ usw.); die Jagd-Sprache („pirsch!“); den Tod („bluten“, „hinsensend“, auch mit Hinweis auf die SS, analog zu Hatz und SA in „Sa-Atz“); schließlich das religiöse Pathos (in „gottelbock“ klingt die Opferverherrlichung der Nazis ebenso an wie „Doppelbock“ und Stammtisch).

So schießt Jandl gleichsam ein Wort-Torpedo nach dem anderen gegen den Nazi-Mythos. Dem Heldenplatz-Hitler und seinen fortwährenden „Heil“-Rufern verpasst der Dichter in Laut und Akustik den Niederschlag. Thomas Bernhard hat 1988 seine „Heldenplatz“-Demontage am Burgtheater folgen lassen: „Es gibt jetzt mehr Nazis in Wien als achtunddreißig…“ Es wurde der größte Theaterskandal seit Arthur Schnitzlers Wiener „Reigen“-Erstaufführung 1921! *Günter Ott*

CHRISTIAN FRIEDRICH DANIEL SCHUBART

Die Forelle

In einem Bächlein helle,
Da schoß in froher Eil
Die launische Forelle
Vorüber wie ein Pfeil.
Ich stand an dem Gestade,
Und sah in süßer Ruh
Des muntern Fisches Bade
Im klaren Bächlein zu.

Ein Fischer mit der Ruthe
Wohl an dem Ufer stand
Und sah's mit kaltem Blute
Wie sich das Fischlein wand.
So lang dem Wasser Helle,
So dacht' ich, nicht gebricht,
So fängt er die Forelle
Mit seiner Angel nicht.

Doch plötzlich war dem Diebe
Die Zeit zu lang. Er macht
Das Bächlein tückisch trübe,
Und eh' ich es gedacht; –
So zuckte seine Ruthe,
Das Fischlein zappelt dran,
Und ich mit regem Blute
Sah die Betrogne an.

Die ihr am goldnen Quelle
Der sichern Jugend weilt,
Denkt doch an die Forelle;
Seht ihr Gefahr, so eilt!
Meist fehlt ihr nur aus Mangel
Der Klugheit. Mädchen seht
Verführer mit der Angel! –
Sonst blutet ihr zu spät.

Dichter an der Angel

Das Gedicht verdankt seine Bekanntheit Schubarts Beinahe-Namensvetter, nämlich Franz Schubert. Der vertonte „Die Forelle“ als Klavierlied und verwendete die springlebendige Melodie ein weiteres Mal in seinem „Forellenquintett“. Allerdings hat Schubert von Schubarts vier Strophen lediglich die ersten drei in Töne gesetzt.

In eben diesen ersten Strophen wird in klarer Steigerung ein Geschehen mitgeteilt. Zunächst erfolgt die Schilderung des kreatürlichen Treibens der Forelle (Strophe I), sodann tritt durch den Fischer eine potenzielle Gefahr hinzu (II), die schließlich umschlägt in tödliche Realität (III). Das alles ist in volksliedhaftem Ton erzählt, wozu der dreihebige Jambus ebenso gehört wie der kreuzweise Reim der in Halbstrophen unterteilten Strophen, aber auch die einfache Wortwahl mit ihren „Bächlein“- und „Fischlein“-Verkleinerungen.

Und doch ist diese Erzählung alles andere als eine heiter-sangliche Naturszene. Formulierungen wie „mit kaltem Blute“ und „tückisch trübe“ verdüstern bereits die anfängliche „süße Ruh“, und zwei Strophen später wird deutlich: Das beobachtende lyrische Ich ist vom Ereignis merklich betroffen, leidet regelrecht mit. Wegen einer Forelle bloß? Erstmals gedruckt erschien das Gedicht 1783, Schubart hat es wohl wenig zuvor geschrieben. Zu jener Zeit war er Gefangener auf der Feste Hohenasperg. Karl Eugen, Herzog von Württemberg, hatte ihn 1777 dort einkerkern lassen.

Seinen Zorn hatte sich Schubart durch Kritik an der Obrigkeit zugezogen, vor allem mit seiner Zeitschrift „Deutsche Chronik“, die erst in Augsburg, später in Ulm erschien. Aus der freien Reichsstadt lockte Karl Eugen den Dichter unter einem Vorwand und also tückisch auf Württemberger Gebiet, wo er ihn nun an seiner Angel hatte und der Zucht-Ruthe überantworten konnte. Unter diesem Blickwinkel wird das scheinbar harmlose Tiergedicht zum Sinnbild für privates Verhängnis wie für Tyrannengewalt.

Wie aber passt in diesen Zusammenhang die vierte Strophe, die als moralischer Appell so hart an das zuvor Geschilderte stößt? Man hat gemutmaßt, dass Schubart diesen Schluss sehr bewusst gesetzt haben könnte. Obwohl Gefangener, konnte er doch seine Lyrik veröffentlichen. Was ihm mit dem kritischen Gedicht „Die Fürstengruft“ teuer zu stehen gekommen war, hatte er dafür doch Haftverlängerung erhalten. Das sollte sich nicht wiederholen. Das Hinüberziehen der Forellen-Geschichte ins Erotische könnte dem Dichter als Möglichkeit erschienen sein, den Kopf aus der Schlinge zu ziehen. Zumal er sich sicher gewesen sein dürfte, dass das Publikum des Fischers Angeln im Trüben als das Walten des Despotismus durchaus erkannt haben wird.

Stefan Dosch

GEORG HEYM

Die Ruhigen

Ernst Balcke gewidmet

Ein altes Boot, das in dem stillen Hafen
Am Nachmittag an seiner Kette wiegt.
Die Liebenden, die nach den Küssen schlafen.
Ein Stein, der tief im grünen Brunnen liegt.

Der Pythia Ruhen, das dem Schlummer gleicht
Der hohen Götter nach dem langen Mahl.
Die weiße Kerze, die den Toten bleicht.
Der Wolken Löwenhäupter um ein Tal.

Das Stein gewordene Lächeln eines Blöden.
Verstaubte Krüge, drin noch wohnt der Duft.
Zerbrochne Geigen in dem Kram der Böden.
Vor dem Gewittersturm die träge Luft.

Ein Segel, das vom Horizonte glänzt.
Der Duft der Heiden, der die Bienen führt.
Des Herbstes Gold, das Laub und Stamm bekränzt.
Der Dichter, der des Toren Bosheit spürt.

Die Ruhe trügt

Ein seltsamer Gedichttitel! Er klingt so gar nicht nach der „Steigerung des Nervenlebens“, die der Soziologe Georg Simmel jenen expressionistischen Zeiten bescheinigte. Ob sich Georg Heym selber zu den „Ruhigen“ zählte? Kurt Hiller bezeichnete ihn einmal als „naiv wie ein Sofa“! Hiller, Gründungsmitglied des strahlkräftigen „Neuen Clubs“ in Berlin, dem auch Heym angehörte (neben Jakob van Hoddis und Ernst Blass), war um forcierte Urteile nicht verlegen. So bezeichnete er Heym unter anderem auch als „Drache auf chinesischen Wandschirmen“ sowie als „kolossalen Optiker“.

Litaneihaft fügen sich die Beobachtungen in den vorliegenden Versen, einsetzend mit einem klassischen Ruhebild. Ein Relativsatz folgt dem anderen. Die fünffüßigen Jamben in den vierzeiligen Strophen mit Kreuzreim stützen die Gleichförmigkeit. Das Gedicht wiegt sich im Rhythmus der ruhigen Dinge und ruhenden Menschen (Liebende, Pythia = die Seherin des Orakels von Delphi, usw.) Entstanden ist es 1910, im Druck erschien es erstmals 1911 in Georg Heyms Band „Der ewige Tag“.

Um 1910 vollzieht sich in den Gedichten des Wahlberliners ein Wandel. Die Natur ist nicht länger Raum der Geborgenheit. Ihrer Erscheinungen bemächtigt sich die visionäre Fantasie: Das Vertraute wird verzerrt und dämonisiert, die Landschaft entgrenzt zum Zeichen der Leere und Bedrohung. Das Gedicht „Die Ruhigen“, das seinem Titel eingangs mit den Verben „wiegt“, „schlafen“ und „liegt“ aufs Schönste nachkommt, streut von Strophe zwei an dunklere Färbungen ein: Tod, Gewittersturm, Wahnsinn (Lächeln eines Blöden), Verfall (Krüge, Geigen).

Die Auflösung der ruhigen Welt zeigt indes schon das daktylisch gebrochene jambische Metrum an (die Liebenden usw.) an, mehr noch der Reihungsstil, der eine zusammenhanglose, heterogene Ruhe vergegenwärtigt. Sie ist nicht mehr aus der Natur gewonnen, sondern Ergebnis dichterischer Setzung. In der letzten Zeile schreibt sich Georg Heym die Rolle des Seher-Dichters zu, den das törichte Treiben ringsum geradezu beunruhigt.

So erscheint das Gedicht als Paradox. Heym hat oft die erstickende Öde des Daseins beklagt und den Hunger nach (kriegerischen) Taten hinausgeschrien. Ist also das Gedicht „Die Ruhigen“ ein Abschiedsgesang und zugleich die Intonierung von Aufbruch und Ausbruch? Oder bekundet es die tiefe Ruhesehnsucht eines „zerrissenen“ Dichters?

Die Verse sind dem Freund Ernst Balcke gewidmet. Er war ein Ruhepol, zügelte Heyms „wildes Temperament“. Es ist von besonderer Tragik, dass beide, Heym und Balcke, am 16. Januar 1912 beim gemeinsamen Schlittschuhlaufen auf der Havel in Berlin ertranken. *Günter Ott*

SARAH KIRSCH

Im Sommer

Dünnbesiedelt das Land.
Trotz riesigen Feldern und Maschinen
Liegen die Dörfer schläfrig
In Buchsbaumgärten; die Katzen
Trifft selten ein Steinwurf.

Im August fallen Sterne.
Im September bläst man die Jagd an.
Noch fliegt die Graugans, spaziert der Storch
Durch unvergiftete Wiesen. Ach, die Wolken
Wie Berge fliegen sie über die Wälder.

Wenn man hier keine Zeitung hält
Ist die Welt in Ordnung.
In Pflaumenmuskesseln
Spiegelt sich schön das eigne Gesicht und
Feuerrot leuchten die Felder.

Im Zwiespalt mit der Natur

Mitte der 1970er-Jahre, als dieses Gedicht in Sarah Kirschs Lyrikband „Rückenwind“ erschien, war die Natur längst nicht mehr ein Ort, der reines Wohlbefinden versprach. Schon gar nicht in der DDR, in welcher Kirsch zu eben jener Zeit ihren Ausreiseantrag stellte und in den Westen übersiedelte. Doch auch wenn die Moderne der Natur bedrohlich zu Leibe rückt, ist die Sehnsucht nach ihr gleichwohl ungebrochen. Ein Zwiespalt, den die 1935 im Harz geborene, 2013 in Schleswig-Holstein gestorbene Dichterin vielfach aufgegriffen hat.

Mit knappen Worten ruft Kirsch zu Beginn des Gedichts jene Stimmung auf, von welcher der Titel spricht – wobei Hitze und sommerliche Schwerfälligkeit umso mehr in die Sprache dringen, als die Zeile ohne Prädikat auskommt. Doch die Entfaltung jahreszeitlich-naturhafter Atmosphäre wird sogleich gedämpft durch die Dimensionen der Felder und das Vorhandensein von Maschinen – Zeichen des landwirtschaftlichen Produktions-Gigantismus. Dieser modernen Realität stehen die Dörfer entgegen, mit ihren überschaubaren Buchsbaumgärten schon topografisch ein Gegenbild zu den weitläufigen Nutzflächen. Vor allem sind sie nicht durchpulst von rationalistischem Arbeitseifer – es herrscht ein anderer, überkommener, am Jahreslauf sich orientierender Rhythmus, der jetzt im Sommer „schläfrig“, ohne Geschäftigkeit daherkommt.

Ein ländliches Idyll, gefährdet jedoch durch die auf Expansion zielende moderne Welt. In der zweiten Strophe findet die Dichterin dafür deutliche Worte.

„Noch“ gibt es hier im ländlichen Umfeld Tierarten, die anderswo wohl schon nicht mehr existieren, noch sind die Wiesen hier „unvergiftet“. Doch gleich im selben Vers ein elegisches „Ach“, das signalisiert, dass man sich keine Illusionen zu machen braucht über die Vergänglichkeit der Idylle – was noch bekräftigt wird durch das Bild der fliegenden (und sich dabei stets wandelnden) Wolken-Berge.

So sieht das nach Verschmelzung mit der Natur sich sehnende Individuum sich in die paradoxe Lage gebracht, die Realität gewaltsam auszublenden: Kein Blick auf das Tagesgeschehen – dann ist die Welt in Ordnung. Eine Wunschvorstellung, so viel ist klar, nichts, was Dauer verspräche. Nur für Momente jeweils lässt sich der ersehnte Zustand herbeizaubern. Dann freilich leuchten die zuvor nur als „riesig“ wahrgenommenen Felder „feuerrot“, dann zeigt sich inneres Erfülltsein im Anblick des „schönen“ Gesichts.

So sehr Sarah Kirsch über die Gabe verfügt, aus Sprache den Duft unverbildeter Natur aufsteigen zu lassen, verschließt sie doch nicht die Augen vor einer ganz andersgearteten Wirklichkeit. Beide Sphären gehen in ihrem Gedicht eine spannungsvolle Wechselbeziehung ein. *Stefan Dosch*

BERTOLT BRECHT

Vom ertrunkenen Mädchen

1
Als sie ertrunken war und hinunterschwamm
Von den Bächen in die größeren Flüsse
Schien der Opal des Himmels sehr wundersam
Als ob er die Leiche begütigen müsse.

2
Tang und Algen hielten sich an ihr ein
Sodass sie langsam viel schwerer ward.
Kühl die Fische schwammen an ihrem Bein
Pflanzen und Tiere beschwerten noch ihre letzte Fahrt.

3
Und der Himmel ward abends dunkel wie Rauch
Und hielt nachts mit den Sternen das Licht in Schwebe.
Aber früh ward er hell, dass es auch
Noch für sie Morgen und Abend gebe.

4
Als ihr bleicher Leib im Wasser verfaulet war
Geschah es (sehr langsam), dass Gott sie allmählich vergaß.
Erst ihr Gesicht, dann die Hände und ganz zuletzt erst ihr Haar.
Dann ward sie Aas in Flüssen mit vielem Aas.

Die letzte Fahrt

Das ertrunkene Mädchen hat gemeinhin einen Namen: Ophelia. Shakespeare schildert ihre unglückliche Liebe zu Hamlet, den Gang „ins weinende Gewässer", den „schlamm'gen Tod". Arthur Rimbaud verhalf dem Mythos im Gedicht „Ophélie" (1870) zur folgenreichen Wiedergeburt. Sie ist verbunden mit Dichternamen wie Georges Rodenbach, Georg Heym, Gottfried Benn, Armin T. Wegner, Rolf Dieter Brinkmann, Peter Huchel – und eben auch Bertolt Brecht. Alle Bearbeitungen konzentrieren sich auf das Bild der im Wasser treibenden Ophelia.

Brechts Gedicht, um 1919 entstanden, im „Baal"-Drama von 1922 zitiert, in die berühmte „Hauspostille" (1927) aufgenommen, versagt sich die provokative Wasserratten-Drastik eines Heym und Benn. BB verfährt subtiler. Er forciert nicht den Schock, mit dem der Expressionismus (im Gefolge von Baudelaire und Rimbaud) die Tür zum Leichen- und Irrenhaus aufgestoßen hat. Wenngleich BB natürlich jenem (zumal in malerischen Versionen gepflegten) morbid-blumigen Charme widerspricht, der die schöne Ophelia ins Wasser wie in eine Komfortzone bettet.

BB anonymisiert das Geschehen. Ophelia wird zu einem (von Beginn an toten) Mädchen. Der Verfall, die gleichsam fließende Auflösung sind unaufhaltsam, angezeigt in der ersten Zeile im „hinunterschwamm". Die zweite Strophe beschleunigt die (durch Doppelsenkungen unterstrichene) Abwärtsbewegung dieser „letzten Fahrt". Das Mädchen wird schwer von „Tang und Algen", es fällt dem Naturgesetz der organischen Zersetzung anheim: Denn alles Fleisch, es wird zu Aas…

Brecht überrascht allerdings durch die Gegenbewegung der Ästhetisierung. Er ruft im „Opal", im verklärenden Licht des Himmels (dritte Strophe) so etwas wie eine mitfühlende Natur auf. Doch das Gedicht stellt diese unter Illusionsverdacht – nicht zufällig läuft dem Wort „begütigen" ein distanzierendes „als ob" voraus. Vor diesen lyrischen Aufhellungen hebt sich das Ende des Mädchens um so schwärzer ab. Brechts naturalistisches Credo fällt wie ein unabwendbarer Schatten auf das metaphysische Verlangen. Gott vergisst als letztes das Haar des Mädchens, das bei Armin T. Wegner als „flatternd gelöster Tang" auf der Oberfläche schwimmt, und das sich in Rolf Dieter Brinkmanns Gedichst „Wenn ich komme" (Erstdruck 1960) typografisch bis an den rechten Rand des Papiers ausbreitet.

Ein Gott, der vergisst, ist keiner. „Es gibt keine Wiederkehr./…Ihr sterbt mit allen Tieren/Und es kommt nichts nachher", heißt es in Brechts programmatischem „Hauspostillen"-Gedicht „Gegen Verführung".

Günter Ott

JOSEPH VON EICHENDORFF

Lockung

Hörst du nicht die Bäume rauschen
Draußen durch die stille Rund'?
Lockt's dich nicht hinabzulauschen
Von dem Söller in den Grund,
Wo die vielen Bäche gehen
Wunderbar im Mondenschein
Und die stillen Schlösser sehen
In den Fluß vom hohen Stein.

Kennst du noch die irren Lieder
Aus der alten schönen Zeit?
Sie erwachen alle wieder
Nachts in Waldeseinsamkeit,
Wenn die Bäume träumend lauschen
Und der Flieder duftet schwül
Und im Fluß die Nixen rauschen –
Komm herab, hier ist's so kühl.

Natur als Spiegel des Verlangens

Seinem Titel gemäß entwickelt dieses Gedicht, erstmals 1834 erschienen in Eichendorffs Roman „Dichter und ihre Gesellen“, von der ersten Zeile an einen merklichen Sog. Bewirkt wird das vor allem durch die Frage, die an ein Du gerichtet ist, von dem sich der Leser also direkt angesprochen fühlen darf. Eine an die Sinne appellierende Unmittelbarkeit („Hörst du nicht…?“) stellt sich ein, verstärkt noch durch die neuerliche Frage: „Lockt’s dich nicht…?“ Sogleich wird die Lockung konkretisiert durch die Schilderung einer romantisch-zauberischen Nachtlandschaft mit Mondenschein, Schlössern und Wasserspiegelungen – das ganze Eichendorff’sche Landschafts-Repertoire. Suggestiv führt der Dichter dabei den Blick von der Höhe eines Söllers nach unten zu den Bächen und weiter hinab in den Fluss – ein Satzgefälle über sechs Zeilen hinweg bis an das Ende der Strophe, angetrieben noch durch mehrere Zeilensprünge. Ganz ähnlich lebhaft die zweite Strophe, nur dass hier die Bewegung zum „Grund“, zur Pointe der Schlusszeile, durch die Reihung der Nebensätze zustande kommt.

Dass die beschriebene Landschaft solchen Sog zu entwickeln vermag, liegt an einem typisch Eichendorff’schen Kniff: Er verleiht ihr menschliche Züge. Hier „gehen“ Bäche, Schlösser „sehen“, Bäume „lauschen“, im Wald „erwachen“ Lieder. Doch die lebhafte Lockung der Natur wird auch durch den Sprachklang selbst nachgebildet, nicht nur durch die sich kreuzenden Endreime, sondern auch durch das Spiel von Gleichklängen wie „rauschen/Draußen“ oder „Bäume träumend“. Buchstäblich hebt hier die Welt zu singen an, wie es in anderen berühmten Versen Eichendorffs heißt.

Diesen Gesang vernimmt das lyrische Ich in „Lockung“ im Rauschen der Nixen im Fluss – als Aufforderung zur Kühlung, was unschwer als erotische Einladung zu verstehen ist, schon wegen des vorausgehenden „schwülen“ Fliederdufts. Eros lockt tief unten im Fluss: ein Hinweis auf die Gefährdung des lauschenden Ichs durch die Triebe. Eine Bedrohung, die, würde sich das Ich Hals über Kopf in die Erfüllung stürzen, womöglich tödliche Konsequenzen hätte. So gesehen, gewinnen die „irren Lieder“ vom Beginn der zweiten Strophe ihren Sinn. Es ist der gefährlich lockende Sexus, dem schon Odysseus im Gesang der Sirenen begegnete – so wie nun das Ich des Gedichts dem „irre“ machenden Rauschen der Nixen.

Freilich, bei Eichendorff tritt dem lyrischen Sprecher das Triebverlangen nicht mehr mit tödlicher Macht entgegen wie im Mythos. Zwar ist die erotische Sehnsucht, die „Lockung“ ungebrochen. Doch das Ich vermag an ihr in sublimierter Form teilzuhaben – in hörender Anteilnahme an rauschender Natur.

Stefan Dosch

FRANK WEDEKIND

Der Tantenmörder

Ich hab' meine Tante geschlachtet,
Meine Tante war alt und schwach;
Ich hatte bei ihr übernachtet
Und grub in den Kisten-Kasten nach.

Da fand ich goldene Haufen,
Fand auch an Papieren gar viel
Und hörte die alte Tante schnaufen
Ohn' Mitleid und Zartgefühl.

Was nutzt es, daß sie sich noch härme! –
Nacht war es rings um mich her –
Ich stieß ihr den Dolch in die Därme,
Die Tante schnaufte nicht mehr.

Das Geld war schwer zu tragen,
Viel schwerer die Tante noch.
Ich faßte sie bebend am Kragen
Und stieß sie ins tiefe Kellerloch. –

Ich hab' meine Tante geschlachtet,
Meine Tante war alt und schwach;
Ihr aber, o Richter, ihr trachtet
Meiner blühenden Jugend-Jugend nach.

Verdächtig frische Luft

Da stehen ehrenwerte Herren beisammen, jeder hat ein Buch in der Hand, und einer sagt: „Ich sperre jeden ein, der nach frischer Luft riecht." So hat Eduard Thöny in der 1896 gegründeten Wochenzeitschrift „Simplicissimus" ein Lehrerkollegium vorgeführt. Die Stoßrichtung gegen all die überkommenen Autoritäten, gegen Väter, Erzieher, Richter, gegen geistliche und politische Herren, liegt offen zutage. Es waren jene Zeiten, als die Literaten den kleinen Mann hofierten, als sie die Bücher und Bühnen für Narren, Huren und Verbrecher öffneten.

Frank Wedekind arbeitete, schon weil er Geld brauchte, früh für den „Simplicissimus" – und von 1901 an auch für das Münchner Kabarett „Elf Scharfrichter". Dort trug er 1902 zum eigenen Spiel auf der Laute, grobkantig Dur auf Moll setzend, den „Tantenmörder" vor, das nach seinen Worten „bedenklichste und gefährlichste meiner Sachen".

Und wie er diese Bedenklichkeiten aufführte! Zeitzeugen sprechen von einem „entsetzlichen Traumbild", glauben sich von einem „Alp" gepackt. Bert Brecht entsinnt sich Wedekinds eigentümlich geduckter Haltung, seines „scharf geschnittenen, ehernen Schädels", der „enormen Lebendigkeit". Wie in vielen Moritaten üblich, stellt Wedekind einen Mörder vor Gericht. Und was für einen!

Der liefert sich in diesem so schön abwechselnd gereimten (abab) Rollengedicht in schier unglaublicher und unbekümmerter Offenheit selbst ans Messer. Nichts wird verschwiegen, keine Brutalität ausgespart („geschlachtet", „...den Dolch in die Därme").

Ankläger braucht es nicht länger in diesem Prozess, Verteidiger ebenso wenig, auch keine mildernden Umstände. Das wischt der Tantenmörder in diesem Justizschocker alles beiseite. Und dann setzt er seinem Plädoyer noch die Krone auf: Die Tante selbst, „alt und schwach", „ohn' Mitleid und Zartgefühl", ist schuld an ihrem Tod – ein für die Menschheit hoffnungslos verlorener Geizkragen, der all seine Liebe auf die „goldenen Haufen" setzte und schon im Leben zu den Toten zählte.

„Der Geizige hat Keller und Küche im Kasten", heißt es im Volksmund. Im Gegeneinander der Doppelformen „Kisten-Kasten" und „Jugend-Jugend" hat das Gedicht sein Widerlager. Man könnte auch von Haben und Sein sprechen, vom Buchstaben des Gesetzes hie, von seinem Geist da. Man könnte zudem auf Matthäus 6,19 ff. verweisen: „Ir sollt euch nicht Schetze samlen auff Erden. Da sie die Motten und der Rost fressen, und da die Diebe nach graben und stelen."

Wo hört der sittliche Ernst auf, wo beginnt der unsittliche Text? Wedekind (1864–1918) fand sich immer wieder vor Gericht und in den Fängen der Zensur.

Günter Ott

GOTTFRIED BENN

Astern

Astern – schwälende Tage,
alte Beschwörung, Bann,
die Götter halten die Waage
eine zögernde Stunde an.

Noch einmal die goldenen Herden
der Himmel, das Licht, der Flor,
was brütet das alte Werden
unter den sterbenden Flügeln vor?

Noch einmal das Ersehnte,
den Rausch, der Rosen Du –
der Sommer stand und lehnte
und sah den Schwalben zu,

noch einmal ein Vermuten,
wo längst Gewißheit wacht:
die Schwalben streifen die Fluten
und trinken Fahrt und Nacht.

Rechnung mit Versen

Als seine „neueste Schwärmerei“ hat Gottfried Benn Mitte der 30er-Jahre die Stadthalle Hannover bezeichnet, ein Bier- und Weinlokal, in dem das billigste Menü 1,50 Mark kostete: Kraftbrühe mit Rindermark, Schmorbraten mit Rotweintunke, grüne Bohnen, Kartoffeln und Eisbecher. Benn saß oft dort, trinkend, beobachtend, dichtend. Auf die Rückseite der Rechnungen schrieb er einige seiner berühmtesten Verse: „Astern“, „Einsamer nie“, „Wer allein ist“, „Anemone“.

Das elegische Belcanto, der sich an spätsommerlicher Natur und am (einstigen) Glanz des Mythos berauschende „Astern“-Ton nimmt noch heute gefangen, wiewohl Benn später die Verse seiner mittleren Periode als „Anthologie-Gedichte“, als „überholt“ und „langweilig“ abtat. Unmittelbar vorausgegangen war 1933/34 der Irrlauf des Dichters in die Arme der Nationalsozialisten („Die Revolution ist da und die Geschichte spricht“!), geblieben sind tiefe Scham und Einsamkeit – und dann der Gang in die Tiefe einstiger Zeiten, hin zum mittelmeerischen Götter-Mythos.

Benn bettet die Rückschau in die helle, heitere Natur („Licht“, „Himmel“, „Flor“). Astern sammeln die Farbenpracht des Spätsommers. Aus diesem dem Gedicht doppelt vorangestellten „Wallungswort“ fließt der mythische Gesang des Südens. Die „goldenen Herden“ erinnern an die heiligen Rinder des Sonnengottes. Die (1935 geschriebenen) Strophen halten – im ästhetischen Anruf, im Bann, im Stillstand der Waage – einen besonderen Moment fest, in dem noch einmal ein umgreifender Weltentwurf aufscheint. Der Dichter beschwört den „großen Mittag“, „die heimliche feierliche Stunde“, wie sie Nietzsche im „Zarathustra“ besungen hat: „Heißer Mittag schläft auf den Fluren. Singe nicht! Still! Die Welt ist vollkommen.“

Benn (1886–1956) hat durch gehäufte Substantive, die auffallenden a-Laute, durch Variation des dreihebigen Verses rhythmische Bremsen eingebaut, als wolle er den besonderen Augenblick möglichst lange auskosten. Denn er weiß um den Verlust („das alte Werden“, die „sterbenden Flügel“). Im „noch einmal“ liegt die Sehnsucht und zugleich das Unwiederbringliche. Die „alte Beschwörung“ zeigt die Unmöglichkeit, den Zauber (der Romantik) auf Dauer zu stellen.

Benn widerruft das Präsens. Der personifizierte Sommer „stand“, „lehnte“, „sah“: Der Tempuswechsel rückt die Erfüllungsstunde in ferne Vergangenheit. Die Ambivalenz von Rausch und Untergang zeichnet das Gedicht. Astern und Schwalben bezeugen den nahen Abschied. Es bleiben „schwälende Tage“: die Sommer-Hypnose schwelender, schwüler Stunden und ihr quälendes, schwärendes Vergehen.

Günter Ott

JOHANN WOLFGANG GOETHE

Nun weiß man erst, was Rosenknospe sei

Nun weiß man erst, was Rosenknospe sei,
Jetzt, da die Rosenzeit vorbei;
Ein Spätling noch am Stocke glänzt
Und ganz allein die Blumenwelt ergänzt.

Der Spätling

Noch der 65-jährige Goethe hat persische Vokabeln abgeschrieben – das Chinesische aber kannte er nicht aus eigenem Studium. Und dennoch ist es höchst bemerkenswert, dass der fast 80-Jährige einen Zyklus „chinesisch-deutsche Jahres- und Tageszeiten" verfasste, in dem manches aus der chinesischen Kultur festgehalten wird, das er aus englischen oder französischen Übersetzungen kannte. Chinesisch in diesem Sinn kultureller Motive ist der vorliegende Vierzeiler nicht; „chinesisch" ist hier allenfalls die Knappheit, die Reflexion, die Stilisierung.

Das kleine Gedicht könnte als ein Natur-, als ein Rosengedicht beschrieben werden. Aber nicht die Fülle der Rosen wird gefeiert, sondern eine einzelne, letzte, im Herbst – dem „Spätling" – noch sich haltende Knospe. Also handelt es sich eher um ein Herbst- als um ein Sommergedicht, um einen Rückblick, bei dem die Betrachtung – als ein Nachdenken über die Zeit – im Mittelpunkt steht. Das Sehen wird zum Erkennen, wobei eben die Sommerzeit der Fülle es eher verhindert zu begreifen, „was Rosenknospe sei". Erst der Herbst, wenn noch ausnahmsweise eine Knospe am Strauch zu sehen ist, schafft das Bewusstsein für das Wunder der Rose. Sie ist das Zeichen der Liebe, der Wahrheit, einer Lebensintensität, die sich in ihrer Bedeutung erst aus dem Abstand zu erkennen gibt. Deshalb ist dieses kleine Rosengedicht auch ein Text über das Alter, denn erst die Distanz zur Lebensfülle ermöglicht deren eigentliche Erkenntnis, die im Vollzug des Lebens nicht gewürdigt wird: „Jetzt, da die Rosenzeit vorbei" – das ist der elegische Rückblick auf die an sich im Genuss bewusstlose Gegenwart – „die Gegenwart weiß nichts von sich", heißt es in einem anderen Goethe-Gedicht.

Die Ausnahme des Spätlings macht die Regel bewusst, die nun verloren ist. Aber es bedarf dieser späten Einsicht, um „die Blumenwelt" erst „ganz" sein zu lassen. Hier wird, in der quasi-chinesischen Pinselschrift eines alten Künstlers, das Lebensganze zusammengefasst. Und das Erstaunliche ist, dass diese Lebenserfahrung unvollständig wäre, wenn neben der Rosenzeit der Liebe nicht auch der Herbst der Erkenntnis möglich wäre, durch dessen eigenen Glanz erst das Leben seine Reife, seine Rundung und sein Bewusstsein erhält. *Mathias Mayer*

EDUARD MÖRIKE

Auf eine Lampe

Noch unverrückt, o schöne Lampe, schmückest du,
An leichten Ketten zierlich aufgehangen hier,
Die Decke des nun fast vergeßnen Lustgemachs.
Auf deiner weißen Marmorschale, deren Rand
Der Epheukranz von goldengrünem Erz umflicht,
Schlingt fröhlich eine Kinderschaar den Ringelreihn.
Wie reizend Alles! lachend, und ein sanfter Geist
Des Ernstes doch ergossen um die ganze Form –
Ein Kunstgebild der ächten Art. Wer achtet sein?
Was aber schön ist, selig scheint es in ihm selbst..

Wer achtet der Kunst?

An diesem Gedicht Eduard Mörikes hat sich in den 1950er-Jahren ein exemplarischer Streit entzündet, genauer: am mehrdeutigen Wort „scheint" der letzten Zeile. Die Protagonisten waren der Literaturwissenschaftler Emil Staiger und der Philosoph Martin Heidegger. Ersterer verstand „scheint" als Anschein: Es scheint so – als ob (lateinisch *videtur*). Letzterer las „scheint" als leuchtet (lat. *lucet*). Es ging in dieser Auseinandersetzung, in der sich eine stattliche Reihe weiterer Germanisten zu Wort meldete, um Sein und Schein, um das autonome Kunstwerk und seine Wahrnehmung.

Die Wahrnehmung lenkt in unserem Fall das Augenmerk auf den lyrischen Sprecher. Er ist von Beginn an greifbar, wendet sich zuerst der Lampe zu und stellt dann – an den Leser adressiert – die Frage nach ihrer Beachtung. Das 1846 entstandene Gedicht ist eine Huldigung. Mörike (1804–1875) liebte in seiner Lyrik rühmende Anreden. Hier führt er sie sogleich in die Emphase des herausgehobenen Gegenstandes: „o schöne Lampe". Sie schmückt, hat die Zeiten unbeschadet („unverrückt") überstanden. Mörike evoziert die Aura des Schönen. Als dessen Attribute bestimmt er das Leichte, Zierliche, das Maßvolle und Harmonische. Die schöne Kunst vollendet sich im Kreis, in suggestiver Folge angezeigt in der Marmorschale, im Efeukranz, im Ringelreihen der Kinder, schließlich zusammengefasst im Ausdruck „ergossen um die ganze Form". Das Gedicht (im reimlosen jambischen Sechsheber) liest die anmutige Balance nicht allein der Lampe ab („lachend, und ein sanfter Geist des Ernstes"), sondern findet sie auch im Ineinander des fernen, nicht ohne Wehmut erinnerten Museumsstücks (fast vergessnes Lustgemach: eine antikisierend-erotische Assoziation) und seiner durch die Wiedergabe nahegelegten ästhetischen Aktualisierung. Der Dichter entreißt die schöne Lampe der Vergessenheit und formt sie im Gedicht zum „Kunstgebild der ächten Art". Dieses wird abschließend zur Sentenz gegossen und findet eine letzte Abrundung in der doppelten Alliteration „schön"/„scheint" und „selig"/„selbst".

Wie soll nun der anfangs skizzierte Streit entschieden werden? Mörike betont in seinem Gedicht auffallend die Sprecherinstanz. Sie spitzt sich zu in einem Ausrufe- und in einem Fragezeichen: „Wie reizend Alles!" und „Wer achtet sein?" (gemeint: des Kunstgebildes). Dichtung, Kunst, Schönheit will wirken. Mörike spricht der Kommunikation das poetische Wort. Er verbindet mit der Kunst und mit ihrer Erkenntnis allerdings einen hohen Anspruch. Wie zur Verdeutlichung sagt er in einem Brief, nur durch die schöne Form komme ein schöner Gedanke, ein schönes Gefühl zur Erscheinung. *Günter Ott*

ARTHUR SCHOPENHAUER

Die Blumenvase

„Sieh, wie nur wenige Tage, nur wenige Stunden wir blühen",
Rief eine prangende Schar farbiger Blumen mir zu,
„Dennoch schreckt sie uns nicht, diese Nähe des finsteren Orkus:
Allezeit sind wir ja da, leben ja ewig – wie du".

Die Welt als Wille

Er gilt als der Griesgram unter den Philosophen, und dass er Gedichte geschrieben haben soll, würden die wenigsten vermuten. Aber er war schon immer eine Lieblingslektüre der Schriftsteller. Thomas Mann, Franz Kafka und Thomas Bernhard haben sich gerne auf ihn berufen. Die Rede ist von Arthur Schopenhauer (1788–1860), dem sein Starschüler Friedrich Nietzsche schon den markant vorgetragenen Pessimismus nicht ganz abnehmen wollte. So hielt Schopenhauer das Leben des Einzelnen im Ganzen für ein Trauerspiel – in den Einzelzügen aber für ein groteskes und oft bitteres Lustspiel. Auch in dem 1831 geschriebenen Epigramm – nach klassischem Muster besteht es aus zwei Distichen, jeweils durch einen Hexa- und einen Pentameter gebildet – geht es denn gleich zur Sache, um die letzten Dinge, um Vergänglichkeit, Tod und Ewigkeit.

Die Schnittblumen in der Vase bekommen hier, in der Tradition antiker Dichtung – in der sich Schopenhauer höchst sicher bewegte –, eine Stimme verliehen, durch die sie den Betrachter, das lyrische Du und den Leser zugleich in einen Gedanken einbringen. Und es ist nach bewährtem philosophischem Verfahren nicht eine harmlose Einsicht, die formuliert wird, sondern eine paradoxe Erkenntnis: Die Blumen fürchten sich nicht vor dem dunklen Tod, dem Orkus der antiken Unterwelt, so sehr sie ihn als Schnittblumen vor Augen haben. Denn ungeachtet ihrer individuellen Vergänglichkeit erheben sie zugleich Anspruch auf das Gegenteil, auf Allzeitigkeit und Ewigkeit – „wie du".

Mit dieser Pointe kommt das kleine Gedicht zum Ziel, wobei es gerade nicht, auch dies ein Paradox, um das barocke „memento mori", die Erinnerung an den Tod geht, sondern um die viel überraschendere, provokantere Behauptung, dass der Tod des Einzelnen der Ewigkeit der Natur nicht im Weg steht. Im Titel seines Hauptwerks, „Die Welt als Wille und Vorstellung", kommt die Grundüberzeugung zum Ausdruck, dass der Wille als das „Ding an sich" nicht den Bedingungen von Subjekt und Objekt, von Zeit und Raum unterworfen ist. Er manifestiert sich stattdessen in der Leiblichkeit, im blinden Drang, der in der Pflanze als Kreislauf des Werdens ebenso in Erscheinung tritt wie in der „Metaphysik der Geschlechtsliebe", die für Richard Wagners „Tristan und Isolde" wichtig werden sollte. „Der Tod ist ein Schlaf" – hier liegt Schopenhauers Nähe zur Welt des Buddhismus – aber auch der Grund, warum die Pflanze in ihrem Vergehen nicht vergeht.

Mathias Mayer

HEINRICH HEINE

Die Grenadiere

Nach Frankreich zogen zwei Grenadier,
Die waren in Rußland gefangen.
Und als sie kamen ins deutsche Quartier,
Sie ließen die Köpfe hangen.

Da hörten sie beide die traurige Mär:
Daß Frankreich verloren gegangen,
Besiegt und zerschlagen das große Heer –
Und der Kaiser, der Kaiser gefangen.

Da weinten zusammen die Grenadier
Wohl ob der kläglichen Kunde.
Der eine sprach: Wie weh wird mir,
Wie brennt meine alte Wunde!

Der andre sprach: Das Lied ist aus,
Auch ich möcht mit dir sterben,
Doch hab ich Weib und Kind zu Haus,
Die ohne mich verderben.

Was schert mich Weib, was schert mich Kind,
Ich trage weit beßres Verlangen;
Laß sie betteln gehn, wenn sie hungrig sind –
Mein Kaiser, mein Kaiser gefangen!

Gewähr mir, Bruder, eine Bitt:
Wenn ich jetzt sterben werde,
So nimm meine Leiche nach Frankreich mit,
Begrab mich in Frankreichs Erde.

Das Ehrenkreuz am roten Band
Sollst du aufs Herz mir legen;
Die Flinte gib mir in die Hand,
Und gürt mir um den Degen.

So will ich liegen und horchen still,
Wie eine Schildwach, im Grabe,
Bis einst ich höre Kanonengebrüll
Und wiehernder Rosse Getrabe.

Dann reitet mein Kaiser wohl über mein Grab,
Viel Schwerter klirren und blitzen;
Dann steig ich gewaffnet hervor aus dem Grab –
Den Kaiser, den Kaiser zu schützen.

Aufrecht noch im Tod

In diesem Jahr, am 18. Juni, zählten es zwei Jahrhunderte, dass Napoleon bei Waterloo endgültig besiegt worden war. Dem Ereignis waren schon andere Niederlagen des französischen Kaisers vorausgegangen, die katastrophalste 1812 vor Moskau. Hier knüpft Heinrich Heine (1798–1856) mit seinem Gedicht „Die Grenadiere“ an: Handelt es doch von zwei Soldaten der Grande Armée, die während des Feldzugs in russische Gefangenschaft gerieten und nun, Jahre später, auf dem Rückweg nach Frankreich sind.

In seinem Gedicht, das wohl um 1820 entstand, greift der junge Heine auf Elemente der Ballade zurück. Anklänge an diese damals hoch im Kurs stehende Versdichtung werden etwa durch Wortwiederholungen hergestellt („der Kaiser, der Kaiser“), durch genretypische Wortwahl („Mär“, „Kunde“) und durch die Tilgung von Lauten („Gewähr… eine Bitt“). Vor allem aber ist es die Strophenform, die dem Gedicht den balladesken Ton verleiht und die auf einem einschlägig erprobten Modell beruht. In „Die Grenadiere“ wechseln sich innerhalb vierzeiliger Strophen vierhebige mit dreihebigen Versen ab. Unregelmäßig gefüllte Senkungen brechen dazu den Jambus auf und sorgen für rhythmische Bewegung.

Es mutet zunächst eigentümlich an, dass Heine in einer Zeit, in der nicht zuletzt die deutschen Länder das napoleonische Joch losgeworden waren und die Befreiungskriege beträchtlich zur nationalen Identitätsstiftung beigetragen hatten – dass in einer solchen Situation Heine in einem Gedicht ein Loblied auf den Franzosenkaiser anstimmen lässt. Zwar reagiert der eine der Grenadiere bei der Nachricht vom Scheitern Napoleons pragmatisch: Ihm ist das Weltgeschehen egal, er träumt von Frau und Kind. Doch wird ihm für solchen Sinn auch nur eine Strophe zugestanden. Wie anders, über mehr als die Hälfte des Gedichts hinweg, kommt dagegen sein Kamerad zu Wort. Seiner Treue gegenüber dem Kaiser kann nicht einmal der Tod etwas anhaben. Ist dieser Grenadier doch überzeugt von der eigenen Auferstehung in dem Fall, dass sich das Geschichtsblatt wieder wendet.

Heine, der eine ambivalente Haltung zu Bonaparte besaß, geht es gleichwohl nicht um die Idealisierung des Kaisers – vielmehr um die Beschwörung einer standhaften Gesinnung. Das Gedicht rühmt in der Gestalt des einen der beiden Grenadiere das Zeitalter Napoleons als eine Periode aufrechter Überzeugungen. Damit wendet es sich implizit gegen das politische Klima der eigenen Entstehungszeit – gegen die Restauration im Gefolge des Wiener Kongresses. Eine Zeit gesellschaftlicher Erstarrung, wie sie nicht nur das postnapoleonische Frankreich traf, sondern auch das Deutschland Heinrich Heines.

Stefan Dosch

JOHANNES BOBROWSKI

Wiederkehr

Holzbank, ein hartes meuble.
Dort, zwischen Kiefernbäumen,
die Schaukel – ein Brett, zwei geschälte
Stangen. Vorbei kommt der Kuckuck,
Blaurake und Wiedehopf,
Nachtigall, die ein Sprosser ist,
kürzer singt, lakonischer,
rauher, gebs Gott.

Aber ich kam zu schlafen
unter der Balkenwand,
Schlaf aus Spinnweb und Krötengold,
fliegenbeinigen Schlaf. Zurück
geht das Licht. Um ihre Schatten herum
tappen die Kühe. Der Fisch
reißt ein schäumendes Zeichen
über das Wasser.

Aber ich schlaf nur.
Ich bin nicht hier.
Ich such eine Stelle,
nur ein Grab breit, den kleinen Berg
über den Wiesen. Von dort
kann ich sehen
den Fluss.

Im Sehnsuchtsland

Seiner ersten, 1961 erschienenen Lyriksammlung, die auch das Gedicht „Wiederkehr“ enthält, gab Johannes Bobrowski den Titel „Sarmatische Zeit“. Der Dichter nahm damit Bezug auf jenes aus Innerasien stammende Reitervolk, das um die Zeitenwende vordrang in Gebiete, die heute den Osten Europas bilden. Den schon in der Antike verwendeten Territorialbegriff Sarmatien unterzog Bobrowski jedoch einer ganz eigenen poetischen Anverwandlung. Sarmatien ist für den 1917 im ostpreußischen Tilsit geborenen Lyriker ein geografisch-geschichtlicher Raum, dem er sich tief verbunden fühlt. Weil die politische Konstellation nach dem Weltkrieg Erkundungen vor Ort unmöglich machte, ließ Bobrowski „das weite Land zwischen Weichsel/Don“, wie er sagte, „sichtbar werden in Gedichten“. Literatur als Annäherung, das schwingt in „Wiederkehr“ bereits im Titel mit.

In dem reimlosen Gedicht ist östliche Landschaft – Bobrowski selbst hat den Ort des Gedichts als das litauische Dorf Motzischken identifiziert – mit wenigen Versatzstücken aufgerufen. Kiefernbäume, eine regionaltypische Schaukel, ein Vogel wie der Sprosser, dessen Gesang schon die Kargheit des Landstrichs wiedergibt. Das herausstechende Fremdwort „meuble“ (Möbel), das zurückweist in eine Zeit, als Französisches als Ausweis von Kultiviertheit galt, mag als Exempel dafür dienen, dass Bobrowski mit seiner Sarmatien-Vorstellung nicht nur nationale, sondern auch temporäre Grenzen souverän übersprang.

Weshalb aber kehrt der Ich-Erzähler zurück, um „zu schlafen“? Wohl, weil der Schlaf eine träumerisch-intensive Form des Erlebens darstellt, worin auch Erinnerungen an eigene frühe Erlebnisse erscheinen können, festgehalten in geradezu märchenhaften Motiven wie „Spinnweb“ und „Krötengold“. In den weiteren Versen dieser Strophe folgen pointierte Bilder vom Zauber der Natur des Ostens.

„Aber ich schlafe nur“ – das erneute Ansetzen beharrt auf physischer Abwesenheit: „Ich bin nicht hier.“ Abhilfe verschafft nur die von Erinnerung gespeiste Imagination sarmatischer Landschaft. Zugleich schwingt in diesen letzten Versen verstärkt die Sehnsucht nach Dauer, gar nach unendlich langem Schlaf mit. Überblickt man von dem unmissverständlichen Wort „Grab“ aus noch einmal das ganze Gedicht, erscheinen zahlreiche Stellen auf einmal in dunklerer Tönung – vom „harten meuble“ und der „Balkenwand“, die Anklänge an die letzte Behausung enthalten, bis zur viermaligen Häufung von „schlaf(en)“/„Schlaf“. Bobrowski, 1965 im Alter von nur 48 Jahren gestorben, war nicht nur ein Meister der Naturschilderung, sondern auch der lyrischen Mehrdeutigkeit. *Stefan Dosch*

JOACHIM RINGELNATZ

Die neuen Fernen

In der Stratosphäre,
Links vom Eingang, führt ein Gang
(Wenn er nicht verschüttet wäre)
Sieben Kilometer lang
Bis ins Ungefähre.

Dort erkennt man weit und breit
Nichts. Denn dort herrscht Dunkelheit.
Wenn man da die Augen schließt
Und sich langsam selbst erschießt,
Dann erinnert man sich gern
An den deutschen Abendstern.

Links herum ins Ungefähre

Für Joachim Ringelnatz (1883–1934) galt das Kleinste als das Größte. Er erwies dem Suahelischnurrbarthaar ebenso die Ehre wie der Fliege, dem Pflasterstein, der Pellkartoffel. Ob er sich, nur 1,60 Meter messend, auch für den Größten hielt? Gewiss nicht. Dagegen spricht schon die Menge seiner Berufe (an die 30 sollen es gewesen sein!). Und: Dieser Dichter, Kabarettist und Maler wusste sich „etwas schief ins Leben gebaut". Ringelnatz, eigentlich Hans Bötticher aus Wurzen bei Leipzig, fuhr gern zur See. Sein Dichtername (seit 1919) klingt an „Ringelnaß" an, ein Seepferdchen.

Die Ferne und Fremde lockten diesen Mann, zu Wasser und im Flug. Von Letzterem träumte er ausgiebig, in seinen „Flugzeuggedanken" (1929) und in seiner Malerei, in der er einen Fesselballon zum Sehnsuchtsmotiv erhob. Gut möglich, dass sein Gedicht „Die neuen Fernen" (1931) ein humoristisch-absurder Reflex auf die durch Einsteins Relativitätstheorie (1905), durch die moderne Teleskopie und Astronomie ins Trudeln geratenen Begriffe von Raum und Zeit ist.

Die Verse setzen hoch oben ein und arrangieren zugleich den tiefen Fall. Es ist, als ob uns ein freundlicher Herr zuriefe: „Herein in die gute Stube!" Diese Stube liegt indes im zweiten Stockwerk der Erdatmosphäre (zwölf bis 50 km über der Erde). Ringelnatz verpasst witzigerweise dieser Stratosphäre eine Art Tür, einen Zutritt. So geraten sogleich neue Ferne und vertraute Nähe über Kreuz. „Links", „Eingang", „Gang", „sieben Kilometer" – das sind präzise Angaben. Doch sie orientieren nicht, sondern lotsen ins „Ungefähre" – wie die Redewendung „weit und breit" (durch abrupten Zeilensprung) ins „Nichts" weist.

Das kreuz- bzw. paarweise gereimte Gedicht schlägt aus dem Gegensatz von fern und nah, von nicht mehr fasslicher versus sinnlich wahrnehmbarer Welt, von Wenn und Dann absurde Volten: Ein Gang hat ein Ende, obwohl er verschüttet ist. Das Ich soll die Augen schließen, obwohl ringsum Dunkelheit herrscht. Und: Wie erschießt man sich eigentlich „langsam"? Wobei dieser Selbstmord nur des Reimes wegen (schließt/erschießt) angezeigt wird.

Unten, oben, rechts, links: alles weg. Das Ich versinkt im Dunkelland der neuen Fernen (die ja seit Ringelnatz' Zeiten um Lichtjahre zugelegt haben). Was bleibt? Eine fast schon parodistische Reminiszenz an die lieblich-altvertraute Nähe in zwei liedhaften Vierhebern mit dem Reim „gern"/„Abendstern". Wer unter den deutschen Dichtern hat ihn nicht alles besungen! Die Romantik liebte das dunkle Geheimnis der Entgrenzung. Doch Ringelnatz deutet voraus auf Gottfried Benns „Verlorenes Ich, zersprengt von Stratosphären" (1943). *Günter Ott*

MICHELANGELO BUONARROTI

Schon angelangt ist meines Lebens Fahrt

Schon angelangt ist meines Lebens Fahrt
im schlechten Schiff durch Stürme übers Meer
am Hafen Aller, wo die Wiederkehr
nicht Einem harte Rechenschaft erspart.

Da seh ich nun die Phantasie, die oft
als Abgott thronte durch der Künste Gnaden,
wie falsch sie war, von Irrtum überladen,
und was ein jeder, sich zum Nachteil, hofft.

Verliebtes Denken, einstens froh und leer,
was ist mir's jetzt vor zweien Toden wert?
des einen bin ich sicher, einer droht.

Malen und Bilden stillt jetzt längst nicht mehr
die Seele, jener Liebe zugekehrt,
die offen uns am Kreuz die Arme bot.

(Übertragung: Rainer Maria Rilke)

Die Angst vor dem doppelten Tod

Dass der Komponist Arnold Schönberg ein überdurchschnittlicher Maler war, ist unter Musikfreunden beinahe Allgemeingut. Eher jedenfalls als das Wissen um die musikalischen Schöpfungen des Malers James Ensor. Michelangelo Buonarroti (1475–1564) war gar eine Mehrfachbegabung in der italienischen Hochrenaissance: Neben seiner Malerei und seiner Zeichenkunst, neben seiner Bildhauerei und römischen Dombaumeisterschaft schrieb er Lyrik, darunter Madrigale – und zahlreiche von Rainer Maria Rilke binnen zehn Jahren übertragene Sonette. Das nebenstehende Sonett ist ein Alterswerk Michelangelos; es stammt aus seinen späten römischen Jahren – aus einem Lebensabschnitt, als er schriftlich niederlegte: „Und kein Gedanke entsteht in mir, in dem nicht der Tod sich eingemeißelt fände." So schrieb er an den Kollegen Giorgio Vasari, auch dieser Maler und Architekt in Personalunion – und darüber hinaus der erste enzyklopädische Kunstgeschichtsschreiber: Vasari verfasste zahlreiche Biografien italienischer Meister seit dem Duecento, darunter – als besonders umfangreich – auch eine von Michelangelo.

Einem Schreiben an eben diesen Vasari legte Michelangelo das hier wiedergegebene gedankenschwere Idealform-Sonett aus der Mitte der 1550er Jahre bei. Der Dichter selbst lässt sich dabei anscheinend ins Herz schauen: Im ersten Zeilen-Quartett erwartet er nach unbequemem Leben („schlechtes Schiff") den baldigen Tod einschließlich Jüngsten Gerichts. Im zweiten Zeilen-Quartett verwirft er angstgeplagt den allgemeinen (und damit eigenen) Glauben, dass künstlerische Meisterschaft und ihre vollbrachten Werke angerechnet würden beim Weltengericht und der potenziellen Entscheidung für ein Ewiges Leben. Im ersten Terzett dann wird solcher Lebensirrtum als Grundlage dafür angesehen, dass womöglich gar zwei Tode zu sterben sind.

Zwei Tode? Ja, Michelangelo, der große Michelangelo, hält es für gut möglich, dass zum leiblichen Tod, dem sicheren, auch noch der drohende Künstler-Tod kommt: der Tod durch Vergessen, der Tod durch Ignoranz der Nachgeborenen. Die Hoffnungen von einst, sich Unsterblichkeit erarbeiten zu können, diese Hoffnungen sind grundlegend erschüttert und werden nun als eitel empfunden. Malen und Bilden, vordem sinnhafter Lebensinhalt und Lebensmotor, können Michelangelo, diesen Workaholic der Renaissance, diesen schwierigen, eigensinnigen Charakter nicht mehr befriedigen. Jetzt, vor dem angenommenen Tod, der sich dann doch noch rund ein Jahrzehnt Zeit lässt, wendet sich der Künstler verstärkt Christus zu. Hoffnung erwächst nun aus dem Glauben. *Rüdiger Heinze*

ADELBERT VON CHAMISSO

Das Schloß Boncourt

Ich träum als Kind mich zurücke,
Und schüttle mein greises Haupt;
Wie sucht ihr mich heim, ihr Bilder,
Die lang ich vergessen geglaubt?

Hoch ragt aus schatt'gen Gehegen
Ein schimmerndes Schloß hervor,
Ich kenne die Türme, die Zinnen,
Die steinerne Brücke, das Tor.

Es schauen vom Wappenschilde
Die Löwen so traulich mich an,
Ich grüße die alten Bekannten,
Und eile den Burghof hinan.

Dort liegt die Sphinx am Brunnen,
Dort grünt der Feigenbaum,
Dort, hinter diesen Fenstern,
Verträumt ich den ersten Traum.

Ich tret in die Burgkapelle
Und suche des Ahnherrn Grab,
Dort ist's, dort hängt vom Pfeiler
Das alte Gewaffen herab.

Noch lesen umflort die Augen
Die Züge der Inschrift nicht,
Wie hell durch die bunten Scheiben
Das Licht darüber auch bricht.

So stehst du, o Schloß meiner Väter,
Mir treu und fest in dem Sinn,
Und bist von der Erde verschwunden,
Der Pflug geht über dich hin.

Sei fruchtbar, o teurer Boden,
Ich segne dich mild und gerührt,
Und segn' ihn zwiefach, wer immer
Den Pflug nun über dich führt.

Ich aber will auf mich raffen,
Mein Saitenspiel in der Hand,
Die Weiten der Erde durchschweifen,
Und singen von Land zu Land.

Der Migrant, der deutscher Dichter wurde

Der ursprüngliche Name des Dichters verweist auf seine Herkunft: Louis Charles Adélaïde de Chamisso de Boncourt wurde 1781 in Frankreich, im Westen des Argonnerwalds in der Champagne, geboren. Wegen der Revolutionsunruhen ging die Familie aus altem Adelsgeschlecht 1792 ins Exil und fasste nach verschiedenen Stationen schließlich Fuß in Berlin. Der Flüchtlingsspross wurde Page am preußischen Hof, trat später in die preußische Armee ein und begann, unter dem Einfluss der Romantik mit dem literarischen Schreiben – auf Deutsch. 1814 gelang Adelbert von Chamisso, wie er sich nun nannte, der Durchbruch mit seiner Erzählung „Peter Schlemihls wundersame Geschichte". Im Anhang zur Zweitauflage, 1827, erschien erstmals das vorliegende Gedicht.

Ein Erwachsener, schon fortgeschritten an Jahren, sieht sich bedrängt von Erinnerungen, die in seine frühen Tage zurückreichen. In einer langen, die Strophen zwei bis sechs umfassenden Rückschau, erlebt sich der Ich-Erzähler als Kind beim Betreten eines Schlosses. Plastisch stehen die lange zurückliegenden Eindrücke dem sich Erinnernden vor Augen. Ziel des entschiedenen Gangs durch das Innere des Schlosses ist die Kapelle mit dem Grab der Ahnen. Die Rührung, die das Kind-Ich an dieser Stelle überkommt, erschließt sich aus der folgenden siebten Strophe. Das Schloss existiert nicht mehr, die Vergewisserung der Herkunft ist nicht mehr in der Realität, nur noch im sinnenden Rückblick möglich.

Weshalb aber ist dieses Stammschloss des Erzählers buchstäblich vom Erdboden verschwunden? Darüber wird im Gedicht nichts gesagt. Wohl aber gibt die Namensnennung im Titel einen Hinweis auf die Ereignisse: Boncourt war das Stammschloss der Familie Chamisso. Durch die Revolutionsereignisse verschwand es, wenn auch nicht durch kriegerische Zerstörung, sondern, nach der Konfiszierung, durch Verkauf zum Abbruch.

Da überrascht die Segnung, mit welcher das Ich, zurück aus seiner Erinnerung, den Ort des untergepflügten Herkunftssitzes bedenkt. Sie ist erklärbar als bewusstes Annehmen des Geschehenen: Mögen gerade in diesem Ackerboden neue, fremde Wurzeln ihren Halt finden. Die Segnung ist jedoch „zwiefach": Dass der Erzähler seinen Frieden („mild und gerührt") gemacht hat mit dem Untergang des Schlosses, ist zugleich auch die Voraussetzung für die eigene Existenz als Sängerdichter, von der die letzte Strophe spricht. Die Figur des „die Weiten der Erde" durchstreifenden Spielmanns ist dabei nur eine starke Stilisierung des eigenen schöpferischen Wegs, den Adelbert von Chamisso unter den Deutschen und in ihrer Sprache zurückgelegt hat – Beispiel einer gelungenen Migration. *Stefan Dosch*

HILDE DOMIN

Nur eine Rose als Stütze

Ich richte mir ein Zimmer ein in der Luft
unter den Akrobaten und Vögeln:
mein Bett auf dem Trapez des Gefühls
wie ein Nest im Wind auf der äußersten Spitze des Zweigs.

Ich kaufe mir eine Decke aus der zartesten Wolle
der sanftgescheitelten Schafe die
im Mondlicht
wie schimmernde Wolken
über die feste Erde ziehn.

Ich schließe die Augen und hülle mich ein
in das Vlies der verlässlichen Tiere.
Ich will den Sand unter den kleinen Hufen spüren
und das Klicken des Riegels hören,
der die Stalltür am Abend schließt.

Aber ich liege in Vogelfedern, hoch ins Leere gewiegt.
Mir schwindelt. Ich schlafe nicht ein.
Meine Hand
greift nach einem Halt und findet
nur eine Rose als Stütze.

Ein Nest im Wind

Wie kommt das Gedicht zu seinem Titel? Hilde Domin erwog zunächst „Auf eine Rose gestützt". Aber sicher war sie sich nicht. Sie bat Hermann Hesse um ein Urteil. Der gab zu bedenken, dass „ihm um die Rose bange sei, ob sie zerdrückt werden könne". Das überzeugte die Dichterin. Sie fand schließlich die schlüssige Überschrift „Nur eine Rose als Stütze". Wer einmal das Glück hatte, mit Hilde Domin zu sprechen, weiß um ihr Selbst- und Sprachbewusstsein. Folglich beharrte sie gegen den Widerstand der Lektoren des S.-Fischer-Verlags auf ihrer Formulierung.

Der Titel steht dem Gedicht ebenso voran, wie er die Verse abschließt und zugleich Domins erstem Gedichtband (1959) nach ihrer Rückkehr aus dem dominikanischen Exil den Namen gibt. Die Dichtung des 20. Jahrhunderts spricht von der „Windrose der Qualen" (Nelly Sachs) , von der „Nichts-, der Niemandsrose" (Paul Celan). Doch Hilde Domin (1909–2006), aus einer jüdischen Familie in Köln stammend, fasst neues Vertrauen in dieses Bild. Die Rose, paradoxe Metapher der Schönheit, der poetischen Sprache, wird ihr zur rettenden Stütze – und ist doch zugleich (siehe das einschränkende „nur") ein äußerst fragiles und gefährdetes Ding. Keine Rose ohne Stachel, keine Dichtung ohne Nichtwort. Von der Sehnsucht der Dichterin, Halt zu erlangen, von ihrem Streben nach Verlässlichkeit und sicherer Unterkunft (einhüllende Wolldecke, Spüren des Sandes, verschließbare Stalltür) spricht das Gedicht und immer auch vom Gegenteil, von Nicht-Orten (Zimmer in der Luft, Nest im Wind), einer unbeständigen Welt, von heimatlosen Menschen. Die Verse, gespannt zwischen Halt und Absturz, Luft und Bodenhaftung, Traumillusion und Schlaflosigkeit, kurz: Dem Verlangen, heimisch zu werden, und dem Einbruch des Unheimlichen – diese (in Bild und Wortschatz eng verfugten) Zeilen weisen jenseits der Fluchten Hilde Domins dem Menschen schlechthin das Exil zu.

Domin hat nach eigener Aussage „Sprachen gewendet wie andere Kleider". 1951, noch in der Dominikanischen Republik („Ich selber rief mich/mit dem Namen einer Insel"), kommt sie als Dichterin zur Welt. Sie kehrt heim in die missbrauchte deutsche Sprache, das „Unverlierbare". Sie tut das mit starkem dichterischen Impetus. Er ist dem „Rosen"-Gedicht durch gehäuften Ich-Bezug abzulesen. Doch es gilt, das Haus der Sprache offen zu halten, keine Wände hochzuziehen, dem „Schoßhund Gegenstand" abzuschwören. In einem anderen Domin-Gedicht heißt es: „Gewöhn dich nicht/Du darfst dich nicht gewöhnen./Eine Rose ist eine Rose/Aber ein Heim/ist kein Heim". So wird die Poesie zum „Nest im Wind".

Günter Ott

STEFAN GEORGE

Das Wort

Wunder von ferne oder traum
Bracht ich an meines landes saum

Und harrte bis die graue norn
Den namen fand in ihrem born –

Drauf konnt ichs greifen dicht und stark
Nun blüht und glänzt es durch die mark…

Einst langt ich an nach guter fahrt
Mit einem kleinod reich und zart

Sie suchte lang und gab mir kund:
„So schläft hier nichts auf tiefem grund“

Worauf es meiner hand entrann
Und nie mein land den schatz gewann…

So lernt ich traurig den verzicht:
Kein ding sei wo das wort gebricht.

Der Dichter als Schöpfer der Welt

Gedichte, die um das Material aller Dichtung, um das Wort kreisen, gibt es viele – man denke nur an Eichendorffs „Zauberwort“, das es zu treffen gelte, an Rilkes „Menschen Wort“, vor dem der Dichter sich fürchtet, oder an Ingeborg Bachmanns Ruf „Ihr Worte, auf, mir nach!“. Auch Stefan George (1868–1933) hat dem Wort ein Gedicht gewidmet – erstmals veröffentlicht 1919, später aufgenommen in den Band „Das Neue Reich“ –, und er tat es auf die für ihn typische Weise: in höchster Strenge, gedanklich wie formal.

Rigoros gleich gebaut sind die 14 Verse, ein jeder alternierend vierhebig mit Auftakt (nur „Wùnder“ weicht davon ab), jeder endend mit männlichem Schluss, die Doppelzeilen jeweils auf denselben Reim lautend. Auffällig auch, dass das Gedicht zu drei Vierteln aus Wörtern von lediglich einer Silbe besteht, was dem Ganzen einen archaischen Tonfall verleiht – der so trefflich mit der Wortwahl korrespondiert, in der Märchen und Sagen anklingen.

Ins Mythische verweist auch der lyrische Bericht selbst. Ein Ich, hinter dem unschwer der Dichter zu erkennen ist, bringt „von ferne“ – gemeint sind solch innere Produktivgegenden wie Traum oder Inspiration – „Wunder“-bares Material mit, das jedoch noch nicht zu „greifen“ ist, sich noch nicht zu erkennen gibt. Solch einem „ding“ verhilft eine Norne durch die Schau in ihren Brunnen zu einem Namen. Das spielt auf den nordischen Mythos an, wonach die Schicksalsgöttin aus ihrem „born“ Wasser schöpft, um damit den Weltbaum zu begießen und so sein Gedeihen zu gewähren.

George deutet diese Aktion in spezifischer Weise um. Dadurch, dass die Norne dem zuvor lediglich diffus geschauten „ding“ ein Wort verleiht, wird es als wirklich erfahrbar, „blüht“ und „glänzt“. Das erinnert an den Anfang des Johannes-Evangeliums, wo es heißt: „Alle Dinge sind durch das Wort gemacht, und ohne dasselbe ist nichts gemacht, was gemacht ist.“ Doch ist George weit entfernt davon, beim Erkennen der Welt auf himmlischen Beistand zu setzen. So wie das ganze Gedicht in hoher symbolischer Verdichtung spricht, ist auch die Norne lediglich ein Bild – nicht für übersinnliches Wirken, sondern für die Schöpferkraft des Dichters.

Steht dieser poetischen Macht aber nicht die ganze zweite Hälfte des Gedichts entgegen, zweifeln die Verse hier nicht zumindest an der All-Macht? Nein – denn Georges Bewusstsein von der Sendung des Dichters ist stets unerschütterlich gewesen. Das Negativbeispiel vom „kleinod reich und zart“, für das sich kein Name findet, dient ihm ausschließlich dazu, die Regel kenntlich zu machen, die der Schluss spruchhaft formuliert: Der Dichter tränkt den Weltbaum, sein Wort stiftet den Sinn des Daseins.

Stefan Dosch

ERNST BLASS

An Gladys

O du, mein holder Abendstern…
Richard Wagner

So seltsam bin ich, der die Nacht durchgeht,
Den schwarzen Hut auf meinem Dichterhaupt.
Die Straßen komme ich entlang geweht.
Mit weichem Glücke bin ich ganz belaubt.

Es ist halb eins, das ist ja noch nicht spät…
Laternen schlummern süß und schneebestaubt.
Ach, wenn jetzt nur kein Weib an mich gerät
Mit Worten, schnöde, roh und unerlaubt!

Die Straßen komme ich entlang geweht,
Die Lichter scheinen sanft aus mir zu saugen,
Was mich vorhin noch von den Menschen trennte;

So seltsam bin ich, der die Nacht durchgeht…
Freundin, wenn ich jetzt dir begegnen könnte,
Ich bin so sanft, mit meinen blauen Augen!

Nächtlicher Zauberspruch

Ernst Blass (1890–1939) fand keine Aufnahme in die „Menschheitsdämmerung", die maßgebliche Sammlung expressionistischer Lyrik von Kurt Pinthus. Das hat seinem Nachruhm geschadet. Derweil hatte sein durch das Gedicht „An Gladys" eingeleiteter erster Band „Die Straßen komme ich entlang geweht" (1912) seinerzeit eingeschlagen. Blass war damals 22 und studierte Jura in seiner Heimatstadt Berlin.

„An Gladys" ist ein – verhaltenes – Liebesgedicht. Der von seinem Liebestraum beseelte und zugleich getriebene Dichter bewegt sich freilich nicht, wie es die Tradition geboten hätte, in der verklärten Natur, sondern in den Fluchten der Großstadt. Wie forderte doch Kurt Hiller, Begründer des „Neuen Club" (Berlin, 1909), dem u. a. Georg Heym, Jakob van Hoddis und Blass angehörten, die Poeten sollten sich den Potsdamer Platz zum Vorbild nehmen und nicht das „Dörfli im Tal des Herrn Hesse" bedichten.

Beim frühen Blass ist der Moloch Stadt indes noch nicht ins Dämonisch-Endzeitliche verzerrt. Faszination schwingt mit: Selbst um halb eins in der Nacht leuchten die Laternen! Nicht zu reden von den etwas zwielichtigen Kaffeehäusern, die den Dichter-Bohemiens zur zweiten Heimat wurden. Hinter „Gladys" verbirgt sich Martha Felchow. Sie bediente im gern aufgesuchten Berliner Café des Westens, war zehn Jahre älter als Ernst Blass, wurde seine erste große und quälende Leidenschaft. Sie erwiderte seine Liebe nicht.

Der Dichter Blass, ein Außenseiter („seltsam"), der Nacht verschwistert, kommt die Straßen entlang geweht. Diese berühmte (wiederholte) Zeile spannt zusammen, was das Gedicht auszeichnet, einen aktiven („komme") und passiven Zug („geweht"). Letzteren verstärkt das Gedicht zum Eindruck der Verlorenheit, der Kälte und Einsamkeit. Das Ich in diesem (durch au-Reime festgezurrten) Sonett begegnet überwiegend in unbetonten Silben. In der konditional distanzierten Ansprache („Freundin, wenn…") liegt schon die Rücknahme des Begehrens. Doch die (kalkulierte) Sentimentalität ist nicht ohne süße Suggestion. Die (jambischen) Verse haben fast somnambulen Charakter. Dieser weist auf die weitere Polarität von (erotischer) Verschmelzungsfantasie und Trennungsangst.

Das Wagner-Motto überführt die Opposition von verführerischer Venus und heiliger Elisabeth im romantischen „Tannhäuser" als Echo ins eher unterkühlte Gedicht: Hure hie („roh und unerlaubt"), Freundin da. (Das belaubte Dichterhaupt spielt auf den Sängerkrieg auf der Wartburg an.)

Das Gedicht endet in einer wunderbaren Zeile. Es ist, als signierte Ernst Blass seine Selbst- und Liebessuche mit einem Zauberspruch. *Günter Ott*

JUSTINUS KERNER

Ikarus

Mir träumt', ich flög' gar bange
Weit in die Welt hinaus,
Zu Straßburg durch alle Gassen
Bis vor Feinsliebchens Haus.

Feinsliebchen ist betrübet,
Als ich so flieg und weint:
Wer dich so fliegen lehrte
Das ist der böse Feind.

Feinslieb, was hilft hier lügen,
Da du doch alles weißt:
Wer mich so fliegen lehret,
Das ist der böse Geist.

Feinsliebchen weint und schreiet
Daß ich am Schrei erwacht
Da lieg ich, ach! in Augsburg
Gefangen auf der Wacht.

Und morgen muß ich hangen
Feinslieb mich nicht mehr ruft,
Wohl morgen als ein Vogel
Schwank ich in freier Luft.

Der Traum im Gefängnis zu Augsburg

Schlichtheit und Raffinement schließen sich nicht aus: Justinus Kerner (1786–1862), ein Hauptvertreter der schwäbischen Romantik, hat mit großer Kunstfertigkeit einen Text im Volksliedton geschrieben. Die Unstimmigkeiten im Metrum seines Gedichts „Ikarus“, etwa in Vers 3, wo ein Daktylus eingeschmuggelt wird, oder in der grammatikalischen Form (in Vers 6), sind bewusst hergestellte Zeichen, die auf eine natürliche Herkunft deuten sollen.

Aber hier liegt eben kein Volkslied vor, sondern ein raffiniertes kleines Kunstwerk. Dessen Treffsicherheit hat dazu geführt, dass Clemens Brentano den Text in den 1808 erschienenen zweiten Band seiner Sammlung „alter deutscher Lieder“ aufgenommen hat, in „Des Knaben Wunderhorn“. Zwar traute er der Angabe nicht, dass es sich hier um ein Volkslied handeln sollte, aber seine Reaktion war höchst positiv: „es mag alt oder neu sein, es ist ganz einzig in seiner Art“. Sein Kollege Achim von Arnim war noch skeptischer und fügte dem Gedicht die Zeile hinzu „Mitgeteilt, wahrscheinlich nicht sehr alt“. Damit hatte er recht, denn Kerner hatte das Gedicht erst kurz davor erfunden.

Es zeigt eine schneidende Ironie, wenn der Traum des lyrischen Ich vor die Türe der Geliebten führt. Dass es mit einem solchen weiten Flug nicht mit rechten Dingen zugeht, ahnt das Liebchen sehr wohl, sie macht sich Sorgen um ein böses Spiel mit dem Teufel.

Als sie weint und sogar „schreiet“, erwacht das lyrische Ich. Die trübe Realität erweist seinen Traum als eine nur herbeifantasierte Flucht, – in Wirklichkeit liegt der Träumer im Gefängnis in Augsburg, am anderen Morgen soll er gehenkt werden. So kommen hier Liebe und Tod, Freiheit und Gefangenschaft auf eine verstörende Weise zusammen.

Im „Wunderhorn“ eröffnet das Gedicht eine ganze Reihe, in der Räubergeschichten und Marienlieder einander abwechseln. Und Justinus Kerner wusste um die Qualität des Textes, den er in den „Reiseschatten“ einem Handwerksburschen in den Mund legt. Grausig wird die Ironie durch die Überschrift, die freilich nichts Volksliedhaftes hat, sondern die griechische Sage zitiert: Ikarus, der Sohn des Dädalus, stürzt ab, als er bei der Flucht aus der Gefangenschaft mit seinen Wachsflügeln der Sonne zu nahe kommt. Auch Kerners romantischer Ikarus kommt zu Tode, – seine Flügel sind die des Traumes, der Wunschfantasie.

Das Gedicht schließt nicht mit dem tragischen Absturz, wie bei Ikarus, sondern mit einer schrillen Dissonanz, die in den „Wunderhorn“-Vertonungen von Gustav Mahler ihre Entsprechung finden sollte.

Mathias Mayer

GOTTFRIED KELLER

Unser ist das Los der Epigonen

Unser ist das Los der Epigonen,
Die im weiten Zwischenreiche wohnen;
Seht, wie ihr noch einen Tropfen presset
Aus den alten Schalen der Zitronen!
Geistiges ist mäßig noch vorhanden,
Auch des Lebens Süße wird noch lohnen;
Wasser flutet uns in breiten Strömen,
Brauchen es am wenigsten zu schonen:
Braut den Trank für lange Winternächte,
Bis uns blühen neue Lenzeskronen
Und der Dichtung Fahrzeug mag entrinnen
Dem Bereich der grausen Lästrygonen!

Von den Nachgeborenen

Viggi Störteler muss man nicht kennen. Er hält sich für einen Poeten, ist aber ein Dilettant. Dazu passt, dass er einem Literatenzirkel angehört, der die „feierliche Stiftung einer neuen Sturm-und-Drang-Periode“ beschlossen hat, auf dass aus ihr die „Klassiker der neuen Zeit“ hervorgehen mögen. So geschieht es in Gottfried Kellers Satire „Die mißbrauchten Liebesbriefe“ (1860). Die vom Autor vorgeführten Pseudo-Poeten wollen die Originalgenies aus den Jahren 1760ff. reanimieren, mithin Neues aus einem alten Hut zaubern. Ein eklatanter Fall von Epigonentum.

Der Eingang seines Gedichts verrät: Gottfried Keller hat dieses Thema umgetrieben – wie so viele Schriftsteller des 19. Jahrhunderts. Sie wussten sich im Schatten des Weimarer Gipfels (Goethe/Schiller) und des folgenden Höhenzugs der Romantik. Karl Leberecht Immermann handelt in seinem Epochenroman „Die Epigonen“ (1836) vom „Segen und Unsegen des Nachgeborenseins“. Man könnte diese Spanne mit den Worten des Gedichts als „weites Zwischenreich“ umschreiben. Es erschwert die Orientierung. Wo geht's lang? Presst man alten Vorbildern noch den letzten Tropfen ab, statt sich auf die eigene Schöpfung zu besinnen? Es ist, Doppeldeutigkeiten eingeschlossen, in den Zeilen 3 bis 9 in der Tat von einer Komposition die Rede: Ein Getränk (vielleicht ein Punsch) wird zusammengerührt aus Zitronen, Alkohol (Geistiges), Zucker und Wasser. Kellers Gedicht (hier in der Zweitfassung von 1883) hat die (arabische) Form der Ghasele: Der Auftaktreim wiederholt sich in allen Zeilen mit gerader Zahl. Die Verse stehen im Zyklus „Trinklaube“. Darin (wie in seinem weiteren Werk) nimmt Keller ein ums andere Mal Bezug auf Goethe, u. a. auf das Schenkenbuch im „West-östlichen Divan“ („Ja, in der Schenke hab' ich auch gesessen…“). Keller spielt mit epigonalen Elementen, verweigert aber die Lebensheiterkeit. Die „Winternächte“ drücken auf die Stimmung. Es braucht den Trank, um die triste Gegenwart zu ertragen und sich an der Zukunft zu berauschen.

Das ist nicht ohne Selbstironie und parodistischen Hintersinn formuliert. Der Autor startet, in leicht spöttischer Abwandlung des Topos vom Autor als Steuermann zur See, „der Dichtung Fahrzeug“, hoffend, den „Lästrygonen“ zu entkommen. Diese menschenfressenden Riesen aus Homers „Odyssee“ stehen hier für jene Mächte, welche die aus dem Herkömmlichen stammende Dichtung verschlingen. – Dem Los der Epigonen stellte Keller schließlich die Losung des Realismus entgegen. Es komme darauf an, „überall den rechten Faden zu finden, der an die Zeit anbindet. Was lebendig ist, ist immer zeitgemäß.“ *Günter Ott*

ANDREAS GRYPHIUS

Über die Geburt Jesu

Nacht mehr denn lichte Nacht! Nacht lichter als der Tag,
Nacht heller als die Sonn', in der das Licht geboren,
Das Gott, der Licht, in Licht wohnhaftig, ihm erkoren:
O Nacht, die alle Nächt' und Tage trotzen mag.

O freudenreiche Nacht, in welcher Ach und Klag,
Und Finsternis und was sich auf die Welt verschworen
Und Furcht und Höllen-Angst und Schrecken ward verloren.
Der Himmel bricht! doch fällt nunmehr kein Donnerschlag.

Der Zeit und Nächte schuf ist diese Nacht ankommen!
Und hat das Recht der Zeit, und Fleisch an sich genommen!
Und unser Fleisch und Zeit der Ewigkeit vermacht.

Der Jammer trübe Nacht die schwarze Nacht der Sünden
Des Grabes Dunkelheit, muß durch die Nacht verschwinden.
Nacht lichter als der Tag; Nacht mehr denn lichte Nacht!

Diese Nacht verscheucht die Finsternis

Wiederholt hat der Barockdichter Andreas Gryphius (1616–1664) das Ereignis der Heiligen Nacht in Verse gesetzt. Das vorliegende Gedicht ist sein berühmtestes zu diesem Thema, und das, obwohl hier von der Krippe und der an ihr Versammelten gar nicht die Rede ist. Gryphius geht es nicht um Erzählung; ihm ist an der Bedeutung gelegen, welche die Geburt Jesu für den Menschen hat.

Das Gedicht hebt an mit einer dreifachen Anrufung der Nacht, die zunächst als Zeitpunkt der Geburt zu verstehen ist. Dass genau diese Nacht jedoch weit mehr ist als nur eine Zeitangabe, wird deutlich durch die Koppelung an ihren Gegensatz, das Licht – Licht, das Gott meint, der zu den Menschen gekommen ist. Durch das gesamte Sonett zieht sich der Doppelsinn dieser Nacht: zu verstehen als Geburtsstunde sowie in übertragener, heilsgeschichtlicher Bedeutung.

Das zweite Quartett führt eine Vielzahl von Belegen auf für den Nacht-Zustand, in dem sich die Welt vor der Ankunft Christi befand. Eine unheile Welt voll „Ach und Klag", „Furcht und Höllen-Angst". Doch diese Art von Nacht ist „verloren" durch die Heil bringende „freudenreiche Nacht", die einem blitzartigen Einfall von Licht gleichkommt („der Himmel bricht"), auf den aber kein strafender „Donner" folgt, sondern die Erlösung. Denn Gott, der Zeitenschöpfer, ist gekommen, um den Menschen der Ewigkeit teilhaftig werden zu lassen. Äußerst kunstvoll und theologisch prägnant erfolgt im ersten der beiden Terzette die dreimalige Erwähnung der Zeit. Ein Bogen wird geschlagen von der Vergangenheit („Zeit und Nächte") über die Gegenwart der Menschwerdung („Zeit und Fleisch") bis in die Zukunft („Zeit und Ewigkeit"). Durch das Licht-Ereignis der Geburt Jesu ist der dunklen sündverfallenen Welt kein Weiterbestehen mehr möglich: „Dunkelheit muß durch die Nacht verschwinden" – ein Paradox als in Sprache gefasstes ungläubiges Staunen der Menschen. Angesichts solchen Wunders bleibt nur die Lobpreisung, weshalb der letzte Vers auch an den Anfang des Gedichts zurückkehrt.

Es ist ein virtuoses Spiel, das Gryphius hier mit dem steten Wechsel der Ebenen, der zeitlich-realen und der sinnbildlichen, entfaltet. Zugleich betreibt er hohen rhetorischen Aufwand, der Höhe des Themas angemessen. Doch erfolgt dieser Aufwand nicht um seiner selbst willen, sondern erweist sich durchwegs als Träger von Sinn. Man spürt die Echtheit religiöser Empfindung, die das Gedicht bei all seiner Kunstfertigkeit durchzieht – eine Tiefe, die es eben nicht zu einem ambitionierten Elaborat hat werden lassen, sondern zu einem die Zeit überdauernden großen Gedicht. *Stefan Dosch*

JOHANNES BOBROWSKI

Immer zu benennen

Immer zu benennen:
den Baum, den Vogel im Flug,
den rötlichen Fels, wo der Strom
zieht, grün, und den Fisch
im weißen Rauch, wenn es dunkelt
über die Wälder herab.

Zeichen, Farben, es ist
ein Spiel, ich bin bedenklich,
es möchte nicht enden
gerecht.

Und wer lehrt mich,
was ich vergaß: der Steine
Schlaf, den Schlaf
der Vögel im Flug, der Bäume
Schlaf, im Dunkel
geht ihre Rede – ?

Wär da ein Gott
und im Fleisch,
und könnte mich rufen, ich würd
umhergehn, ich würd
warten ein wenig.

Das richtige Wort

Noch 1957 war der Lyriker Johannes Bobrowski (1917–1965) ohne Hoffnung: „Genug davon, ich werd' es zu keinem Gedichtband bringen." Die Verzweiflung hat nicht gesiegt. 1961 erfolgte die lang ersehnte Veröffentlichung der ersten Gedichtsammlung „Sarmatische Zeit". Bereits 1962 lag der Band „Schattenland Ströme" vor. Im selben Jahr beschied die Gruppe 47 den Ostberliner mit ihrem Preis (7000 Mark). 1966 erschien schließlich „Wetterzeichen" aus dem Nachlass.

Vorliegendes Gedicht stammt aus „Schattenland Ströme", jenem Herkunftsland des in Tilsit geborenen Bobrowski, wo einst längs der Memel Polen und Litauer, Deutsche, Juden und Russen lebten. Der Krieg hat dieses Miteinander zerstört. Das Land der Kindheit (= Sarmatien), ferngerückt ins Vergangene, wurde zum Schattenreich.

Und doch beschwört es Bobrowski stets aufs Neue. Es ist „immer zu benennen". Im Gedicht ersteht die unverlierbare Heimat mit Baum und Vogel, mit Fels und Strom – in farbig aufgefrischten Erinnerungen und Gedenkzeichen.

Das geschieht ohne jedes Hochgefühl. Das Ich weiß um die Ferne und Entfremdung. Es wird „bedenklich", reflektiert gleichsam im Selbstgespräch die Skepsis gegenüber dem eigenen Sprechen und Dichten – daher der stockende, zögerliche, fragende Rhythmus der Verse; daher die Polaritäten von Hell und Dunkel, von Reden und Schweigen, von magischer Vergegenwärtigung und verblassender Erinnerung.

Das Spiel gilt der Fantasie, Zeichen und Farben der Wirklichkeit zu setzen. Zugleich führt es den Zweifel mit sich, ob die Zeichen den Dingen entsprechen, ob sie ihnen „gerecht" zu werden vermögen. Dieses isoliert stehende, hervorgehobene Wort formuliert den dichterischen Anspruch.

Gut möglich, dass die Benennung die Wirklichkeit weniger aufschließt als „starr und stumm" macht (Rilke). Was meint die Rede im Dunkel, der Schlaf der Steine, der Vögel, der Bäume? All dies zielt auf das Geheimnis der Schöpfung vor aller Sprache – das, was sich wie eine Linie zieht von Eichendorffs „Schläft ein Lied in allen Dingen" über Rilkes „Die Dinge singen hör ich so gern" bis zu Bobrowski und anderen. Das Unsagbare, das nicht zu Ergründende hat zumal die Dichter der Moderne bewegt.

„Wär da ein Gott…", wären da seine Gegenwart und sein Anruf gemäß dem Johannesevangelium „und das Wort ist Fleisch geworden" – dann müsste dem Dichter nicht bange sein um sein Sprechen. Doch Bobrowskis letzte Strophe mit ihren w-Alliterationen, ihrem „wär" und doppelten „würd", steht im Irrealis. So ist der Dichter zurückgeworfen aufs immerwährende Ringen um das „richtige Wort" (Hilde Domin).

Günter Ott

THEODOR FONTANE

Ja, das möcht' ich noch erleben

Eigentlich ist mir alles gleich,
Der eine wird arm, der andre wird reich,
Aber mit Bismarck, – was wird das noch geben?
Das mit Bismarck, das möcht' ich noch erleben.

Eigentlich ist alles soso,
Heute traurig, morgen froh,
Frühling, Sommer, Herbst und Winter,
Ach, es ist nicht viel dahinter.
Aber mein Enkel, so viel ist richtig,
Wird mit nächstem vorschulpflichtig,
Und in etwa vierzehn Tagen
Wird er eine Mappe tragen,
Löschblätter will ich ins Heft ihm kleben –
Ja, das möcht' ich noch erleben.

Eigentlich ist alles nichts,
Heute hält's, und morgen bricht's,
Hin stirbt alles, ganz geringe
Wird der Wert der ird'schen Dinge;
Doch wie tief herabgestimmt
Auch das Wünschen Abschied nimmt,
Immer klingt es noch daneben:
Ja, das möcht' ich noch erleben.

Die ganze Wahrheit über das Alter

In diesen Versen spricht ein Mensch von fortgeschrittenem Alter. Einer, der bereits Großvater ist und im Bewusstsein seiner nicht mehr allzu fernen Endlichkeit von Dingen redet, an denen er „noch“ teilhaben will. Fontane, als er dieses 1891 veröffentlichte Gedicht schrieb – wohl nicht viel vor 1890, als es zum Zerwürfnis zwischen Bismarck und dem Kaiser kam, worauf die dritte Zeile anspielt – Fontane selbst hatte damals die 70 schon überschritten.

Jede der drei Strophen beginnt mit einer verächtlichen Geste in Richtung alles Lebendig-Vergänglichen. Und doch ist schon jeweils mit dem einleitenden Wort die Relativierung mitgegeben: „Eigentlich“ nämlich verhält es sich keineswegs so eindeutig nichtig. Was vollends zutage tritt, wenn in der zweiten Hälfte sämtlicher Strophen mittels eines „Aber“ beziehungsweise „Doch“ etwas folgt, was bei dem zuvor angeschlagenen wegwerfenden Ton nicht zu erwarten gewesen wäre. Es sind Wünsche an das Leben, zugespitzt in dem dreimal wiederkehrenden, bereits im Titel vorweggenommenen Refrain „... das möcht' ich noch erleben“.

Zwei dieser Wünsche werden konkret ausgeführt. Die Befriedigung der Neugier, wie es denn nun mit dem Reichskanzler weitergehen wird – in der Zeit des Gedichts ist der Lotse offenbar noch nicht von Bord gegangen. Und das Miterleben der Einschulung des Enkels, ein Ereignis, an dem der Sprecher in rührender Unmittelbarkeit teilhaftig werden möchte, wenn er sich ausmalt, dem Nachfahren Löschblätter ins Heft zu kleben.

Einerseits also Aussagen eines resignativ gestimmten Gemüts, welche in dreifacher Wiederholung Denkmuster aufgreifen, wie sie sich auch in barocker Vanitas-Dichtung finden ließen: „Alles gleich“, „Heute traurig, morgen froh“, „Hin stirbt alles“ – und gleich darauf der neuerliche Griff nach dem Leben. Ein Widerspruch, mit dem Fontane wohl die ganze Wahrheit über das Bewusstsein des Alters festhält.

Die angeführten Wünsche an die noch verbleibende Lebensspanne sind in eine Sphäre des Alltäglichen verlegt. Die Frage nach Bismarck könnte aus dem Munde eines jeden an der Zeitgeschichte interessierten Bürgers stammen, die Imagination des schulpflichtigen Enkels entstammt vollends dem privaten Bereich. Wie auch anderswo in seinen späten Gedichten meidet Fontane hier den hohen lyrischen Ton. Das trifft auch auf die Sprachgestaltung zu mit ihren bekräftigenden Ausrufen („Ja“) und lapidaren Formulierungen („alles soso“), ferner auf die formale Gestaltung mit ihren unregelmäßigen Senkungen im Vers. Durch all dies erhält das Gedicht eine Beweglichkeit, die sich der freien Rede annähert und damit schon vorausweist auf die Großstadtlyrik des 20. Jahrhunderts.

Stefan Dosch

OSKAR LOERKE

Winterliches Vogelfüttern

1

Schwirren sie von allen Seiten,
Die Gereisten, die Gescheiten,
Hör ich sie das Mahl begleiten,
Fabelnd ihre alten Zeiten.

Der von Singenberg war Truchseß,
Der von Landegg war der Schenk,
Und der Kämmerer war Göli,
Wir sind ihrer eingedenk.

Bei dem Abte von Sankt Gallen
Hat es ihnen wohlgefallen,
Und er streute Futter allen
Seinen Minnenachtigallen.

2

Aber Walther sehn wir nie.
Wie er sang, ging er zur Ruhe:
„Er ging schleichend wie ein Pfau,
Drückte ein die Kranichschuhe,
Und sein Haupt hing ihm aufs Knie.“
Er versank im Himmelsblau.

Vom Singen in widriger Zeit

Nach einer Überschrift wie dieser erwartet sich der Leser nicht zu Unrecht eine Schilderung von Frost und Schnee – doch vom Winter ist im Folgenden allenfalls am Rande die Rede. Die Vögel immerhin stellen sich ein an der Futterstelle, und mit großem Feinsinn hat Oskar Loerke (1884 – 1941) diese Szene – das Anschwirren „von allen Seiten", das Picken des „Mahls", begleitet von „fabelndem" Gezwitscher„ – sprachlich eingefangen.

Doch wird dieses Bild realen Vogelfütterns rasch überblendet von der Vorstellung, hier treffe eine Runde mittelalterlicher Minnesänger zusammen. Ulrich von Singenberg, Konrad von Landegg und Göli waren tatsächlich solche „Minnenachtigallen", die in der Zeit um 1200 im Herrschaftsbereich des Klosters St. Gallen ihr Auskommen hatten in Ämtern wie Truchsess, Schenk oder Kämmerer. In einer Vorstellung wie der, dass der Abt ihnen „Futter streut", hat Loerke die Sphären von Minnesang und Vogelfauna ebenso kunst- wie stimmungsvoll miteinander verflochten.

Als er dieses Gedicht im Januar 1936 schrieb, befand er sich in einer deprimierenden Situation. Nach der Machtübernahme der Nationalsozialisten 1933 war er seines Amtes als Sekretär der Preußischen Akademie der Künste enthoben worden. Zugleich war der jüdische Verlag S. Fischer, bei dem Loerke als Lektor arbeitete, in Bedrängnis geraten. Beides mit unmittelbar ökonomischen Konsequenzen. Vor diesem Hintergrund ist zu verstehen, weshalb der zweite Teil des Gedichts mit einem „Aber" beginnt: Was kommt, unterscheidet sich von der zuvor geschilderten Situation gesicherter Lebensgrundlage. „Walther" jedoch – gemeint ist der bedeutendste der Minnesänger, jener von der Vogelweide – ist nicht mit den anderen „Minnenachtigallen" an der „Futter"-Stelle. Die Dichter-Vögel – wieder hält Loerke die Sphären in der Schwebe – werden nun sogar wörtlich wiedergegeben. Und zwar – noch ein dichterischer Kunstgriff – mit Versen, die Walther von der Vogelweide selbst geschrieben hat in einem seiner Sprüche. In diesen (im Original mittelhochdeutschen) Zeilen beklagt er, wie es ihm erging, als er, einstmals stolz auftretend wie ein Kranich, durch den Tod seines Gönners die materielle Sicherung verlor.

Gewiss sah Loerke sich durch Walther an die eigene Existenz erinnert. Und so schwingt im Schluss seines Gedichts latent die Frage mit, wie es wohl mit ihm selbst weitergehen möge? Gleichwohl ist der in seiner Bedeutung offen gehaltene letzte Vers, der auf Walthers unbekannten Tod anspielt, nicht bloß auf Düsternis gestimmt. Gilt doch allein „Himmelblau" als das Gegenteil von jeglicher Bedrohung. Vielleicht Hinweis auf einen Rückzug in eine nurmehr geistige Existenz? *Stefan Dosch*

GEORG HEYM

Der Winter

Der blaue Schnee liegt auf dem ebenen Land,
Das Winter dehnt. Und die Wegweiser zeigen
Einander mit der ausgestreckten Hand
Der Horizonte violettes Schweigen.

Hier treffen sich auf ihrem Weg ins Leere
Vier Straßen an. Die niedren Bäume stehen
Wie Bettler kahl. Das Rot der Vogelbeere
Glänzt wie ihr Auge trübe. Die Chausseen

Verweilen kurz und sprechen aus den Ästen.
Dann ziehn sie weiter in die Einsamkeit
Gen Nord und Süden und nach Ost und Westen,
Wo bleicht der niedere Tag der Winterzeit.

Ein hoher Korb mit rissigem Geflecht
Blieb von der Ernte noch im Ackerfeld.
Weißbärtig, ein Soldat, der nach Gefecht
Und heißem Tag der Toten Wache hält.

Der Schnee wird bleicher, und der Tag vergeht.
Der Sonne Atem dampft am Firmament,
Davon das Eis, das in den Lachen steht,
Hinab die Straße rot wie Feuer brennt.

Das brennende Eis

Der Schnee ist so weiß, dass die Eskimos (wie die Isländer) eine Fülle von Benennungen für die verschiedensten Phänomene des Schneeweiß haben. Der Künstler Olafur Eliasson, isländisch-dänischer Herkunft hat 2006 den Objektkasten „Your relativity of white" geschaffen; in ihm sind Fläschchen mit 76 verschiedenen Weißpigmenten aufgereiht. Und Georg Heym? Er löscht das Weiß mit einem einzigen Strich, mutet uns gleich in der ersten Zeile den „blauen Schnee" zu.

Wie erklärt sich diese Dissonanz? Die Expressionisten, auf der Suche nach dem revolutionären Ausdruck, verabscheuen die naturalistische, mit gewohnten Stimmungsrequisiten versehene Ästhetik. Sie desillusionieren und entzaubern, geben den Dingen durch eine eigenwillige, gesteigerte Farbgebung einen Zug ins Unheimliche.

Georg Heyms frühestes Winter-Gedicht aus seinem ersten und einzigen von ihm selbst zusammengestellten Band „Der ewige Tag" wurde im April 1911 veröffentlicht. Die eingangs gehäuften e-Laute, die in Strophe zwei ausschließlich den Kreuzreim bestimmen, vergegenwärtigen eine ins Unendliche sich dehnende Winterlandschaft. Ihr Zeichen ist die Unbestimmtheit zwischen Land und Stadt (Chausseen). Selbst das „Hier" bedeutet sein Gegenteil, nämlich irgendwo. Wegweiser und sich querende Straßen (Kreuzweg!) geben weder Richtung noch Orientierung vor. Die Personifizierung (treffen sich, sprechen, ziehen weiter usw.) rückt sie in eine spukhafte Irrealität.

Alles Leben erscheint leer und abgestorben. Dafür steht als Gleichnis auch der zerschlissene Korb, mehr noch der Soldat, der den weißen Acker hin zum Leichenfeld verschiebt. Die Farbmetaphern zeichnen diese Bewegung nach (blau, violett, trübes Rot, bleich), wobei der Dichter das durchs Blau intonierte „violette Schweigen" als Todesschweigen fasst. In diese Winterwelt, die für Georg Heym den sinnbildlichen Charakter eines Weltwinters, einer Menschenöde gewinnt, fügt sich, dass in den fünf Strophen kein lyrisches Ich mehr greifbar ist.

Was so wohlgeordnet anmutet, steht unter starker Spannung. Das jambische Metrum wird (durch Doppelsenkungen) unterlaufen, Sätze stocken durch Zäsuren in der Versmitte, dann wieder laufen Zeilen um. Davon hebt sich das jambisch fließende Gedichtende auffallend ab, gipfelnd in der mythisierten Sonne und im Dynamismus des die Gegensätze von Eis und Feuer zusammenzwingenden Schlussbildes.

Der Dichter setzt hier den Untergang der Erstarrung groß in Szene, gemäß der Fürbitte in seinem Gedicht „Gebet": „Herr gib uns das Feuer." In diesem Feuer ist indes die Sehnsucht vieler Expressionisten nach Umbruch und Krieg buchstäblich verbrannt. *Günter Ott*

FRIEDRICH RÜCKERT

Amara, bittre, was du tust, ist bitter

Amara, bittre, was du tust, ist bitter,
Wie du die Füße rührst, die Arme lenkest,
Wie du die Augen hebst, wie du sie senkest,
Die Lippen auftust oder zu, ist bitter.

Ein jeder Gruß ist, den du schenkest, bitter,
Bitter ein jeder Kuß, den du nicht schenkest,
Bitter ist, was du sprichst und was du denkest,
Und was du hast und was du bist, ist bitter.

Voraus kommt eine Bitterkeit gegangen,
Zwo Bitterkeiten gehn dir zu den Seiten,
Und eine folgt den Spuren deiner Füße.

O du mit Bitterkeiten rings umfangen,
Wer dächte, daß mit all den Bitterkeiten
Du doch mir bist im innern Kern so süße!

Liebe ist bitter, oder?

Die dichterische Produktivität von Friedrich Rückert, 1788 geboren und gestorben vor 150 Jahren, am 31. Januar 1866, war enorm. Das lag nicht nur an den zahllosen Übersetzungen und Nachbildungen aus fremden, bevorzugt orientalischen Kulturen, die der Sprachkundige vornahm. Auch sein genuines lyrisches Werk ist kaum zu überblicken, was Rückert nicht bloß Bewunderung, sondern die Bezichtigung der Vielschreiberei eingetragen hat. Ein Beispiel für seinen sich rasch fortbewegenden lyrischen Schöpfergeist ist der Zyklus „Amaryllis, ein Sommer auf dem Lande" – 70 innerhalb nur weniger Monate verfasste Gedichte, alle das eine Thema variierend: Liebe, die nicht auf Gegenliebe stößt.

Dem Zyklus liegt reales Erleben zugrunde. 1812 warb Rückert um die Tochter eines Dorfwirts, blitzte jedoch ab. Von dieser Maria Elisabeth Geuss hat der „Amaryllis"-Zyklus durch Zusammenziehung einiger Vornamenssilben wohl seinen Titel, der zugleich Anspielung ist auf eine Gestalt antiker Hirtenlyrik wie auch auf die Pflanzengattung, zu der eine giftige Art (Amaryllis belladonna) gehört. Vor allem an diese Bedeutung knüpft das hier vorliegende 21. Gedicht an: Amara ist im Lateinischen „die Bittere" – und um nichts als um diese vom Dichter so empfundene Eigenschaft der Angebeteten geht es im Folgenden. Denn was Amara auch tut, dem Verliebten stößt es bitter auf. Leidensklug wird festgehalten, dass sogar gegenteiliges Tun dieselbe herbe Wirkung hervorruft (Heben/Senken des Blicks), sogar das Nicht-Tun (verweigerte Küsse) ist davon nicht ausgenommen. Mantrahaft kreist das Gedicht um dieses Wort „bitter", elfmal taucht es auf in unterschiedlichen Wortarten, vier Verse bilden mit ihm den Reim, und die gegen das jambische Metrum gesetzte Stellung zu Beginn der Mittelverse im zweiten Quartett betonen zusätzlich die Bedeutung. Zeile für Zeile geht es um dieses Eine, bis in der letzten das Ruder herumgerissen wird: „Süß" schmecken diese „Bitterkeiten" – das ist nicht nur ein finaler Coup, sondern liebespsychologisch von großer Wahrhaftigkeit.

Rückert hat die Sonettform, die den ganzen „Amaryllis"-Zyklus durchzieht, nicht von ungefähr gewählt. In dieser strengen Versbindung haben Dante und Petrarca unerreichbare Frauen besungen. Doch wo sich diese Dichter in idealisierten hohen Sphären bewegten, ist in „Amaryllis" das Gegenteil der Fall, wenn die Sonette an ein Dorfmädchen gerichtet sind. Rückert war sich des Gefälles wohl bewusst und gewann ihm humorvolle, auch grimmige Seiten ab. Nie gewagt hätten Dante und Petrarca eine Schmähung, wie sie der Dichter in einem der „Amaryllis"-Gedichte vornimmt: „Du bist nicht schön, kann ich dir redlich sagen". *Stefan Dosch*

NELLY SACHS

In der Flucht

In der Flucht
welch großer Empfang
unterwegs –

Eingehüllt
in der Winde Tuch
Füße im Gebet des Sandes
der niemals Amen sagen kann
denn er muß
von der Flosse in den Flügel
und weiter –

Der kranke Schmetterling
weiß bald wieder vom Meer –
Dieser Stein
mit der Inschrift der Fliege
hat sich mir in die Hand gegeben –

An Stelle von Heimat
halte ich die Verwandlungen der Welt –

Rettung in letzter Minute

Als hätte sie eine Vorahnung gehabt: Nelly Sachs stand seit ihrem 15. Lebensjahr mit der von ihr verehrten schwedischen Dichterin Selma Lagerlöf (Nobelpreis 1909) in Briefkontakt. Das war lebensentscheidend. Denn Lagerlöf setzte sich bis zu ihrem Tod 1940 für ein Einreisevisum der Berliner Jüdin ein und brach schließlich den Widerstand des schwedischen Königshauses. So konnte Nelly Sachs am 16. Mai 1940 mit ihrer Mutter in einer der letzten Linienmaschinen von Berlin-Tempelhof nach Stockholm entkommen.

Flucht, Exil, Verfolgung, Shoah – das sind die Themen der Nelly Sachs (wie die von Else Lasker-Schüler, Rose Ausländer, Gertrud Kolmar, Paul Celan u. a.). Unser Gedicht ist der Sammlung „Flucht und Verwandlung" (1959) entnommen. Seine besondere Bedeutung ist daraus zu ersehen, dass Nelly Sachs genau diese Zeilen bei der Entgegennahme des Literaturnobelpreises 1966 in Stockholm vorgetragen hat.

Es heißt „in der Flucht", nicht wie zu erwarten „auf der Flucht": Nelly Sachs wählt die umfassendere, keinen Ausweg zulassende, existenzielle Variante. Der Gegenbegriff zu Flucht – „großer Empfang" – bekundet allerdings keine tatsächliche Ankunft bzw. Anerkennung, sondern lediglich die (enttäuschte) Sehnsucht. Das „unterwegs" nimmt sogleich alle Hoffnung mit sich. – Wo endet die Flucht, wo beginnt die Verwandlung? Das ist in der großartig enggeführten Bildlichkeit des Gedichts schwer auszumachen. Die zweite Strophe scheint den Umschlag vorzubereiten, durch religiöse Termini (Gebet, Amen), ferner durch das fließende bzw. schwebende (durch Stabreim bekräftigte) Wortpaar „Flosse" und „Flügel". Der Schmetterling, aus Raupe und Puppe erwachsen, ist per se das Zeichen der Wiedergeburt.

Das Gedicht vollzieht im Schritt vom „Sand" zum „Meer", vom „Stein" zur „Fliege" Kreise der Weiterungen ins Kosmische. Nelly Sachs hat davon gesprochen, dass der Stein in Musik, dass die Materie in „die innere geistige Kraft" übergehe. Genau hier kommt das lyrische Ich ins Spiel. Was sich ihm „in die Hand gegeben" hat, darf wohl auch als Chiffre der Poesie (Inschrift) verstanden werden. Die Dichtung ist ins Leid eingeschlossen wie die Fliege in den Stein.

Nelly Sachs hoffte auf die Verwandlung. Ihr jüdisch-mystischer Glaube eröffnete den Weg aus den „Wohnungen des Todes" (den Krematorien), aus der „Sternverdunkelung" in die Erlösung („Fahrt ins Staublose") – allesamt Titel ihrer Gedichtsammlungen. Paul Celan, mit ihr über Jahre eng verbunden, folgte ihr darin nicht: „Von deinem Gott war die Rede, ich sprach/gegen ihn…" Nelly Sachs starb am 12. Mai 1970 in Stockholm, dem Tag, an dem Celan in Paris zu Grabe getragen wurde. *Günter Ott*

HUGO BALL

Der Dorfdadaist

In Schnabelschuhen und im Schnürkorsett
Hat er den Winter überstanden,
Als Schlangenmensch im Teufelskabinett
Gastierte er bei Vorstadtdilettanten.

Nun sich der Frühling wieder eingestellt
Und Frau Natura kräftig promenierte,
Hat ihn die Lappen- und Attrappenwelt
Verdrossen erst und schließlich degoutieret.

Er hat sich eine Laute aufgezimmert
Aus Kistenholz und langen Schneckenschrauben,
Die Saiten rasseln und die Stimme wimmert,
Doch läßt er sich die Illusion nicht rauben.

Er brüllt und johlt, als hinge er am Spieße.
Er schwenkt juchelend seinen Brautzylinder.
Als Schellenkönig tanzt er auf der Wiese
Zum Purzelbaum der Narren und der Kinder.

Es rasselt und es wimmert

Hugo Ball, einer der Väter der Dada-Kunst im Zürich von 1916, ist vor allem durch seine weitgehend sinnfreien Lautgedichte wie „Karawane", „Totenklage" und „Gadji beri bimba" bekannt. Er hatte sie im Cabaret Voltaire mit todernstem Tonfall vorgetragen – wenige Tage bevor das Lokal im Ausgehviertel an der Limmat schon wieder schloss -und sich der Dadaismus ab Sommer 1916 in anderen Metropolen fortsetzte.

Im „Dorfdadaisten", Anfang der 20er-Jahre entstanden, als das Ehepaar Hugo Ball/Emmy Hennings im Tessin nahe dem Heim Hermann Hesses wohnte (dessen erste Biografie Ball verfasste), kehrt der Schriftsteller zur Sinnsprache zurück – und wohl auch in die Zeit seiner dadaistischen Anfänge.

Das Gedicht kann mit gutem Grund doppelt autobiografisch interpretiert werden. Erste Deutung: Seit Mai 1915, also in den Monaten vor der Eröffnung des Cabaret Voltaires am 5. Februar 1916, hatten sich Ball/Hennings, emigriert aus Berlin, in der Schweiz mit Kleinkunst durchschlagen müssen: Tingeltangel im Teufelskabinett unter Kunst-Banausen.

Der „Winter" aus Zeile zwei kann sowohl wörtlich als auch metaphorisch verstanden werden. Und der Frühling, von dem dann die Rede ist, schenkt unserem genötigten, durch billigen Budenzauber verdrossenen Unterhaltungskünstler jene Freiheit zurück, die er sich wünscht, um seinen eigenen künstlerischen Überzeugungen wieder nachzugehen: Seltsame rasselnde und wimmernde Laute von sich zu geben, dazu zu brüllen und zu johlen. Das, was man beim Lesen der dritten und vierten Strophe „hört" und „sieht", das lässt sich verstehen wie die Beschreibung eines Hugo- Ball-Auftritts im „freien" Cabaret Voltaire. Dort, wo man sich bei aller Wagnis der Äußerungen die Illusion auf Wirkung nicht rauben lässt.

Zweite Deutung: Sie hängt mit dem erwähnten Zylinder zusammen. Er könnte tatsächlich ein „Brautzylinder" gewesen sein, nicht jener hohe Hugo-Ball-Zylinder aus dem Cabaret Voltaire. Denn Ball und Hennings hatten Anfang 1920 geheiratet und waren aus der Stadt Bern eben ins alpenländliche Tessin zu Frau Natura gezogen. Bei dieser Deutung wäre aus dem frisch verheirateten Stadt-Dadisten Hugo Ball der Dorf-Dadaist Hugo Ball geworden. Dort ist er nun der Schellenkönig unter lauter Narren – womöglich sogar in der Fastnacht des Tessins im Vorfrühling.

Vielleicht aber gibt es bei diesem Gedicht kein Entweder/Oder. Vielleicht verwob Hugo Ball zweierlei Erfahrungen, zweierlei Verpuppungen. Interessant: „Der Dorfdadaist" ist innerhalb einer Folge von zehn Sonetten das einzige, das mit vier Vierzeilern von der traditionellen Sonett-Form abweicht.

Rüdiger Heinze

JOHANN WOLFGANG GOETHE

Meeres Stille

Tiefe Stille herrscht im Wasser,
Ohne Regung ruht das Meer,
Und bekümmert sieht der Schiffer
Glatte Fläche rings umher.
Keine Luft von keiner Seite!
Todesstille fürchterlich!
In der ungeheuern Weite
Reget keine Welle sich.

Glückliche Fahrt

Die Nebel zerreißen,
Der Himmel ist helle,
Und Aeolus löset Das ängstliche Band.
Es säuseln die Winde,
Es rührt sich der Schiffer.
Geschwinde! Geschwinde!
Es teilt sich die Welle,
Es naht sich die Ferne;
Schon seh' ich das Land!

Jeder Flaute folgt ein Wind

Selbstverständlich entfaltet jedes dieser beiden Gedichte auch für sich genommen Reiz und Sinn. Und doch ist der Zusammenhang zwischen „Meeres Stille“ und „Glückliche Fahrt“ nicht zu übersehen, gerade wegen ihrer Gegenbildlichkeit. Nicht zuletzt war es Goethe selbst, der seit der Erstveröffentlichung 1795 in allen von ihm besorgten Ausgaben die beiden Stücke stets zusammen hat drucken lassen.

Wann genau Goethe (1749–1832) die Gedichte schrieb, lässt sich nicht belegen. Offenkundig aber ist, dass der Autor damit an ein Erlebnis aus seiner Zeit in Italien anknüpfte. In der autobiografischen „Italienischen Reise“ berichtet er von einer 1787 unternommenen Überfahrt von Sizilien nach Neapel. Am dortigen Golf kam der Segler in eine Flaute, doch nicht nur das: Das Schiff geriet in eine Strömung, die auf die steilen Felsen von Capri zuführte. Die übrigen Passagiere reagierten aufgebracht, Goethe hingegen versuchte zu beruhigen, was ihm, so schildert er, auch gelang. Rechtzeitig kam Wind auf, und so entging das Schiff der Gefahr des Zerschellens.

Wie Goethe die gegensätzlichen Naturereignisse von Windstille und Wiederauffrischen in den beiden Gedichten durch unterschiedliche Versgestaltung an die Sprachoberfläche treten lässt, ist ein Paradebeispiel für die Kunst dieses Dichters. Der getragene Trochäus mit seinem steten Wechsel von Hebung und Senkung hüllt „Meeres Stille“ ebenso eindrücklich in die Aura von Bewegungslosigkeit wie die fallende melodische Linie der einzelnen Zeilen. Der Verzicht auf Verben in der zweiten Gedichthälfte, die doppelte Verneinung im fünften Vers tragen das Ihrige zur Beklemmung angesichts der „Todesstille“ bei. Wie anders dagegen „Glückliche Fahrt“. Schon der Auftakt signalisiert Bewegung, und dass die beiden Hebungen in jeder Zeile von jeweils zwei (in der Versmitte aufeinandertreffenden) Senkungen umgeben sind, mag man gar nicht anders wahrnehmen denn als sprachlich-rhythmischen Ausdruck einer Wellenbewegung – die Äolus, dem Gott des Windes bei den alten Griechen, zu verdanken ist.

Tätig sein zu können, am besten im Einklang mit der Natur, zählte zu den Lebensmaximen Goethes. Nicht immer aber lässt Natur dies zu. Dann gilt es, auf Wandel zu hoffen, wie Goethe es bei seiner italienischen Windstille tat (und nebenbei, tätig noch im Regungslosen, die Mitreisenden besänftigte). Mit solchem Naturvertrauen ging der Dichter nicht fehl. Nicht nur der Schiffer, der als einzige Gestalt in beiden Gedichten erscheint, kann nach der Untätigkeit wieder zu Werke gehen. Das Nahen des Ufers bringt auch dem in der letzten Zeile hervortretenden Ich die tatkräftige Fortsetzung der – im Symbol des Schiffes fixierten – Lebensreise. *Stefan Dosch*

SILKE SCHEUERMANN

Dodo

Es ist wahr, man kann zu verträumt sein
zum Überleben. Neben dir spazierten immer
mehrere Himmel einher. Ausschließlich
freundliche andere Arten. Nun ja – bis wir kamen.
Gott hat uns Wut geschenkt, dieses starke Gefühl
ohne Richtung und Nutzen, und Appetit. Du, Dodo,
bist dann rasch verschwunden, in diese andere Welt,
in der Alice ewig versucht, von dir Wunderland-Spiele
zu lernen. Aber uns reicht das nicht, wir wollen
dich wieder. Niedlich, naiv, mit deinen treudoofen Nestern
am Boden. Als harmlosen Kameraden für unsere Kinder
denken wir dich. Glaub mir: Wir sind fast so weit.
Dodo, du wirst wiedergeboren wie am Tag
das Sonnenlicht. Ich verspreche es dir:
Du wirst unter den ersten sein, die wir machen.

Dichterin im Wunderland

Haben Sie Alice gelesen – „Alice im Wunderland"? Dann ist Ihnen Dodo schon einmal begegnet. In diesem Buch hat Lewis Carroll der ausgestorbenen Vogelart ein literarisches Denkmal geschaffen: Die Tiere lebten auf Mauritius, gefährlich sorglos, weil sie ihre Nester einfach auf dem Boden bauten und vor nichts und niemandem Angst hatten. Sie hatten keine Feinde auf der Insel, diese Vögel, bis sie 1581 erstmals Europäern begegneten. Die Seefahrer brachten Affen, brachten Ratten mit, und sie versorgten sich selbst mit den Vögeln, die zwar schrecklich geschmeckt haben sollen, aber eben da waren. Noch genau 100 Jahre, dann war diese Art ausgerottet und vergessen. Und das wäre sie noch, hätte es nicht Lewis Carroll gegeben, der einen Dodo an der Seite von Alice auftreten lässt.

Die Lyrikerin Silke Scheuermann, die an diesem Freitag in Augsburg mit dem alle drei Jahre vergebenen Brechtpreis geehrt wird, setzt in ihrem Gedicht „Dodo" (erschienen in dem Band „Skizze vom Gras") an dieser Stelle an. „Es ist wahr, man kann zu verträumt sein/zum Überleben". Das ging so lange gut, bis der Mensch kam, dem Gott Wut und Appetit gegeben hat.

Nun setzt Scheuermann einen neuen Akzent. Dodo ist nicht das Opfer, er ist selbst verschwunden, dorthin, wo so ein verträumtes Wesen besser leben kann, „in die andere Welt", man könnte auch sagen: in die Dichtung. Im Anschluss kommt eine Wendung, die sich auf ein weiteres, programmatisches Gedicht desselben Bandes mit dem Titel „Zweite Schöpfung" bezieht. Darin heißt es: „Dies ist/die Freiheit der Liebe: neue Wesen zu schaffen,/sie uns zur Seite zu stellen. Dies ist die Freiheit/unserer Art, neue, andere Arten zu machen." Wörtlich und konkret genommen, entwirft Scheuermann ein Programm, das sich durch die Möglichkeiten der Gen-Forschung ergibt. Und Dodo, der sich in die Dichtung zurückgezogen hat, soll nun einer der ersten sein, die vom Menschen wieder erschaffen werden: „niedlich, naiv", als harmloser Kamerad „für unsere Kinder".

Auf einer zweiten Ebene erscheinen Dodo und die Idee der „zweiten Schöpfung" als ein dichterisches Programm. Nun hieße das, wieder eine Welt zu schaffen, in der Wesen, die so verträumt sind, wieder überleben können, eine Welt, in der auch die Dichtung wieder einen anderen Platz und Raum hat.

Aus diesem Spannungsverhältnis gewinnt das Gedicht Kraft. Das Erstaunliche ist, dass die konkrete Lesart, diese Science-Fiction-Vorstellung, wonach der Mensch künstliches Leben erschafft, viel weniger utopisch erscheint als eine Zeit, in der die Dichtung wieder in der Welt und nicht nur im Wunderland ihren Platz hat. *Richard Mayr*

ERNST JANDL

Zeichen

Zerbrochen sind die harmonischen Krüge,
die Teller mit dem Griechengesicht,
die vergoldeten Köpfe der Klassiker –

aber der Ton und das Wasser drehen sich weiter
in den Hütten der Töpfer.

In der Dichterhütte

Ernst Jandl (1925–2000) hat viele Jandls im Angebot: den Schelm, den Sprachverdreher, den wütend-politischen Einsager, den depressiv-verzweifelten Poeten, den ungehobelten Grobian, den kühnen Recht- und Frechschreiber … Nichts von alledem findet sich im „Zeichen"-Gedicht. Es entstand 1953 und wurde 1956 im Debütband „Andere Augen" veröffentlicht. Jandl war damals kaum über Wien hinaus bekannt. Den Ruf des großen Experimentators erwarb der Dichter erst mit seiner Sammlung „Laut und Luise" (1966). Mit ihr ging er – und damit die Konkrete Poesie – ins Lesebuch ein.

In den fünf Zeilen seines frühen Gedichts setzt Jandl ein programmatisches Zeichen. Er kommt in späteren Jahren wiederholt auf diese seine poetische „Markierung" zu sprechen. Sie gilt ihm als „Indiz für eine gewisse Kontinuität der Auffassung" (siehe seine „Mitteilungen aus der literarischen Praxis" von 1999). Worin besteht die weitreichende Bedeutung dieser so einfachen wie spruchhaften Verse? Zunächst in ihrem antiklassischen Impetus. Die Klassik, allgemeiner: Die traditionelle Kunst, wird bezeichnet durch die Begriffe harmonisch, griechisch und vergoldet. Die erste Zeile ist durchaus von edlem Klang. Doch aus dem wie aus einem touristischen Billigangebot gereichten „Teller mit dem Griechengesicht" grinst schon die Ironie. Diese holt auch die Goldköpfe vom Klassiker-Sockel: Schein statt Sein. Jeder Dichter ist umringt von fremden Gedichten. Welche von ihnen sind von Einfluss, geben vielleicht einen Wink? Jandl hat in seinen Frankfurter Poetikvorlesungen der Tradition den Respekt nicht versagt. Doch der Kontinuität künstlerischer Arbeit steht das „aber" unseres Gedichtes entgegen. Es bezeichnet den Neuanfang, das eigene und eigenwillige Weiterschaffen – mit Jandls Worten einen „Anspruch, nämlich Arbeiten in gründlicher Simplizität". Insofern meint das entscheidende Auftaktwort „zerbrochen" nicht nur eine Feststellung (die Klassik ist vorbei), sondern auch eine Forderung. Sie basiert auf dem (mythischen) Urbild des Schöpfers als Töpfer. Die Betonung liegt auf dem Einfachsten, auf dem Handwerk in der Hütte.

Jandl verwahrt sich gegen das hehre Dichtergenie. Wiewohl in seinen Zeilen nicht nur Goethes „Prometheus" („Hier sitz ich, forme Menschen / Nach meinem Bilde…"), sondern auch der biblische Schöpfungsbericht nachhallt. Es geht ums elementare Wachstum, versinnbildlicht in Ton/Erde und Wasser. Nur der andauernde, auf die Zeichen der Sprache bauende Schaffensprozess („drehen sich weiter") überwindet die Erstarrung. Und der Dichter kann von Glück sagen, wenn die Musik aus dem „Ton" seiner Verse klingt. *Günter Ott*

GOTTHOLD EPHRAIM LESSING

Die drei Reiche der Natur

Drei Reiche sinds, die in der Welt
Uns die Natur vor Augen stellt.
Die Anzahl bleibt in allen Zeiten
Bei den Gelehrten ohne Streiten.
Doch wie man sie beschreiben muß,
Da irrt fast jeder Physikus.
Hört, ihr Gelehrten, hört Mich an,
Ob Ich sie recht beschreiben kann?

Die Tiere sind den Menschen gleich,
Und beide sind das erste Reich.
Die Tiere leben, trinken, lieben;
Ein jegliches nach seinen Trieben.
Der Fürst, Stier, Adler, Floh und Hund
Empfindt die Lieb und netzt den Mund.
Was also trinkt und lieben kann,
Wird in das erste Reich getan.

Die Pflanze macht das andre Reich
Dem ersten nicht an Güte gleich.
Sie liebet nicht, doch kann sie trinken,
Wenn Wolken träufelnd niedersinken.
So trinkt die Zeder und der Klee,
Der Weinstock und die Aloe.
Drum was nicht liebt, doch trinken kann,
Wird in das andre Reich getan.

Das Steinreich ist das dritte Reich
Und dies macht Sand und Demant gleich.
Kein Stein fühlt Durst und zarte Triebe;
Er wächset ohne Trunk und Liebe.
Drum was nicht liebt, noch trinken kann,
Wird in das letze Reich getan.
Denn ohne Lieb und ohne Wein,
Sprich, Mensch, was bleibst du noch? Ein Stein.

Zum Menschen gehören Wein und Liebe

Anakreon, der altgriechische Lyriker des 6. vorchristlichen Jahrhunderts, darf für sich beanspruchen, Namensgeber einer ganzen Stilrichtung zu sein: der Anakreontik, jener Dichtung, die in leichtem Ton von Liebe, Wein und Geselligkeit singt. Eine lyrische Mode, die sich in der Mitte des 18. Jahrhunderts gerade auch bei Dichtern deutscher Sprache großer Beliebtheit erfreute.

Zu den Adepten der Anakreontik gehörte während seiner Leipziger Studentenzeit auch Gotthold Ephraim Lessing (1729–1781). In seinem 1747 erstmals erschienenen Gedicht „Die drei Reiche der Natur" verknüpft er Thema und Tonlage der Anakreontik jedoch auf originelle Weise mit einer weiteren Strömung des Zeitalters: dem Interesse an der Naturwissenschaft. Lessing greift eine damals viel besprochene Vorstellung auf, eben die Lehre von den drei Naturreichen. Der berühmte Forscher Carl von Linné hatte die dafür gültige Definition geliefert, in einer späteren Version des Gedichts bezieht Lessing sich ausdrücklich auf ihn. Linné freilich erklärte für das erste Reich und damit für die Lebewesen: Jene „wachsen, leben und fühlen" – und maß den beiden verbleibenden Sphären jeweils eine Eigenschaft weniger zu.

Was aber macht Lessing? Er ändert in Strophe zwei die Trias ab zu „leben, trinken, lieben", ersetzt damit zwei der drei Eigenschaften durch Kernbegriffe der Anakreontik. Hat sich der Autor schon zu Beginn des Gedichts mit gespieltem Eifer in den Wissenschaftsdiskurs eingeschaltet („Hört, ihr Gelehrten"), so werden nun auch in den Strophen drei und vier die verbleibenden Reiche kategorisiert, nur eben nicht anhand biologischer, sondern anakreontischer Merkmale. Wobei der Dichter zunächst wunderbar geschickt den Eindruck erweckt, dass es sich beim Trinken und Lieben um abstrakte Naturvorgänge handelt – und erst in der Schlusspointe mit dem eigentlichen Sinn herausrückt. Hier, in den beiden letzten Versen, eröffnet sich der keineswegs gelehrte, sondern heiter-lebensvolle Bezugsrahmen: Es geht nicht um die biologischen Fähigkeiten der Wasseraufnahme und des Fühlens, wohl aber um den Genuss von „Wein" und um sinnliche „Lieb". Wer aber sich auf beides nicht versteht, der gehört nicht ins erste, menschliche Reich – der hat seinen Platz bei den Steinen.

Scherzhaft wird hier die strenge Systematik der Wissenschaft der Untauglichkeit überführt: Denn wie kann ein Vertreter des einen Reichs zugleich dem anderen zuzurechnen sein? Unter ästhetischen Maßgaben freilich – noch dazu denen der Anakreontik – erscheint solche Doppelzugehörigkeit durchaus nicht als Paradox, darf eher als Normalfall gelten. Mit Lessing dreht da die Literatur der Wissenschaft so selbstbewusst wie vergnügt eine Nase.

Stefan Dosch

HEINRICH HEINE

Im Anfang war die Nachtigall

„Im Anfang war die Nachtigall
Und sang das Wort: Züküht! Züküht!
Und wie sie sang, sproß überall
Grüngras, Violen, Apfelblüt.

Sie biß sich in die Brust, da floß
Ihr rotes Blut, und aus dem Blut
Ein schöner Rosenbaum entsproß;
Dem singt sie ihre Liebesglut.

Uns Vögel all in diesem Wald
Versöhnt das Blut aus jener Wund;
Doch wenn das Rosenlied verhallt,
Geht auch der ganze Wald zugrund."

So spricht zu seinem Spätzelein
Im Eichennest der alte Spatz;
Die Spätzin piepet manchmal drein,
Sie hockt auf ihrem Ehrenplatz.

Sie ist ein häuslich gutes Weib
Und brütet brav und schmollet nicht;
Der Alte gibt zum Zeitvertreib
Den Kindern Glaubensunterricht.

Die unnützen Sänger

Die Bibel ist ein Schatzkasten, in den die Dichter gerne greifen. Selbst wenn es, wie in der Moderne, eher um weltliche Dinge geht, wird diesen öfter das Sprachgewand religiöser Texte umgelegt. Denn in diesem Entleihverkehr zehrt noch die Säkularisierung von der Würde der ursprünglich religiösen Rede.

Es ist, als wollte Heinrich Heine (1797–1856) in seinen jambisch fließenden, kreuzgereimten Liedstrophen, die seinem Zyklus „Neuer Frühling" von 1835 entnommen sind, das Evangelium der Romantik singen. So formuliert er den Johannes-Prolog („Im Anfang war das Wort") um und adelt die Nachtigall. Sie steht mit ihrem Gesang, ihrer Lust und Sinnenfreude für die romantische Kunst schlechthin. Um den Bibelkenner nicht vollends vor den Kopf zu stoßen, schiebt der Dichter sogleich das (erwartete) „Wort" in der zweiten Zeile nach. Er kappt indes den Bezug zu Gott und stimmt einen neuerlichen Stilwechsel an in dem doppelten Naturlaut „Züküht". Gut möglich, dass er damit die in eine Nachtigall verwandelte Jorinde und ihren dreifachen „Zicküth"-Gesang in dem Grimm-Märchen „Jorinde und Joringel" wach ruft.

Der Nachtigall und ihrem „Züküht" spricht Heine magische Schöpferkräfte zu: Die Natur sprießt und erblüht. Strophe zwei und drei rufen in der Liebe, in Rosen und Vogelsang die Höhe romantischer Kunst und Dichtung auf und lassen zugleich durch die Trias von Blut, Wunde und Versöhnung den Bezug auf das biblische Heilsgeschehen hintergründig mitlaufen. Die christliche Erlösung, so scheint es, wird überführt in die Erlösung durch Poesie.

Doch Heine wäre nicht Heine, setzte er nicht den Nachtigallen-Gesang und seine wunderbare Naturbelebung in Anführungszeichen. Die romantische Schöpfung der ersten drei Strophen entpuppt sich als schnödes Spatzen-Geschwätz! Sie ist nichts als Zitat. Der Sang wird zum Piepen, das Rosenlied erstirbt im Unterricht, die Liebesglut kühlt aus in einer philisterhaften Zweisamkeit („hockt", „häuslich", „brav"). Diesen Absturz nimmt schon die Gedichtmitte vorweg („geht auch der ganze Wald zugrund").

Derart vielstimmig spielt dieses Lied. Es spielt mit Kontrast und Komik, vor allem mit der romantischen Kunstperiode und ihrem Ende. Heine kreuzt hier nicht zuletzt die Klinge mit seiner eigenen, wiederholt bekundeten „Zerrissenheit" – der Poetisierung der Welt auf der einen, dem Kampf für eine (sozial) bessere Welt auf der anderen Seite. Letzteren wollte er durch seine „Neuen Gedichte" befördern. Und doch trieb ihn stets die Sorge, die fortschrittlichen Kräfte könnten all die geliebten Marmorbilder zerschlagen und die Nachtigallen, „die unnützen Sänger", fortjagen. *Günter Ott*

RAINER MARIA RILKE

Komm du, du letzter, den ich anerkenne

Komm du, du letzter, den ich anerkenne
Komm du, du letzter, den ich anerkenne,
heilloser Schmerz im leiblichen Geweb:
wie ich im Geiste brannte, sieh, ich brenne
in dir; das Holz hat lange widerstrebt,
der Flamme, die du loderst, zuzustimmen,
nun aber nähr ich dich und brenn in dir.
Mein hiesig Mildsein wird in deinem Grimmen
ein Grimm der Hölle nicht von hier.
Ganz rein, ganz planlos frei von Zukunft stieg
ich auf des Leidens wirren Scheiterhaufen,
so sicher nirgend Künftiges zu kaufen
um dieses Herz, darin der Vorrat schwieg.
Bin ich es noch, der da unkenntlich brennt?
Erinnerungen reiß ich nicht herein.
O Leben, Leben: Draußensein.
Und ich in Lohe. Niemand der mich kennt.

Der verbrennende Dichter

Dieses Gedicht entstammt nicht poetischer Imagination. Es ist Ausdruck direkten Erlebens, hellwaches Zeugnis des eigenen Zugrundegehens. Rilke hat diese Verse – seine letzten – etwa zwei Wochen vor seinem Tod geschrieben, der ihn am 29. Dezember 1926 erlöste. Erst im Herbst waren seine zunehmenden Beschwerden diagnostiziert worden – als Leukämie in einer seltenen, nicht behandelbaren Form, die einhergeht mit extremen Schmerzen.

Das Gedicht ist Rilkes letzter Eintrag in sein Tagebuch. In der Handschrift schließen sich an die 16 Zeilen vier weitere an, doch hat der Todkranke sie mit mehreren Durchstreichungen für ungültig befunden. Ob es sich hier um eine Fortsetzung des Gedichts oder nur um Notizen dafür handelte, ist nicht mehr zu klären, ebenso wenig, ob die 16 unangetasteten Verse ein Fragment darstellen oder eine abgeschlossene Dichtung.

Für Letzteres spricht die gedankliche Bewusstheit wie die formale Schönheit – in Anbetracht von Rilkes Qualen eine bewundernswürdige Leistung. Das Gedicht ist in den ersten acht Zeilen kreuzgereimt, in der zweiten Hälfte herrscht der umfassende Reim vor. Das Metrum ist jambisch und, abgesehen von zwei vierhebigen Versen, fünfhebig. Mit den Zeilen korrespondierende Satzeinheiten im Wechsel mit Zeilensprüngen vermitteln den Eindruck gelassen fließender Bewegung. Verskunst, die man erst einmal gar nicht wahrnimmt angesichts der bestürzenden Schilderung.

Denn Rilke, der in seinen letzten Tagen keine Betäubung zuließ, spricht hier mit seinem „heillosen Schmerz". Für ihn öffnet er sich bewusst, und er erlebt die Begegnung als Verbrennen des „Holzes", nicht nur des Körpers, sondern der ganzen Person. Es ist der letzte Akt des Willens vor dem Verschwinden des Ichs. In diesem Prozess wandelt sich das „hiesig Mildsein" – die lebenszugewandte Existenz – in einen Brand „nicht von hier". Mit der Hölle ebenso wie später mit dem Scheiterhaufen klingen christliche Motive an; dennoch will das Gedicht nichts wissen von jenseitiger Tröstung, ebenso wenig wie Rilke am Schluss einen Pfarrer um sich haben wollte.

Das Ich verbrennt, mit ihm das Bewusstsein von sich selbst: „Bin ich es noch…?" Gewesenes hat keine Bedeutung mehr, Leben ist nun „Draußensein", während im Innern nur noch Aufzehrung herrscht. Die letzten Verse bilden dieses Verschwinden durch zunehmende Verknappung, schließlich unvollständige Satzbildung nach („Und ich in Lohe"). Zuletzt eine doppelte Perspektive: „Niemand der mich kennt." Das Ich nimmt sich als völlig auf sich selbst zurückgeworfen wahr. Und geht zugleich auf Distanz zu den Verbleibenden, somit auch den Lesern: Keiner vermag zu ermessen, was in mir vorgeht. *Stefan Dosch*

KARL KROLOW

Frühjahr

Es gibt noch kein Gras
zu besingen.

Landschaft, adjektivlos,
in der man
einen Fuß vor den anderen
setzt.

Nur in der Hand gesammelt:
Blau.

Weidenhaar einiger Mädchen.

Die Helligkeit ist frei
von Schatten.
Unruhige Freiheit
der Perspektive:

Frühjahr

Mit klarem Kopf

Wenn vom Frühling die Rede ist, geht mit den Dichtern oft der Reim durch, und nicht nur dieser. Der Überschwang blättert eifrig im Buch der Natur, die Unmittelbarkeit feiert sich selbst, die Verse saugen sich voll mit Stoff und Gefühl. Schon Oskar Loerke, der zusammen mit Wilhelm Lehmann zu den großen „Naturmagiern" der deutschen Nachkriegsdichtung gezählt wird, warnte vor der falschen Stimmung des „dummen Gefühls". Dieses äußere sich in einem bestimmten Vokabular, in Wörtern wie „Bach, Flüstern, Rauschen, Gezweig, Mond, flüssiges Silber, Einsamkeit, Nacht und Wehmut". Loerke empfahl zudem, der Dichter solle sich als Person aus dem Gedicht „herausnehmen".

Loerke und Lehmann hatten Einfluss auf Karl Krolow (1915–1999), einen der bedeutendsten Lyriker der 1960er- bis 1990er-Jahre. Seine „Frühjahrs"-Verse, 1964 geschrieben, 1966 in die Sammlung „Landschaften für mich" aufgenommen, sind ein Musterbeispiel dafürs, wie ein Gedicht sich zurücknimmt, wie es nüchtern und lakonisch verfährt, nicht viel Worte macht und die Devise Krolows erfüllt, Lyrik werde nicht im Rausch, sondern mit klarem Kopf geschrieben. Eine „deutliche Kühle" hatte schon Wilhelm Lehmann dem gelungenen Vers verordnet. Krolow assistiert ihm in der Weigerung, „idyllische Geschäfte" zu besorgen.

Sammeln wir im „Frühjahr" die Indizien der trockenen Tonlage: die Anonymisierung (den bezeichnenden Auftakt mit „es", dann „man", dann „einiger"). Kein Ich zeigt sich verantwortlich für die notizhaften Nennungen, kein Du ist adressiert, kaum ein Tun (in den nahezu verblosen Zeilen) festzustellen. Allgemein und abstrakt bleibt der Blick in die Landschaft: Sie ist „adjektivlos", ohne Eigenschaft, ohne Eigenheit. Eingangs wird das (in der Naturlyrik gern erwartete) Besingen ausdrücklich verneint. Und wenn „man einen Fuß vor den anderen setzt", dann geschieht dies in prosaischer Leidenschaftslosigkeit: Man lässt sich eben nicht gehen!

Als Dementi der Erhöhung und Verklärung könnte auch das Zentrum des Gedichts verstanden werden: das (surrealistisch inspirierte) Blau in der Hand. Ist es das Blau des Himmels, das gleichsam zum Greifen nah liegt? Oder ist es das (gesammelte) Blau der Blumen? Offen bleibt auch das schöne Bild vom „Weidenhaar einiger Mädchen": Birgt es die Aussicht auf Liebe oder den Anflug von Trauer?

Krolow schließt sein freirhythmisches Gedicht mit dem Titelwort. Als wollte er sagen, so also verhält es sich mit dem Frühjahr, mehr ist da nicht. Daher keine grüne Benommenheit, kein „leiser Harfenton" à la Eduard Mörike, sondern Temperatursturz, Stimmungsabriss, Unruhe. *Günter Ott*

CONRAD FERDINAND MEYER

Der Gesang des Meeres

Wolken, meine Kinder, wandern gehen
Wollt ihr? Fahret wohl! Auf Wiedersehen!
Eure wandellustigen Gestalten
Kann ich nicht in Mutterbanden halten.

Ihr langweilet euch auf meinen Wogen,
Dort die Erde hat euch angezogen:
Küsten, Klippen und des Leuchtturms Feuer!
Ziehet, Kinder! Geht auf Abenteuer!

Segelt, kühne Schiffer, in den Lüften!
Sucht die Gipfel! Ruhet über Klüften!
Brauet Stürme! Blitzet! Liefert Schlachten!
Traget glühnden Kampfes Purpurtrachten!

Rauscht im Regen! Murmelt in den Quellen!
Füllt die Brunnen! Rieselt in die Wellen!
Braust in Strömen durch die Lande nieder –
Kommet, meine Kinder, kommet wieder!

Die weise Mutter

Conrad Ferdinand Meyers Weg zum Dichter verlief alles andere als leicht. Obwohl die Begabung früh zutage trat, versuchte die Familie nach Kräften, den künstlerischen Bestrebungen ihres Sprosses entgegenzuwirken. Insbesondere Meyers Mutter tat sich darin mit puritanischem Eifer hervor, eine der Ursachen, dass der Sohn zeitweilig in Depressionen verfiel, aus denen er jedoch mit gefestigtem Bewusstsein seiner Bestimmung herausfand. Was wiederum Rückwirkung auf die im Kern labile Mutter hatte, die schließlich Selbstmord beging, indem sie sich ins Wasser stürzte.

Ob Meyer (1825–1898) an die Mutter dachte, als er viele Jahre später seinen „Gesang des Meeres" verfasste (der in dieser Form erstmals 1882 erschien)? Ein Rollengedicht, in dem das Meer sich ausspricht als Mutter der Wolken. Diese aus dem Wasser geborenen „Kinder" stehen an der Schwelle jener Passage, die in der Generationenfolge üblicherweise mit Abstoßbewegungen einhergeht: Der Ort ihrer Herkunft ist ihnen „langweilig" geworden, sie wollen „wandern gehen", sich nach eigener „Wandellust" formen. Die Meermutter spürt, dass sie ihren Nachwuchs nicht mehr in „Banden halten" kann – und reagiert entschieden: In einer mit Vers zwei einsetzenden und erst in der letzten Strophe endenden Folge von Appellen hält sie ihre Wolkenkinder unablässig dazu an, hinauszuziehen und sich, wie man heute sagen würde, zu verwirklichen. Meyer hat das Drängende der zugfreudigen Wolken, aber auch die bewegte Gefühlslage des menschlich empfindenden Meeres kunstvoll abgebildet in der Struktur seines Gedichts. Die beiden Zeilensprünge in der ersten Strophe sind satzarchitektonische Nachbildungen des Aufbruchwillens. Und die Ermunterungen der Mutter für ihre Kinder hat der Dichter rhythmisch sehr abwechslungsreich gestaltet. Zwar läuft das Gedicht metrisch monoton in fünfhebigen Trochäen dahin, und auch die durchgängig weiblichen Versenden in Verbindung mit den Paarreimen bergen eher die Gefahr der Gleichförmigkeit. Doch steuert Meyer durch die zahlreichen Imperative entgegen, die jeweils kleine Pausen in den Versen setzen und eben dadurch für Auflockerung und Bewegtheit sorgen.

Meyer fasst den Kreislauf von Werden und Vergehen in eindrückliche Naturbilder: das Fortgehen hinaus in Sphären, die der Herkunft entgegenstehen (Erde, Lüfte), die Bewährung in Momenten der Gefahr (Gipfel, Klüfte, Kampf), schließlich Rückkehr und – im Verflüssigungs-Tod – neuerliches Einswerden mit dem Ur-Element. Zu verstehen ist das nicht zuletzt als große Metapher des menschlichen Generationengangs, feinsinnig betrachtet aus der Perspektive einer weisen Abschiednehmenden.

Stefan Dosch

HUGO VON HOFMANNSTHAL

Gute Stunde

Hier lieg ich, mich dünkt es der Gipfel der Welt,
Hier hab ich kein Haus, und hier hab ich kein Zelt!

Die Wege der Menschen sind um mich her,
Hinauf zu den Bergen und nieder zum Meer:

Sie tragen die Ware, die ihnen gefällt,
Unwissend, daß jede mein Leben enthält.

Sie bringen in Schwingen aus Binsen und Gras
Die Früchte, von denen ich lange nicht aß:

Die Feige erkenn ich, nun spür ich den Ort,
Doch lebte der lange vergessene fort!

Und war mir das Leben, das schöne, entwandt,
Es hielt sich im Meer, und es hielt sich im Land!

Der Zauber eines besonderen Moments

Wer den Artikel „Stunde“ im Deutschen Wörterbuch der Brüder Grimm konsultiert, kann sich über die Bedeutungsvielfalt dieses Wortes nur wundern; neben einem bestimmten Zeitpunkt oder einem ausgedehnten Zeitraum, der sogar das Lebensganze umfassen kann, bezeichnet die „Stunde“ auch eine „seelische“ oder eine „Gefühlseinheit“. Auf einen magischen Augenblick greift das Gedicht des 22-jährigen Hugo von Hofmannsthal (1874–1929) zurück, der statt der bösen oder schweren hier eine „gute Stunde“, das Gelingen der Zeit, ins Zentrum rückt. In sechs Strophen hält das Gedicht eine kunstvolle Balance zwischen den daktylisch tänzerischen Versen auf der einen Seite und den stumpf klingenden Kadenzen auf der anderen Seite, die alle im Paarreim angelegt sind.

Als das Gedicht 1896 in der Wiener Rundschau publiziert wurde, zusammen mit dem noch berühmteren „Lebenslied“ desselben Autors, gab es Unruhe wegen der vermeintlichen Unverständlichkeit der Texte. Dabei beschwört die „Gute Stunde“ den Zauber eines Momentes, in dem das lyrische Ich sich als Mittelpunkt einer Welt fühlen kann. Es ist frei von den Ansprüchen der Zivilisation, fern von Haus oder Zelt, aber das Hier und das Jetzt begründen einen Augenblick des intensivsten Erlebens, bei dem „die Wege der Menschen“ sich rings um das wahrnehmende Subjekt bewegen, das sich inmitten der Welt weiß. Zwischen Berg und Meer bewegt sich das Leben, werden Waren und Früchte getauscht, an denen das Ich zwar nicht unmittelbaren Anteil hat, die es aber aus dem Abstand heraus „erlebt“.

So sind es gerade Erfahrungen der Distanz oder des Entzugs – das Ich aß lange nicht von den Früchten, der Ort blieb lange vergessen, das schöne Leben war „entwandt“ –, die ein besonderes Glücksgefühl ermöglichen. Nicht die direkte Teilhabe, sondern das Wissen, das Erkennen und schließlich auch das Beschwören des Lebens im Wort ermöglichen eine ganz andere, intensive Identifikation mit dem Leben.

Insofern geht es in Hugo von Hofmannsthals Gedicht nicht allein um die Magie eines erfüllten Augenblicks, in dem die Grenzen zwischen dem Subjekt und der Welt durchlässig scheinen, sondern auch um die Evokation einer sprachlichen Schöpfung, die in der Verlautbarung des Gedichtes „Hier lieg ich“ selbst zum Ausdruck kommt. Der Dichter wird zum Seismografen, der in der Imagination das Leben erfahren kann, selbst wenn es zwischen Land und Meer sich ferne von ihm abspielt. *Mathias Mayer*

GOTFRIED BENN

Letzter Frühling

Nimm die Forsythien tief in dich hinein
und wenn der Flieder kommt, vermisch auch diesen
mit deinem Blut und Glück und Elendsein,
dem dunklen Grund, auf den du angewiesen.
Langsame Tage. Alles überwunden.
Und fragst du nicht, ob Ende, ob Beginn,
dann tragen dich vielleicht die Stunden
noch bis zum Juni mit den Rosen hin.

Im Wortschatz blüht es

„Wald mag ich nicht, mochte ich nie, aber Blumen über alles." Soweit Gottfried Benn (1886–1956). Die Autorin Thea Sternheim hat sich schon 1917 nach ihrem ersten Treffen mit Benn verwundert gefragt: „Wie kommt sein Wortschatz so ins Blühen?" In Bildern von Gärten, Sommern und Blumen ruft der Dichter nicht zuletzt die „Kindheitserde" auf: „Es ist ein Garten, den ich manchmal sehe..."

Das Typoskript zu „Letzter Frühling" mit handschriftlichen Korrekturen stammt vermutlich aus dem Jahr 1954. Genau ist die Zahl nicht zu entziffern. Zweifellos haben wir es mit einem Spätgedicht zu tun (veröffentlicht in der Sammlung mit dem sprechenden Titel „Aprèslude" – Nachspiel). In melancholisch gefärbten Zeilen, die zwischen Trauer und Gelöstheit schwingen, geht es um das ewige Werden und Vergehen, um die Verlorenheit und die Schwermut der süßen Erinnerung. Die zwei Strophen (im Kreuzreim) inszenieren das, was Benn in der Zeile eines anderen Gedichts so gefasst hat: „Noch einmal vorm Vergängnis blühn"! Es blühen die klassischen Frühjahrssträucher, die Forsythien, die ihr betörendes Gelb ausschütten, und der Flieder, der zwischen weißen, rötlichen und blauen Tönen wechselt. Der wie eine Selbstermahnung anmutende, betonte Anruf „nimm", der in den ersten beiden Zeilen eine Kette von i-Lauten in Gang setzt, kassiert sogleich die (übliche) Distanz von Ich und Welt. Der Weg geht nach innen, zur Selbstbegegnung, in den „dunklen Grund". Dort herrscht nicht länger das Licht des zergliedernden, in Kausalitäten befangenen Intellekts. Dort mischen sich die Gegensätze zu dem von Benn so oft beschworenen, beglückenden Einswerden mit der „Schöpfungsfrühe", mit dem Urgrund des Lebens. Die berückende Melodie dieses Glücks stiftet das Gedicht. Der „dunkle Grund" ist auch Ort der Poesie, ihrer „Zeugung", ihrer „Keimnis", wie es bei Benn heißt. Das Gedicht imaginiert noch einmal den Frühling, seine Aufhellungen, ja die Überwindung der Zeit. Und doch weiß das Ich um die Stunde des Todes. Im „vielleicht" liegt die Hoffnung um Aufschub, desgleichen im „noch", einem von Benn hochgeschätzten Temporaladverb.

Die innige Hoffnung des Dichters war immer, im Sommer zu sterben, „wenn alles hell ist und die Erde für Spaten leicht" („Was schlimm ist"). Diese Hoffnung erfüllte sich. Am 7. Juli 1956 morgens um 8 Uhr ist Benn in Berlin an den Folgen eines Wirbelsäulentumors gestorben. Gut möglich, dass seine Frau Dr. Ilse Benn Sterbehilfe geleistet hat.

Der Dichter wurde im Neuen Waldfriedhof in Berlin-Dahlem zu Grabe getragen – begleitet von einem sommerblauen Himmel und einem Kreuz aus roten Rosen.

Günter Ott

EDUARD MÖRIKE

Ein Stündlein wohl vor Tag

Derweil ich schlafend lag,
Ein Stündlein wohl vor Tag,
Sang vor dem Fenster auf dem Baum
Ein Schwälblein mir, ich hört es kaum,
Ein Stündlein wohl vor Tag:

„Hör an, was ich dir sag,
Dein Schätzlein ich verklag:
Derweil ich dieses singen tu,
Herzt er ein Lieb in guter Ruh,
Ein Stündlein wohl vor Tag.“

O weh! nicht weiter sag!
O still! nichts hören mag!
Flieg ab, flieg ab von meinem Baum!
- Ach, Lieb und Treu ist wie ein Traum
Ein Stündlein wohl vor Tag.

Die Stunde des Erschreckens

Es ist der Ton des Volkslieds, der heranweht aus diesem 1837 entstandenen Gedicht. Da sind die typischen Verkleinerungen (Stündlein, Schwälblein, Schätzlein) und Wiederholungen (O weh/O still; Flieg ab, flieg ab), die altertümlichen Formulierungen (Derweil; wohl), schließlich der dreimalige, den Titel aufgreifende Refrain. Aber auch durch die Form des Rollengedichts stimmt Eduard Mörike (1804–1875) seine Verse auf den Volkston, und nicht zuletzt gilt das für das hier verhandelte Thema, dem der Dichter zuvor schon sein bekanntes Gedicht vom „verlassenen Mägdlein“ gewidmet hatte.

Und doch will bei näherer Betrachtung einiges so gar nicht als typisch liedhaft-einfach erscheinen. Beispielsweise die verschieden langen Verse innerhalb einer jeden Strophe. Weisen die jeweils ersten beiden Verse sowie der Refrain drei Hebungen nach jambischem Muster auf, so findet sich in den dritten und vierten Strophenzeilen je eine weitere Hebung. Und blickt man auf das Klangschema, so steht man vor der Tatsache, dass hier 15 Verse mit lediglich drei Reimpaaren auskommen. Das lässt keineswegs auf Einfallslosigkeit schließen, im Gegenteil: Dass der Volksliedton ein bewusst herbeigeführtes Ergebnis von Mörikes Kunstfertigkeit ist, wird vollends bei dem einzig herausstechenden, weil nur einmal verwendeten Reimpaar „tu/Ruh“ deutlich. Hier nämlich ereignet sich das Besondere, die Desillusionierung einer jungen Frau.

Halbwach liegt sie allein im Bett in der Stunde vor Tagesanbruch. Von draußen vernimmt sie das Gezwitscher eines Vogels. Ob der nun tatsächlich zu ihr spricht von der Untreue des Geliebten; oder ob es nicht vielmehr so ist, dass da aus dem Dämmerzustand eine Stimme aus ihr selbst heraufsteigt und dem Vogel lediglich untergeschoben wird, das ist nicht genau zu fixieren – es gehört zu Mörikes Kunstgriffen, dies in der Schwebe zu halten. Es spielt auch keine Rolle, wer hier spricht, viel wichtiger ist: Der Zweifel hat sich festgesetzt in den Gedanken der jungen Frau, und so kommt sie, aufwachend in der Realität, zu dem Schluss: „Lieb und Treu ist wie ein Traum“ – die Singularform des Verbs zeigt an, wie sehr im bisherigen Empfinden das eine mit dem anderen verbunden war.

Psychologisch feinsinnig ist, wie Mörike die junge Sprecherin auf diese Wahrheit reagieren lässt, nämlich mit dem verständlichen Impuls der Verdrängung („nichts weiter sag!“, „nichts hören mag!“). Vielsagend auch, dass die letzte Strophe hinsichtlich ihrer Reimgestalt exakt mit der ersten korrespondiert: In der Außenwelt ist alles gleich geblieben, der Baum steht noch an derselben Stelle. Und doch ist im Bewusstsein der jungen Liebenden alles anders geworden. *Stefan Dosch*

GEORG PHILIPP HARSDÖRFFER

Es rissen und pissen die Vögel

Es rissen und pissen die Vögel – –
Es schertzet das flüchtig und schüchtere Reh/
Das setzet gehetzet durch Kräuter und Klee/
Es kirren und girren die Tauben im Schatten/
Es wachet und lachet die Störchinn im Matten/
Es zitschert und zwitschert der Spatzen ihr Dach/
Es krächtzet und ächtzet der Kroniche Wach/
Es schmirren und schwirren die Schwalben in Lufften/
Es hegen und legen die Vögel in Grufften/
Die Lerche tirieret ihr tiretilier/
Es binken die Finken den Buhlen allhier.
Die Frösche koachsen und wachsen in Lachen/
Reckrecken und strecken sich lustig zu machen/
Es kimmert und wimmert der Nachtigall Kind/
Es pfeiffet und schleiffet mit lieblichem Wind.

Das Getön der Natur

Waren Barock-Poeten ihrer Zeit voraus? Und hat diese Ausstrahlung in die Zukunft hinein mit der „Nürnberger Manier“ zu tun? Nehmen wir als Beispiel Georg Philipp Harsdörffer (1607–1658), den Autor unseres Gedichtes. Es entstammt seiner Sammlung „Frauenzimmer Gesprächsspiele“, die in acht Bänden von 1641 bis 1649 erschienen ist. Der Titel formuliert einen wegweisenden Anspruch: Die Frauen sollten gewissermaßen von der Nadel und Spindel geholt und zum literarischen Gespräch eingeladen werden. Verstandesarbeit neben Handarbeit!

Harsdörffer, ein vielsprachiger, experimentell gesinnter Mann, hielt in seinen Texten zu kurzweiligen Gedanken- und Sprachspielen an, zum Geist „nutzlicher Ergetzlichkeit“ beim Deuten von Sinnbildern und Erzählen von Geschichten. Die Leitung oblag stets den Frauen. Hier kommt die „Nürnberger Manier“ in den Blick, das speziell von der Dichtervereinigung der Pegnitz-Schäfer (Harsdörffer, Johann Klaj, Sigmund von Birken) mit überbordender Sprachlust betriebene Klangspiel. Ihm verschwistert ist der artistisch-variantenreiche Gebrauch des Reimes.

Unser Beispiel spielt die Arten der Lautmalerei so ambitioniert durch wie die des Reimes. Als wären die Verse dem Lehrbuch entsprungen, häufen sich End-, Binnen- und Schlagreim (setzet gehetzet), Alliterationen (schmirren und schwirren) und Assonanzen (flüchtig schüchtern). Ein Wort gibt das andere. Immer wieder laufen i-Ketten durch die durch Paarreime gehaltenen drei- bzw. vierhebigen Zeilen, die nach unbetontem Auftakt dem „hüpfenden“ Daktylus frönen. Der Dichter entzündet ein Feuerwerk der Sprache, die in ihrer kühnen Musikalität und Ziersucht abenteuerliche Wortneubildungen nicht scheut.

„Es rissen und pissen die Vögel“: Was reißen sie? Etwa ein Zweiglein zum Nestbau? Und: Können Vögel überhaupt pissen? Jein. Die Ausscheidung, die beim Menschen in getrennten Bahnen vor sich geht, läuft beim Vogel (in der „Kloake“) zusammen. Man könnte weiterfragen: Was heißt „zitschern“, „schmirren“, „kimmern“ usw.?

Das Ganze ist mehr als eine Marotte. Lautmalereien und ausgefallene, nicht selten manierierte Wortschöpfungen dienen vor allem der Aufwertung der deutschen Sprache, dem Lobpreis ihrer Fähigkeit, sich die Natur und ihre Laute anzuverwandeln. Davon ist Harsdörffer überzeugt: „Die Natur redet in allen Dingen/welche ein Getön von sich geben/unsere Teutsche Sprache.“ Poesie im Barock hieß nicht zuletzt Spracharbeit und Sprachpatriotismus. In der Musikalität und reinen Klangästhetik weisen sie weit voraus – auf den Dadaismus und die Konkrete Poesie.

Günter Ott

ILSE AICHINGER

Gebirgsrand

Denn was täte ich,
wenn die Jäger nicht wären, meine Träume,
die am Morgen
auf der Rückseite der Gebirge
niedersteigen, im Schatten.

Wo uns die Träume begegnen

Ilse Aichinger, 1921 in Wien geboren, als Tochter einer jüdischen Mutter geprägt durch die Erfahrung des NS-Terrors, war vorsichtig, wenn vom Traum die Rede war. Ein „gefährliches Wort" sei es, „verbraucht" wie viele andere Wörter auch. Und doch blieb sie überzeugt vom Wert des Nächtlich-Unbewussten: „Es gibt Träume, in denen eine Präzision auftaucht und auch eine Dichtheit, die in der Wirklichkeit nie herauskommt, außer vielleicht in der Kindheit."

Von dieser Bedeutung der Träume für das Ich spricht das vorliegende, 1958 entstandene Gedicht. Wie vieles in Aichingers Lyrik ist auch „Gebirgsrand" von knappem Umfang. Fünf Zeilen, die einen einzigen Satz bilden. Reime sind nicht vorhanden, das Metrum ist frei. Und doch wird auf formaler Ebene für Zusammenhalt gesorgt durch ausgeklügelte Klangwirkungen. Die Häufung der ä-Laute etwa bringt eine Verklammerung der ersten beiden Zeilen mit sich. Und die melodische Linie, die durch die 22 Wörter läuft, beschreibt in Korrespondenz zum Gang der Jäger im Gebirge einen Bogen, der ansteigt bis zum Gipfelwort „Träume", um dann über drei Zeilen hinweg zu fallen bis zum klanglichen Tiefpunkt („im Schatten") am Ende des Gedichts.

Die Metaphorik setzt Träume mit Jägern gleich. Jäger sind auf Beute aus, sorgen für Nahrung; zugleich ist ihr Tun nicht ungefährlich, zumal im Gebirge, wo Abstürze drohen. Das Gedicht spielt mit solchen Mehrdeutigkeiten, genauso, wie es sich durch den Satzpunkt am Ende – statt des erwartbaren Fragezeichens – nicht festlegen will, ob es als Frage gemeint ist oder doch eher als Ausruf.

Dass die Jäger-Träume „am Morgen" herabkommen „auf der Rückseite der Gebirge", schließt ein, dass sie am Abend aufgestiegen sind und in der Nacht den Gipfel überschritten haben – somit dort waren, wo die an flachere Gegenden gebundene Tagesverfassung nicht hinreicht. Dass das Niedersteigen „im Schatten" erfolgt, ist wesentlich. Denn in diesem Graubereich lösen sich die Träume nicht auf im Licht des Morgens, sondern bleiben kenntlich für das erwachende Ich.

Hier, am titelgebenden „Gebirgsrand", ist der osmotische Bereich zwischen Traum- und Tagbewusstsein, hier findet befruchtende Begegnung statt. Das mag einerseits auf den künstlerischen Prozess zielen – der Gebirgsrand als Tauschbezirk für die inspirierende Traumbeute, die zum dichterischen Material wird. Gedanklich weiter gefasst, wäre der morgendliche Gebirgsabstieg der Jäger eine Quelle für jegliches tiefere Existenzbewusstsein. Rechnet man den emphatischen Gestus der ersten Gedichtzeile mit hinzu, so ließe sich aus Ilse Aichingers Versen lesen: Die Träume sind eine Grundbedingung des Seins. *Stefan Dosch*

LUDWIG UHLAND

Frühlingsglaube

Die linden Lüfte sind erwacht,
Sie säuseln und weben Tag und Nacht,
Sie schaffen an allen Enden.
O frischer Duft, o neuer Klang!
Nun, armes Herze, sei nicht bang!
Nun muß sich alles, alles wenden.

Die Welt wird schöner mit jedem Tag,
Man weiß nicht, was noch werden mag,
Das Blühen will nicht enden.
Es blüht das fernste, tiefste Tal:
Nun, armes Herz, vergiß der Qual!
Nun muß sich alles, alles wenden.

Naturerwachen mit bangem Herzen

Man muss dieses Gedicht nicht laut lesen, um seinen Volkslied-Charakter zu begreifen, seine unausgesprochene Einladung zur Vertonung – festzumachen an der Zeilen-Endung „O neuer Klang“, festzumachen auch am (variierten) Refrain: „Nun, armes Herz… Nun muß sich alles, alles wenden.“

Exakt am 21. März 1812, also zu Frühlingsbeginn, schrieb Ludwig Uhland (1787–1862) drei Frühlingsgedichte, darunter sein wohl bekanntestes, „Frühlingsglaube“. Auf den ersten Blick, in den ersten vier Zeilen, herrscht reinste, ungetrübte Freude über das Wiedererwachen der Natur. Doch sofort darauf wendet sich gleichsam der lichte, frische Dur-Klang in Moll: „Armes Herze, sei nicht bang! Nun muß sich alles, alles wenden.“

Ermunterung scheint also dringend notwendig, ja, die grundsätzliche Wende hin zum Positiven („alles“) wird geradezu dringlich beschworen. Uhland schreibt nicht „Nun wird sich alles, alles wenden“, er schreibt „Nun muß sich…“ Und zwar auch im tiefsten Tal, das die Assoziation zum Jammertal freigibt, und zwar auch im gequälten Herzen. Diese Beschwörung einer grundsätzlichen Wende scheint auch im Titel des Gedichts auf: Er lautet nicht „Frühlingsgewissheit“, weil der März ja in der Tat alljährlich die Wende zum Wärmeren, zum Fruchttragenden bringt, er lautet „Frühlingsglaube“. Die umfassende Wende ist nicht Gewissheit, sie ist nur Glaube, Hoffnung. Uhland, promovierter Jurist, war ein eminent politischer Mensch. Der nachmalige württembergische Landtagsabgeordnete und nachmalige Frankfurter Nationalparlament-Abgeordnete (1848) musste ahnen, was sein „Ländle“ der Russlandfeldzug 1812 an Menschenleben kosten dürfte – und letztlich auch kostete. Von deutlich über 10.000 Soldaten (die Zahlen schwanken) kehrten nur wenige zurück. Gewiss bleibt es Spekulation, ob Uhland im „Frühlingsglauben“ tatsächlich politische Anspielungen machte, doch auch in Nachfolgewerken verband er seine fortschrittliche Landespolitik mit Lyrik – was dem zurückhaltenden Menschen zusätzliche Popularität zuwachsen ließ.

Vor Felix Mendelssohn-Bartholdy und Louis Spohr hat auch Franz Schubert den Uhlandschen „Frühlingsglauben“ vertont, und zwar 1820 zunächst in B-Dur, jener Tonart, die nach der musikalischen Ästhetik-Lehre Christian Friedrich Daniel Schubarts das Hoffen und Sehnen nach einer besseren Welt ausdrückt. Wie aber vertont Schubert das „arme Herze“? Tatsächlich trübt sich in seinem Lied die Stimmung kurzfristig, aber deutlich ein. Die Terz der Grundtonart wendet sich nach Moll. Dem armen Herzen ist es faktisch hörbar bang – trotz des Frühlingserwachens. *Rüdiger Heinze*

FRIEDRICH DÜRRENMATT

Spielregeln

Im Unerbittlichen
fordere nicht Unerfüllbares
Halte die Spielregeln ein

Richte nicht die Gerichteten
Du bist einer von ihnen
Misch dich nicht ein, du bist eingemischt

Sei menschlich, nimm Abstand
Jeden trifft ein eigener Pfeil
Du kannst niemanden schützen

Unrechtes geschieht nicht
aber Furchtbares

Was geschieht, bist du
Es geschieht dir recht

Jeder ist ein Gerichteter

Der Dramatiker und Erzähler Friedrich Dürrenmatt (1921–1990) ist auch ein engagierter Essayist gewesen, der zu den Problemen der Zeit Stellung genommen hat. Als er 1980 einen Band mit Texten zur Philosophie und Naturwissenschaft herausbrachte, der unter anderem einen „Monstervortrag über Gerechtigkeit und Recht" enthielt, stellte er ihm eines seiner wenigen Gedichte voran.

„Spielregeln", zunächst mit dem Titel „Trost" versehen, wurde vom Autor nachträglich auf die Zeit 1965/65 datiert. Dürrenmatt operiert hier mit einer geschickten Mischung zwischen einem hohen tragischen Ton – wenn gleich am Eingang vom Unerbittlichen und Unerfüllbaren die Rede ist – und einer Vermittlung zur angesprochenen Ebene des „Du", das am Schluss sogar in seiner Schlichtheit salopp erfährt: „Es geschieht dir recht". Es geht um die „Spielregeln" der menschlichen Existenz: Der Mensch muss sich als das endliche, begrenzte Wesen begreifen, das nicht den Anspruch der Unendlichkeit erheben darf. Er wird daran erinnert, dass er sich in seine Möglichkeiten einrichten muss – ein Appell an die Menschlichkeit, aber auch an die Bescheidenheit.

Denn es kommt – und hier ist ein fast altgriechischer Duktus spürbar – dem Menschen nicht zu, sich aktiv in das Schicksal einzumischen: Längst schon ist er darin verwickelt, auch andere kann er nicht schützen. Aber was geschieht, ist nicht Unrecht, sondern in seiner unbezweifelten Furchtbarkeit das Gerechte. Abgewehrt wird der Gestus sentimentaler Anklage oder Schuldzuweisung, gefordert ist die Akzeptanz dessen, was offenbar nicht verändert werden kann. Jeder ist immer schon ein „Gerichteter". Vielleicht liegt hier eine Assoziation an Franz Kafkas „Proceß"-Roman nahe?

Aber schon der Spruch des alten Anaximandros aus Milet, aus dem 6. Jahrhundert vor Christus, der älteste Text der europäischen Philosophie, hatte eine solche Spielregel formuliert: „Woher die Dinge ihre Entstehung haben, dahin müssen sie auch zugrunde gehen, nach der Notwendigkeit; denn sie müssen Buße zahlen und für ihre Ungerechtigkeit gerichtet werden, gemäß der Ordnung der Zeit."

Friedrich Dürrenmatt jammert nicht über die „furchtbare" Welt, denn sie wird nicht von den anderen gemacht. Wir selbst sind verantwortlich dafür – „was geschieht, bist du". *Mathias Mayer*

BERTHOLD VIERTEL

Das graue Tuch

Zurück, zurück, ein Kind zu sein!
Schon hüllt das graue Tuch mich ein.
Ich liege auf dem Küchenschrank,
Die Köchin wäscht die Teller blank,
Marie! Fast jede hieß Marie.
Wien war katholisch so wie sie.

Ich lag auf ihrem grauen Tuch.
Sie wusste um des Sängers Fluch,
Die Bürgschaft und den Taucher, und
Es geht ein Rad im Wiesengrund,
Es plätschert die Forelle,
Hinaus zog ein Geselle.

Da wuchs der alte Lindenbaum,
Da träumten wir so manchen Traum,
Wir schnitten's in die Rinde,
Wir weinten's in die Winde.
Ich spür es ewig am Geruch
Vom grauen Tuch, Marientuch,
Wie warm ich dort gelegen,
Und ohne mich zu regen.

Die gute Küchenfee

Die Kindheit vergeht nicht. In Erinnerungen lebt sie fort – Erinnerungen an die Bolzerei, für die sich immer ein Platz fand; an Mutters Bratkartoffeln mit Rührei; an Vaters selbst gemachte Bratwürste an Heiligabend ... Kindliche Eindrücke haben oft mit Schmecken, Riechen und mit Berührungen zu tun. Was wäre Günter Grass ohne sein geliebtes Brausepulver? Was Günter Eich ohne den Geschmack von Pfannkuchen und ohne den „Küchenduft der Kinderjahre"? Man lese sein Gedicht „Pfannkuchenrezept" von 1945, in dem er wonnigliche Impressionen gegen die harten Kriegsjahre stellt.

Der renommierte Wiener Theatermann Berthold Viertel (1885–1953) bettet sein Alter Ego in drei Strophen auf das graue Tuch der frühen Jahre. Mit einem doppelten Aufruf („zurück, zurück") ruft er sich in die Kindheit zurück. Das Gedicht entstand 1929. Ein Jahr zuvor war der jüdische Schriftsteller, Drehbuchautor, Regisseur und Mitbegründer der Wiener Volksbühne nach Hollywood gegangen, kam dort aber mit dem Filmstudio-System nicht zurecht, kehrte 1932 zurück und musste dann 1933 endgültig ins Exil. Doch weder in Hollywood noch am Broadway konnte er so richtig Fuß fassen.

Angesichts dieser Existenz auf Abruf erscheint das graue Tuch der Kindheit als die Geborgenheit schlechthin. Das Gedicht hüllt das lyrische Ich in eine wunderbare Vergangenheit, unvergleichlich schon deswegen, weil im Alltag der Köchin Marie das Wickeln und Waschen und die hochkulturelle Tradition der Klassik und Romantik wie selbstverständlich zusammenfließen. Diese Kindheitserinnerung hat Niveau! „Des Sängers Fluch" zitiert eine Ballade von Ludwig Uhland. Ihr schließen sich Schillers „Bürgschaft" und „Der Taucher" an, dann Schuberts „Lied von der Forelle", gefolgt von Eichendorffs „Zwei Gesellen" und abgerundet durch wörtliche Anklänge an Wilhelm Müllers „Lindenbaum" („Am Brunnen vor dem Tore").

Das liedhafte Gedicht, meist in jambischen Vierhebern dahingleitend, mit männlicher Kadenz, mit Paarreim und anaphorischen Verkettungen, blendet bewährte Stilelemente, die Obhut der Kindheitsjahre und die in der Fremde verloren geglaubte Bildungsbürgerlichkeit ineinander.

Anders als der ebenfalls 1933 emigrierte Hans Sahl (1902–1993), der im Gedicht „Vom Brot der Sprache" (1942) resignierend bekennt: „Verstummt sind sie, die mütterlichen Laute" und „Kein Märchen ruft mich, keine gute Fee", holt in Berthold Viertels früher verfasstem Gedicht die Zauber- Köchin das Ich in eine Harmonie zurück, die im „Marientuch" ihr tragendes Symbol findet. *Günter Ott*

PETER HILLE

Waldstimme

Wie deine grüngoldenen Augen funkeln,
Wald, du moosiger Träumer,
Wie so versonnen deine Gedanken dunkeln,
Saftstrotzender Tagesversäumer,
Einsiedel, schwer von Leben!

Über der Wipfel Hin- und Wiederschweben:
Wie's Atem holt
    und näher kommt
        und braust,
Und weiter zieht
    und stille wird
        und saust!

Über der Wipfel Hin- und Wiederschweben,
Hochoben steht ein ernster Ton,
Dem lauschten tausend Jahre schon
Und werden tausend Jahre lauschen.
Und immer dieses starke, donnerdunkle Rauschen.

Was uns der Wald erzählt

Wer hat nicht schon die Erfahrung gemacht: wie nach einem Tag voller Hektik und Reizüberflutung ein Gang durch den Wald Erholung zu schaffen vermag. Nicht nur, dass unter Bäumen der Atem unbeschwerter geht. Im Wald wird auch der Kopf wird frei von Ballast, scheidet sich Wichtiges vom weniger Wichtigen.

So fällt es nicht schwer, die Hochstimmung nachzuvollziehen, mit der das lyrische Ich im Gedicht von Peter Hille (1854–1904) dem Wald begegnet. In vertrautem Du wird er angesprochen, und der Gestus des Sprechers zeigt, wie ergriffen er ist von der Ehrfurcht gebietenden Vegetation, die ihn „grüngolden“ anfunkelt. Die personifizierenden Attribute, die dem Wald zugeschrieben werden, machen unmissverständlich deutlich, dass hier jegliche funktionale Betriebsamkeit in aller nur denkbaren Ferne liegt. Der Wald ist ein mythisch-fantastischer „Träumer“, ein „Tagesversäumer“, der einsiedlerisch vor sich hinlebt – dabei aber seine Kraft nicht einbüßt, sondern allzeit „schwer von Leben“ bleibt.

Damit ist nicht das geschäftige Leben gemeint. Der Wald offenbart andere Formen des Seins. „Über der Wipfel Hin- und Wiederschweben“: Die wortgleiche Wiederholung des Verses weist auf die Bedeutung dieser Bewegung hin. Es ist der Kreislauf der Natur, der sich im wiegenden Hin und Her der Bäume, im „donnerdunklen Rauschen“ manifestiert. Und so lässt Hille in seinem Gedicht den Wald auch tönend konkret (und mit entsprechend typografisch versetztem Satzbild) Atem holen und wieder von sich geben – Sinnbild des allgemeinen Werdens und Vergehens. Das Gehörte, Geschaute, vom Ich intensiv Erlebte ballt sich zusammen in einem „ernsten Ton“: Zeichen für das als wahrhaftig erkannte Gesetz der Natur, das, weil zyklisch, auch nicht der Zeit unterliegt, nicht einmal der in Jahrtausenden gemessenen.

Das Gedicht, dessen Entstehung nicht exakt zu datieren ist, zählt zu den Beschwörungen der Natur, wie sie häufig sind in der Lyrik der zweiten Hälfte des 19. Jahrhunderts. Und doch weist Hilles „Waldstimme“ voraus, vor allem sprachlich: durch den hymnischen Ton, durch neuartige Wortkoppelungen, durch das erfrischende Pulsieren der Verse, die nicht einem gleichförmigen Metrum unterliegen. Gewiss ist Hilles Naturmystik eine Reaktion auf Tendenzen seiner Epoche, vor allem auf den Materialismus der Gründerzeit. Wobei der aus dem Westfälischen stammende Schriftsteller nicht die Welt floh, sondern sehr gut im Bilde war über soziale Not, die er auch am eigenen Leib erfuhr. Weniges aus seinem Werk hat die Zeit überdauert, darunter dieses Gedicht, dessen Kerngedanke bis heute lebendig geblieben ist. *Stefan Dosch*

JOHANN WOLFGANG GOETHE

Gefunden

Ich ging im Walde
So für mich hin,
Und nichts zu suchen
Das war mein Sinn.

Im Schatten sah' ich
Ein Blümchen stehn,
Wie Sterne leuchtend,
Wie Äuglein schön.

Ich wollt' es brechen,
Da sagt' es fein:
Soll ich zum Welken
Gebrochen sein?

Ich grub's mit allen
Den Würzlein aus,
Zum Garten trug ich's
Am hübschen Haus.

Und pflanzt' es wieder
Am stillen Ort;
Nun zweigt es immer
Und blüht so fort.

Durch die Blume

Wer nicht sucht, der findet. Schon die erste Strophe dieses Goethe-Gedichtes entfaltet den Zauber einer Haltung (zur Welt, zur Natur), die der heutzutage propagierten und praktizierten Zielstrebigkeit, der Effizienz und Vernutzung zuwiderläuft. Etwas lassen, es zulassen, erscheint als Bedingung des Gelingens. Dem Offenen und Empfänglichen, dem, der sieht und nicht auf etwas herabsieht, offenbart sich die Landschaft.

Ein Zweites sagt dieses in zweihebigen Jamben so schlicht und volksliedhaft klingende und doch (fast unmerklich) künstlerisch geformte Gedicht (nur die männlichen Verse in Zeile 2 und 4 sind gereimt): Das Schöne blüht im Schatten, im Verborgenen, es will entdeckt werden.

Goethe schrieb das Gedicht im August 1813 auf der Kutschfahrt durchs Ilmtal mit dem Bleistift nieder. Es liegt nahe, in der dritten Strophe eine Umkehrung des Goethe-Gedichts vom „Heidenröslein" (1771) anzunehmen. Dort bemächtigt sich der ungestüme, in seinem (sexuellen) Drang erbarmungslose Knabe des widerspenstigen Röslein: Er bricht es. Begehren und Zerstören werden eins. Das Gedicht „Gefunden" dagegen verabschiedet den Gefühls-, Bewegungs- und Sprachüberschwang der Sturm-und-Drang-Zeit. Es nimmt eine klassische Wendung. Wie im Märchen beginnt das Blümchen zu sprechen, seine Bitte wird erhört. Das (auch in diesen Versen dominante) lyrische Ich gräbt es vorsichtig aus („mit allen den Würzlein") und pflanzt es in den häuslichen Garten, wo es sprießt und gedeiht. Goethe faltete die zwei Kleinoktavseiten, auf die er das Gedicht 1813 zwischen Weimar und Stadtilm schrieb, siegelte sie und adressierte sie an „Frau v. Goethe". Der fast 64-jährige Dichter widmete die Verse seiner Frau Christiane, die er 25 Jahre vorher, im Juli 1788, kennengelernt und 1806 geheiratet hatte. 1815 erschien das leicht veränderte Gedicht unter dem Titel „Gefunden". Die Blume steht (vor allem seit der Rokoko-Dichtung) für die Geliebte, die „Äuglein" evozieren einen erotischen Kontext.

Doch jenseits dieser biografischen Lesart offenbaren die fünf Strophen eine innige Verbundenheit zur Natur, die den durchaus noch vorhandenen besitzergreifenden Gestus (des Verpflanzens) zurückdrängt. Der eigenmächtige, zugrunde richtende Zugriff (im „Heidenröslein") ist einer Haltung des Respekts und der Umsicht gewichen: Es geht nicht mehr um Begehren und Zerstören, sondern um Bewundern und Bewahren.

„Nichts zu suchen" heißt nichts anderes als empfänglich sein. Nicht zufällig beruft sich die Lyrikern Ulla Hahn auf Goethe: „Meine ersten Gedichte schrieb ich so ‚für mich hin', ohne im mindesten ans Veröffentlichen zu denken." *Günter Ott*

KURT TUCHOLSKY

Park Monceau

Hier ist es hübsch. Hier kann ich ruhig träumen.
Hier bin ich Mensch – und nicht nur Zivilist.
Hier darf ich links gehn. Unter grünen Bäumen
sagt keine Tafel, was verboten ist.

Ein dicker Kullerball liegt auf dem Rasen.
Ein Vogel zupft an einem hellen Blatt.
Ein kleiner Junge gräbt sich in der Nasen
und freut sich, wenn er was gefunden hat.

Es prüfen vier Amerikanerinnen,
ob Cook auch recht hat und hier Bäume stehn.
Paris von außen und Paris von innen:
sie sehen nichts und müssen alles sehn.

Die Kinder lärmen auf den bunten Steinen.
Die Sonne scheint und glitzert auf ein Haus.
Ich sitze still und lasse mich bescheinen
und ruh von meinem Vaterlande aus.

Wo Tucholsky sich vom Vaterland erholte

Der Park Monceau ist ein öffentlicher Garten im Zentrum von Paris. Hierher hat es Kurt Tucholsky (1890–1935) immer wieder gezogen, nachdem er im Frühjahr 1924 in der Funktion eines Korrespondenten der Zeitschrift Die Weltbühne von Berlin in die Stadt an der Seine gezogen war. Was er in Frankreich vorfand und was sich insbesondere in dem besagten Park für ihn manifestierte, hielt Tucholsky in seinem Gedicht „Park Monceau“ fest, das wenige Wochen nach seiner Ankunft in Paris in der Weltbühne zum Abdruck kam.

Eigentlich schafft erst der letzte Vers mit seiner Pointe den Bezugsrahmen für das ganze Gedicht. Doch weist bereits in der ersten Strophe das dreimal an den Versanfang gesetzte „Hier“ – gemeint ist der Park und weiter gefasst Paris, Frankreich – mit beharrlicher Geste darauf hin, dass es ein Anderswo gibt, an dem es ganz entgegengesetzt zugeht. Gemeint ist das „Vaterland“: Was hier in Paris ist, ist dort in Deutschland nicht. Im zweiten Vers zitiert Tucholsky zur Hälfte einen Satz aus Goethes „Faust“ („Hier bin ich Mensch, hier darf ich's sein“), der hier wie dort ein umfassendes Unbeschwertsein zum Ausdruck bringt. Eben dies ist dem Autor in seinem Heimatland nicht möglich, was eine Reihe von Ursachen hat. Da ist die deutsche Reglementierungswut mit ihren Verbotstafeln – in der Formulierung „links gehn“ schwingt auch ein politisches Bekenntnis mit –, und insbesondere ist da der Ungeist des Militarismus, der herabblickt auf jeden, der so wie der erklärte Pazifist Tucholsky „nur Zivilist“ ist.

Was in der zweiten Strophe das Sensorium des Autor-Ichs festhält, sind ausgesuchte Nichtigkeiten: ein „Kullerball“, ein pickender Vogel, ein Nase bohrender Junge. Selbst dies ein Stich gegen deutsche Zustände: Hier in Paris wird sogar das völlig Unspektakuläre zum Ereignis. Selbst die amerikanischen Touristinnen, über die der Park-Gänger sich mokiert, werden zum Exempel: Wer glaubt, Paris in Reiseführer-Sehenswürdigkeiten zu finden, übersieht das Eigentliche – die Atmosphäre von Freiheit und Unbefangenheit.

Und doch hielt auch der Park Monceau für Tucholsky nicht nur hochgestimmte Empfindungen bereit. Im Dezember 1935, da war er längst von Frankreich nach Schweden übergesiedelt, kam er, zwei Tage vor seinem Tod durch eine Überdosis Tabletten, noch einmal brieflich auf den Park zu sprechen, in einem bewegenden Schreiben an seine von ihm geschiedene Ehefrau Mary: Eine Erinnerung an ihre Trennung einst in Paris, woraufhin er, Tucholsky, den Park Monceau aufsuchte: „ – da war ich nun ‚frei' – und ich war ganz dumpf und leer und gar nicht glücklich. Und so ist es denn auch geblieben.“ *Stefan Dosch*

PAUL CELAN

Fadensonnen

FADENSONNEN
über der grauschwarzen Ödnis.
Ein baum-
hoher Gedanke
greift sich den Lichtton: es sind
noch Lieder zu singen jenseits
der Menschen.

Jenseits der Menschen

„Fadensonnen“ ist am 27. November 1963 entstanden. Paul Celan (1920–1970) hat das Gedicht in seinen Band „Atemwende“ (1967) aufgenommen. Zugleich steht es als Gesamttitel über der Folgesammlung „Fadensonnen“ (1968). Das spricht für seine Bedeutung.

Was sind „Fadensonnen“? Wir würden die Umkehrung erwarten: Sonnenfäden. Es gibt den Fadensonnenzeiger (Filargnomon), ein Gerät zur genauen Bestimmung des Mittags. Ob Celan davon Kenntnis hatte? Oder ob ihm Jean Paul gegenwärtig war, der den „fliegenden Faden-Sommer“ erfand? Wir wissen es nicht. Celan hatte alternativ für den „Fadensonnen“-Band den Arbeitstitel „Sinnfäden“ erwogen.

Der Faden verbindet. In der Dichtung Celans bindet er die Lebenden an die Toten, genauer: an die vernichteten Juden (zu denen Celans aus Czernowitz in der Bukowina deportierte Eltern zählen). Der Faden führt zum Gewebe, zur Textur, zum Text. In ihn ist das Schicksal der Juden unauflöslich verwoben. Celans Dichtung lebt freilich nicht nur, wie in Teilen zu lesen, in der Negativität, in der Ödnis, „unter finsteren Himmeln“. Über allem ist Licht, auch wenn seine Strahlkraft durch das Wort „Faden“ eingeschränkt, abgeschwächt erscheint. Doch durch die höchst ungewohnt umbrochenen, fragmentierten Wörter und Sätze zieht sich ein Dreischritt, der eine Lichtlinie von den Fadensonnen über den Lichtton zu den Liedern führt.

Die Ödnis mag an die Genesis erinnern: Die Erde war wüst und leer…In Celans Fall verbieten sich allerdings (weitere) Analogien zur christlichen Transzendenz. Das Gedicht hat seinen eigenen (und einzigen) Akteur im Gedanken! Er greift zu, greift nach oben und bestärkt in Zusammenhang mit „baumhoh“ die starke vertikale Spannung des Gedichtes. Dieses setzt eine Bewegung frei, die sich aus dem Abgrund, der Ödnis emporreißt zum „Lichtton“, in dem die Helle der Sonnen und der Ton der Lieder synästhetisch übereinkommen.

Wie im Faden der Text, so läuft im Gedanken das Gedenken, im Greifen der Griffel mit. Celan spricht in seinen sieben Zeilen, die trotz aller Lakonie nicht ohne Überschwang sind (Anklang an Rilkes Orpheus-Gesang), vom dichterischen Akt. Dieser kulminiert in dem nach Doppelpunkt fast sentenzenhaften, zwischen Nachdruck und Wunsch schwebenden Schlusssatz.

Schließt er an Heines „Buch der Lieder“ an? (Celan sah in Heine einen Vorgänger in der Reihe verfemter jüdischer Dichter.) Dieser Jenseits-Ort des Lieds/Gedichts ist (noch nicht) zu benennen. Aber auf ihn hält die in „Fadensonnen“ entworfene, ihre eigene Unerfüllbarkeit immer mitbedenkende Raum- und Schreibfantasie Celans zu. *Günter Ott*

HEINZ PIONTEK

Um 1800

Zierlich der Kratzfuß
der Landeskinder,

während wer fürstlich
aufstampft.

Gedichtzeilen.
Stockschläge.

Viele träumen,
daß man sie verkauft.

Die Tinte leuchtet.

Deutschlands
klassische Zeit.

Klartext über die Zeit der Klassik

Heinz Piontek (1925–2003) hat längere Zeit im Schwäbischen gelebt. Den gebürtigen Schlesier hatte es nach dem Krieg nach Lauingen an der Donau verschlagen; später zog er ins nebenan gelegene Dillingen, bevor er Anfang der 60er-Jahre nach München ging. Heute ist Piontek dem breiteren literarischen Bewusstsein kaum mehr ein Begriff, und das, obwohl der Lyriker und Erzähler 1976 sogar den Büchner-Preis erhalten hat. Aber schon damals gab es laute Stimmen, wonach Pionteks Schreiben angeblich keine große Relevanz besitze, da es gesellschaftliches Engagement vermissen lasse. Ein Vorwurf, der in dieser Zuspitzung keineswegs Tatsachen entspricht, wie etwa Pionteks Gedicht „Um 1800“ bezeugt.

Der Titel, kurzgeschlossen mit den beiden letzten Zeilen, benennt einen historischen Zeitraum: „Deutschlands klassische Zeit.“ Das ist die Epoche der Dichter und Denker, ein Zeitalter, das nicht nur Goethe- und Schiller-Verehrern als Gipfel unserer Geschichte erscheint. Dabei nicht zu übersehen: Es ist ein Bild, das wir uns von der deutschen Klassik machen, und eben dieses nachträglich Konstruierte schwingt mit im ersten Wort von Pionteks Gedicht, in der „Zierlich“-keit, wie wir sie aus zeitgenössischen Darstellungen jener Klassik kennen. Dabei war doch der „Kratzfuß“ stets eine devote Verbeugungsgeste, die den Untergebenen vor seinem Herrscher in Distanz rückte. Und Herrscher gab es um 1800 in den zersplitterten deutschen Landen nicht wenige, ein jeder befugt (und oft genug willens), „fürstlich“ aufzustampfen. Man denke nur an den hochautoritären Württemberger Herzog Karl Eugen.

Eben darum geht es Piontek. In jener Epoche, als die Gedanken hoch hinaufflogen, sah die Realität oft ganz anders aus. Den harten Gegensatz zwischen Oben und Unten konnte man sehr konkret zu spüren bekommen: „Stockschläge.“ Nicht nur im Erziehungswesen, auch beim Militär. Apropos: „Viele träumen, daß man sie verkauft.“ Als junger Mann von niederem Stande konnte man nie sicher davor sein, zum Waffendienst gepresst zu werden.

Piontek schneidet die Welten, die da parallel existieren, hart gegeneinander. „Gedichtzeilen“ – es braucht kein Prädikat und keine sonstigen Satzglieder, um zu verstehen, dass hier die ästhetisch „leuchtende Tinte“ von Goethe & Co. gemeint sind. Umso schmerzhafter dann der folgende, ebenso auf ein Wort reduzierte Vers. Durch solch extreme Verknappung gelingt es Piontek, kraftvolle Bilder vor dem inneren Auge des Lesers zu erwecken, ohne sich dabei aber in wortreiche Beschreibungen zu verlieren. Wie sein (das vorliegende Gedicht enthaltender) Lyrikband von 1966 überschrieben war, lag Piontek mehr daran, „Klartext“ zu reden.

Stefan Dosch

EDUARD MÖRIKE

Am Walde

Am Waldsaum kann ich lange Nachmittage,
Dem Kukuk horchend, in dem Grase liegen;
Er scheint das Thal gemächlich einzuwiegen
Im friedevollen Gleichklang seiner Klage.

Da ist mir wohl, und meine schlimmste Plage,
Den Fratzen der Gesellschaft mich zu fügen,
Hier wird sie mich doch endlich nicht bekriegen,
Wo ich auf eigne Weise mich behage.

Und wenn die feinen Leute nur erst dächten,
Wie schön Poeten ihre Zeit verschwenden,
Sie würden mich zuletzt noch gar beneiden.

Denn des Sonetts gedrängte Kränze flechten
Sich wie von selber unter meinen Händen,
Indeß die Augen in der Ferne weiden.

Muße muss sein

Eduard Mörike (1804–1875), öfter, als ihm lieb war, zerrissen zwischen dem Brotberuf des Pfarrers und dem inneren Drang zu dichten, hat sich gern eingesponnen in das Reich der Poesie. Das ging einher mit Fluchtbewegungen aus der Gesellschaft hinein in die Natur. Ein Seitenweg, ein Wiesenwinkel, ein munter plätscherndes Bächlein luden ihn ein zum Niedersitzen. Er las und dachte und „fieng mit Bleistift an zu schreiben". „Dann stieg ich vollends den Wald hinan und spann die Verse so fort. Sie kamen recht aus meinem Innersten."

So schreibt er am 4. Mai 1830 an Luise Rau. Mörike hat die Tochter des früh verstorbenen Ortspfarrers in Plattenhardt (nahe Stuttgart) kennengelernt, hat sich mit ihr verlobt (und später, auf ihren Wunsch, entlobt). Luise („An L.") widmete der Dichter einen Zyklus von Sonetten, Zeugnisse einer höchst gefährdeten, in den Traum projizierten Liebe. Aus dieser Folge, die auch Eingang in den Roman „Maler Nolten" gefunden hat, sticht „Am Walde" hervor. Es ist kein Liebes-, sondern ein poetologisches Programmgedicht, in dem Mörike von sich selbst, seiner schöpferischen Tätigkeit und ihren Bedingungen spricht.

Fünffüßiger Jambus, unbetonter Versschluss, Reimschema abba/abba/cde/cde: Die Form des Sonetts ist vorbildlich erfüllt, eingeschlossen die Möglichkeit der Kontrastierung: Dichter versus Gesellschaft, oder mit den gereimten Worten der zweiten Strophe: „Plage" wider „behage". Doch mit welcher Kunstfertigkeit, ja spielerischen Leichtigkeit Mörike hier den Sonetten-Kranz flicht, das ist von hohem dichterischen Vermögen. Man spreche sich allein den wunderbaren „Gleichklang" der ersten Strophe vor. Sie setzt ein mit gehäuften, gedehnten a-Lauten, akzentuiert insbesondere das „lange" und läuft in der „Klage" aus. Diese gibt der Gelassenheit, der Geborgenheit des Dichters eine leicht wehmütige Färbung, die aber die Muße an diesem lieblichen Ort in freier Natur mitnichten stört.

Mörike entwirft ein Ideal der schöpferischen Freiheit. Nur weitab von der Menschenwelt, ihren Fratzen, ihrem drängend geschäftigen Treiben, findet der Dichter zu seiner Bestimmung („eigne Weise") – zu jener hinhorchenden Aufmerksamkeit und dem in die Ferne schwebenden Blick, kurz: zu den „aufgeschlossenen Sinnen" (so steht es in Mörikes „Wald-Idylle"), die im sich rundenden, sprich vollkommenen Sonetten-Kranz die Natur in Kunst verwandeln.

Mörike waren diese fruchtbaren Mußestunden eines von der Gesellschaft nicht belasteten Dichterlebens nicht allzu häufig vergönnt. So träumte er von der märchenhaften Inselwelt Orplid, so feierte er den erfüllten Augenblick der Dichtung in der Abgeschiedenheit.

Günter Ott

GOTTFRIED KELLER

Ich hab' in kalten Wintertagen

Ich hab' in kalten Wintertagen,
In dunkler, hoffnungsarmer Zeit
Ganz aus dem Sinne dich geschlagen,
O Trugbild der Unsterblichkeit.

Nun, da der Sommer glüht und glänzet,
Nun seh' ich, daß ich wohlgetan!
Auf's Neu' hab' ich das Haupt bekränzet,
Im Grabe aber ruht der Wahn.

Ich fahre auf dem klaren Strome,
Er rinnt mir kühlend durch die Hand,
Ich schau' hinauf zum blauen Dome
Und such' – kein bess'res Vaterland.

Nun erst versteh' ich, die da blühet,
O Lilie, deinen stillen Gruß:
Ich weiß, wie sehr das Herz auch glühet,
Daß ich wie du vergehen muß!

Seid mir gegrüßt, ihr holden Rosen,
In eures Daseins flücht'gem Glück!
Ich wende mich vom Schrankenlosen
Zu eurer Anmut froh zurück!

Zu glüh'n, zu blüh'n und ganz zu leben,
Das lehret euer Duft und Schein,
Und willig dann sich hinzugeben
Dem ewigen Nimmerwiedersein!

Des Daseins flüchtiges Glück

Der Winter 1848/49 brachte für den aus Zürich stammenden Gottfried Keller (1819–1890) eine tief greifende weltanschauliche Veränderung mit sich. Ausgestattet mit einem Stipendium, war er zum Studieren nach Heidelberg gegangen. Dort zog es ihn zu dem Philosophen Ludwig Feuerbach, dessen Vorlesungen nicht in der Universität, sondern, ihres besonderen Inhalts wegen in einem externen Saal stattfanden. Denn Feuerbach lehrte die radikale Abkehr von Gott, verbunden mit einer schöpferischen Hinwendung des Menschen an die diesseitige Welt. Bei Keller hinterließen diese Gedanken nachhaltigen Eindruck, wovon auch das vorliegende, zu jener Zeit entstandene Gedicht spricht.

Das „Trugbild der Unsterblichkeit", welches das Ich sich „aus dem Sinne" geschlagen hat, ist die christliche Religion mit ihrem Versprechen auf ein Weiterleben nach dem Tod. Die Entscheidung fiel „in kalten Wintertagen", was sowohl wörtlich zu verstehen ist als Zeit der Begegnung mit Feuerbach wie auch im übertragenen Sinn für das Stadium vor der philosophischen Erweckung. Nun, mit einigem Abstand, wird dem Ich eine Bestätigung seines Entschlusses zuteil: Der Sommer bringt zutage, „daß ich wohlgetan". Diese Erkenntnis erfolgt nicht, weil das Ich der Schönheit dieser Jahreszeit etwa auf den Leim ginge. Nein: Dahinfahrend auf dem Fluss – seit jeher Bild des Lebensgangs – ist das Ich, das den Himmel nicht mehr ansieht als den Ort der Transzendenz („beßres Vaterland"), sehr wohl bei klarem Verstand. Das zeigt der Griff ins Kühle, zumal in dieser Geste, in der die Hand das Wasser nicht festzuhalten vermag, das Entscheidende aufscheint: die Vergänglichkeit.

Davon kündet nicht nur der Fluss, davon sprechen auch die Blumen in ihrer sommerlichen Pracht. Wobei die Rosen nicht nur wie die Lilie die Einsicht mit sich bringen, dass der Mensch wie alles Lebendige „vergehen muss". Ist es in der dritten Strophe die Blume, die den Gruß bietet, so geschieht das in der Folgestrophe in umgekehrter Richtung durch das Ich – ein deutlicher Hinweis darauf, dass der Mensch es selbst in die Hand nehmen muss, wie die Rosen „zu glüh'n, zu blüh'n und ganz zu leben". Hier liegt der Kern der Verse Kellers: Der Verzicht auf Jenseitshoffnung bringt nicht Verzweiflung mit sich; das Gegenteil ist der Fall, aus dem Bejahen der Begrenztheit schöpft sich ein gesteigertes Lebensgefühl. Anders gesagt: Vergänglichkeit und Vollkommenheit bedingen einander.

Was für die Natur und ihre Schönheit gilt, hat Gottfried Keller auch in seine Kunstästhetik übernommen. Jeglicher romantische Überbau ist weggefallen, was bleibt, ist der realistische Blick auf des „Daseins flücht'gem Glück" – farbenreich, aber illusionslos.

Stefan Dosch

GOTTHOLD EPHRAIM LESSING

Über das Bildnis eines Freundes

Der mir gefällt,
Gefiel er minder gleich der Welt.

Ein Dokument der Freimütigkeit

Kürzer geht es fast nicht. Dass es sich bei diesem Zweizeiler um ein Gedicht handelt, würde man nicht eben für selbstverständlich halten, und doch liegt eine rhythmisierte Gestalt in zwölf Silben und sogar ein Reim vor. Fraglos handelt es sich um Gelegenheitslyrik, um ein Gedicht aus einem privaten Kontext, über das wir nichts Genaueres wissen.

Interessant wird der leicht zu übersehende Text freilich zunächst durch seinen Autor, Gotthold Ephraim Lessing (1729–1781), den Hauptvertreter der deutschen Aufklärung, der weit mehr mit seinen Dramen und ästhetischen Schriften als mit seinen Gedichten bekannt wurde. Aber ein großer Kopf kann sich auch in kleinen Dingen beweisen, und so möchte man es doch für wert halten, sich den knappen Text genauer anzusehen.

Das Gedicht hat etwas von einem trotzigen Bekenntnis, denn es versteht sich als Kommentar oder als Aufschrift – dann würde es zur Tradition der Epigramme gerechnet werden können, mit denen sich Lessing sehr intensiv befasst hat –, mit dem oder der eine Sympathieerklärung verknüpft ist. Es liest sich als Ausdruck einer Solidarität, die offenbar nicht selbstverständlich ist, sondern die sich verteidigt – gegen die öffentliche Meinung, gegen „die Welt". Das ist guter lessingscher Stil, sich nicht das eigene Urteil von außen, gar von der Tradition, von den Autoritäten der Gesellschaft oder der Kirche vorgeben zu lassen, sondern ganz nach dem eigenen Urteil zu entscheiden und zu werten.

So ist es auch nicht irgendjemand, sondern ein Freund, zu dem sich das lyrische Ich bekennt, und die Emphase der Freundschaft spielt im 18. Jahrhundert eine enorme Rolle. Hier meldet sich das Selbstbewusstsein eines Mannes, der sich frei zu seiner Vorliebe bekennt und dafür einen ganzen Vers reserviert, in dem er auf jede Begründung und Ausschmückung verzichtet – „Der mir gefällt": Er hat im kantischen Sinne den Mut, sich seines eigenen Verstandes zu bedienen. Und für solche oftmals unbequemen Geister hatte Lessing zeitlebens eine besondere Sympathie: Selbst die sogenannten Ketzer, wie etwa der Doktor Faustus, waren ihm irgendwie sympathisch, weil sie etwas selber sehen wollten und sich nicht dem allgemeinen Glauben der „Welt" hatten unterordnen wollen. So erscheint das minimalistische Gedicht als Zeichen einer rebellischen Sympathie, die sich nicht um das Urteil der anderen schert. Lyrik als Dokument einer das Ketzerische riskierenden Freimütigkeit. Den Adressaten kennen wir nicht, veröffentlicht wurde es nach Lessings Tod im „Musen Almanach für 1782".

Mathias Mayer

HANS ARP

Herr Je das Nichts ist bodenlos

Herr Je das Nichts ist bodenlos
Frau Je das Nichts ist unmöbliert.
Da nutzt euch auch kein Kreuzbesteck
aus dem ihr fleißig exerziert.
Herr Je Frau Je Frau Je Herr Je
gleich beißt das Nichts euch in den Bauch
verschluckt euch samt dem Kreuzbesteck
und speit euch aus mit Ruß und Rauch.

Nichts als Rauch

Wenn die Philosophie aufs Ganze geht, dann befasst sie sich mit dem Sein – und dem Nichts. Das ist seit der Antike so, und das dauert mit höchst unterschiedlichen Einfärbungen und Auslegungen bis in unsere Tage.

Was aber ist das Nichts? Ein bisschen geht es einem dabei wie mit Samuel Becketts Godot: Von dieser Figur ist unentwegt die Rede, aber sie tritt nie in Erscheinung. Also wartet man, und wartet und wartet, und je länger man wartet, desto mehr formen und bilden sich fantastische Ausgebsurten.

Verlassen wir der Einfachheit halber die Philosophie und wechseln zur Lyrik. Sie kommt dem Leser dadurch entgegen, dass sie seit frühen Jahren (auch) um das Nichts kreist und diesen erratischen Begriff mit allem spielerischen Ernst auszuloten sucht. „Ich werde ein Lied über rein gar nichts machen", so heißt es beispielsweise in den Anfängen der abendländischen Poesie in einem Troubadour-Lied von Wilhelm IX., dem Herzog von Aquitanien. Das Nichts erweist sich darin als Quelle vieler möglicher, sprachlich erprobter Bedeutungen.

Im mystischen Denken fällt der Trennungsstrich zwischen Nichts und Alles. Wenn Angelus Silesius im „Cherubinischen Wandersmann" das Epigramm dichtet: „Gott ist ein lauter Nichts", so meint er (wie Meister Eckhart, Jakob Böhme und andere): Gott, der Unfassbare, ist Alles.

Machen wir an dieser Stelle einen Sprung hinein in den Dadaismus der 1910er- und 1920er-Jahre, seine klanglich-spielerische Erkundung der Sprache noch vor allem Weltbezug, in seinen artistisch entwickelten Sinn für den Unsinn. Mit Wörtern, so bekannte Hans Arp (1886–1966) einmal, gehe er um „wie ein Kind mit seinen Bausteinen". Er betaste und biege sie unabhängig von ihrer Bedeutung, „als wären sie Skulpturen".

Dem Dichter Arp macht das Nichts kein großes Kopfzerbrechen, auch wenn er seine (aus dem Zyklus „Schneethlehem" entnommenen) Spottzeilen, die er wie andere auch um- und umgewandelt hat, mit dem verwunderten Schreckensruf „Herr Je" intoniert (ursprünglich: Herr Jesu, Herr Jesu domine). Das Nichts gerät in die gewitzte Wortmühle, in der die Bedeutsamkeit zerbröselt. Der Trick: Die metaphysische Begrifflichkeit wird gleichsam häuslich umzingelt und dann einem grotesk-karnevalesken Körperdrama einverleibt. Im Hintergrund laufen hehre Philosophica wie Heideggers „Haus des Seins" mit oder das hermeneutische Besteck der Interpreten. Arp formuliert den Philosophen Leibniz um: Dessen Satz „Nichts ist ohne Grund" mutiert zu „das Nichts ist bodenlos". Der zum gewalttätigen Subjekt ermächtigte Begriff treibt sein Unwesen im Reich des Absurden. Was bleibt? Nichts als Rauch.

Günter Ott

RAINER MARIA RILKE

Sonett an Orpheus Nr. 23

O erst dann, wenn der Flug
nicht mehr um seinetwillen
wird in die Himmelstillen
steigen, sich selber genug,

um in lichten Profilen,
als das Gerät, das gelang,
Liebling der Winde zu spielen,
sicher schwenkend und schlank, –

erst wenn ein reines Wohin
wachsender Apparate
Knabenstolz überwiegt,

wird, überstürzt von Gewinn,
jener den Fernen Genahte
sein, was er einsam erfliegt.

Skepsis und Sprachmusik

Über zehn Jahre lang schrieb Rainer Maria Rilke (1875–1926) an seinem als zentrale Aufgabe empfundenen Hauptwerk, den „Duineser Elegien". Begonnen im Jahr 1912, hatte er in den problematischen Jahren des Ersten Weltkriegs gewusst, dass der Zyklus nicht beendet war – erst im Februar 1922 ließ er sich runden.

Was aber der Autor selbst nicht ahnte oder gar geplant hatte: Anschließend an die Elegien, in denen Rilke vor allem die Verlorenheit des modernen Menschen thematisiert hatte, überfiel ihn geradezu – wie in einem Diktat von höherer Macht – ein weiterer Gedichtzyklus, der nun innerhalb kürzester Zeit niedergeschrieben werden konnte und musste: Es sind immerhin 55 Sonette geworden, die Rilke als Ausdruck des „Rühmens" an das Vorbild des thrakischen Sängers Orpheus richtete. Beide Zyklen sind durch eine Reihe von Themensträngen miteinander verbunden, etwa in der mehrfach begegnenden Forderung, es gelte den Tod als eine nur dem Leben abgewandte Seite der Existenz anzunehmen.

Der antike Mythos hatte ja von dem Gang des Sängers in die Unterwelt berichtet, bei dem Orpheus versuchte, seine geliebte Eurydike wieder zurückzugewinnen. So sind die Sonette denn auch „Geschrieben als ein Grab-Mal" für die früh verstorbene Tochter einer Freundin von Rilke.

Die Thematik der Orpheus-Gedichte ist extrem breit. Eines ist an einen Hund gerichtet; in anderen versucht Rilke ganz neue Erfahrungen zu fassen, etwa den Geschmack: „Wagt zu sagen, was ihr Apfel nennt"; oder eben auch Errungenschaften der Technik. Im 10. Sonett des zweiten Teils heißt es einmal: „Alles Erworbene bedroht die Maschine, solange/sie sich erdreistet, im Geist, statt im Gehorchen, zu sein."

Im vorliegenden Sonett 23 des ersten Teils formuliert Rilke nun eine skeptische und gleichzeitig visionäre Sicht auf das Flugzeug. Dabei stellt er zwei Perspektiven einander gegenüber – eine aus dem ökonomischen Nutzen stammende Praxis, bei der die Geschwindigkeit Selbstzweck ist; und dagegen eine andere, existenzielle Vision, bei der „ein reines Wohin" mehr wiegt als der bloße Rausch der Technik. Damit deutet sich eine zentrale Vorstellung Rilkes an, die auf die „Verwandlung" des Dinglichen und Irdischen in eine Art inneren Besitz zielt.

Mehr als durch seine zivilisationskritische Prophetie hat Rilke indes durch die Kunstfertigkeit seiner Sprache gewirkt. Das vorliegende Gedicht bietet in einem einzigen Satz eine extrem anspruchsvolle Partitur von Klängen, in der sogar Fremdworte mit in die Sprachmusik verwandelt werden („Profilen", „Apparate").

Mathias Mayer

WOLF WONDRATSCHEK

In den Autos

Wir waren ruhig,
hockten in den alten Autos,
drehten am Radio
und suchten die Straße
nach Süden.

Einige schrieben uns Postkarten aus der Einsamkeit,
um uns zu endgültigen Entschlüssen aufzufordern.

Einige saßen auf dem Berg,
um die Sonne auch nachts zu sehen.

Einige verliebten sich,
wo doch feststeht, daß ein Leben
keine Privatsache darstellt.

Einige träumten von einem Erwachen,
das radikaler sein sollte als jede Revolution.

Einige saßen da wie tote Filmstars
und warteten auf den richtigen Augenblick,
um zu leben.

Einige starben,
ohne für ihre Sache gestorben zu sein.

Wir waren ruhig,
hockten in den alten Autos,
drehten am Radio
und suchten die Straße
nach Süden.

Sitzen geblieben

Fast alle Wege führen nach Süden, in den „sonnigen Süden“, um die stabgereimte Erfolgsformel aufzugreifen. Der Süden ist gleichbedeutend mit Licht und Liebe und Wärme, mit dem Capri-Schmelz, etwas abstrakter: der Sehnsucht nach der Ferne.

Doch was wird bei Wolf Wondratschek aus dem Aufbruch? Der Stillstand. Das hat politische Gründe. Denn das Gedicht „In den Autos“ aus den 1970er-Jahren wird immer wieder zitiert, wenn vom Scheitern der 68er-Bewegung die Rede ist. Wondratschek, Jahrgang 1943, stand in jenen Jahren eine Zeit lang dem SDS nahe, dem Sozialistischen Deutschen Studentenbund.

Das Gedicht blickt zurück. Es bezieht ins „Wir“ auch den Dichter ein. Die jungen Rebellen von einst sind auf ihren Träumen sitzen geblieben. Aus Unruhe, Aufruhr und Mobilität sind sie in den Ist-Zustand zurückgefallen, Untätigkeit zeichnet sie aus: „waren ruhig“ bzw. „hockten“. Die Bewegung ist gleichsam eingefroren, sie kreist an Ort und Stelle in sich selbst. Immerhin möglich, dass beim Drehen am Radio eine Musiknummer erklingt, die den Traum von Freiheit vorspielt.

Es fällt auf, dass in Versen der 70er-Jahre der Alltag dermaßen überhandnimmt, dass die Aufbrüche ausfallen. Ein Gedicht von Ralf Thenior beginnt so: „Einfach nur da sein,/im Korbsessel zu sitzen…“ Und Jürgen Theobaldy intoniert nicht ohne (Selbst-)Ironie: „Es ist beinahe poetisch/mit dir im Rialto zu sitzen…“ Der berühmte Italiener in München-Schwabing wird als Ersatz für Italien besungen. So schnurrt die ersehnte Ferne zur bequemen Nähe zusammen.

Wondratschek fasst die geplatzten Utopien ins Paradox. In den durch Wiederholung („einige“) und Parallelismen geprägten Binnenstrophen steht die „Einsamkeit“ gegen die „endgültigen Entschlüsse“, die private Liebe gegen die Anforderungen der Gesellschaft, die Sonne gegen die Nacht, der Traum gegen das Erwachen, die „toten Filmstars“ gegen das Leben. Alle Auswege führen in die Sackgasse, ob nun auf die Radikalisierung der Studentenbewegung angespielt wird (Strophe 2), auf die abgehobenen Esoteriker (3), den Rückzug in die Innerlichkeit (4), die Drogenszene (5), die ruhmreiche Erstarrung in der Kulturszene (6) oder den tödlichen revolutionären Kampf (7).

Zugegeben, der Dichter bleibt vager, als es diese zugespitzten „Erklärungen“ suggerieren mögen, aber durch die identische Klammer in Strophe 1 und 8 setzt er quasi sein ganzes Gedicht fest. Über allem ist Resignation, souverän vorgetragen in einem den Jargon umkreisenden, spöttischen Ton. Gleichwohl schwingt Wehmut mit ob der verpassten Chancen und ungestillten Sehnsüchte. *Günter Ott*

JOHANN WOLFGANG GOETHE

Dem aufgehenden Vollmonde

DORNBURG D. 25. AUGUST 1828

Willst du mich sogleich verlassen!
Warst im Augenblick so nah!
Dich umfinstern Wolkenmassen,
Und nun bist du gar nicht da.

Doch du fühlst, wie ich betrübt bin,
Blickt dein Rand herauf als Stern!
Zeugest mir, daß ich geliebt bin,
Sei das Liebchen noch so fern.

So hinan denn! hell und heller,
Reiner Bahn, in voller Pracht!
Schlägt mein Herz auch schmerzlich schneller,
Überselig ist die Nacht.

Lauf des Mondes, Lauf des Lebens

Für Mondschein war Goethe zeitlebens empfänglich, wiederholt hat er dem Gestirn tiefgründige Verse gewidmet. Das war auch nicht anders am 25. August 1828, unter dessen Datum der 79 Jahre alte Dichter in Dornburg in sein Tagebuch notierte: „Schöner Aufgang und Fortschritt des Vollmondes". In das Schlösschen über der Saale war Goethe ausgewichen, um in Weimar nicht am Begräbnis für Großherzog Carl August, den freundschaftlich Verbundenen über Jahrzehnte hinweg, teilnehmen zu müssen.

Auch wenn das Gedicht vor allem in der ersten Strophe vom Lauf des Mondes und der Trübung seines Lichts durch Wolken spricht – eine bloße Schilderung nächtlicher Natur findet hier keineswegs statt. Dass die Vorgänge am Himmel sich in einem Wechselspiel mit dem betrachtenden Ich befinden, geht gleich aus dem ersten Vers hervor, in dem sich die Befürchtung eines Verlusts des so vertraulich angesprochenen Mondes artikuliert. Verfinsterung ereignet sich eben nicht nur dort oben, sie droht auch dem sprechenden Ich durch das „Nicht da"-Sein des „Du". Man geht wohl nicht fehl, vor dem unmittelbaren Hintergrund des Verlusts des herzoglichen Weggefährten in diesen Versen ein Unbehagen Goethes vor der Einsamkeit im Alter zu erkennen. Der personifizierte Mond reagiert in Strophe zwei mitfühlend und kommt wieder hervor, zunächst nur punktuell, doch Hoffnung signalisierend als „Stern" hinter den Wolken. Die folgenden beiden Verse sind ganz den inneren Vorgängen des Ichs vorbehalten. Das wieder auftretende Licht wird als Zeuge einer erinnerten beglückenden Liebeserfahrung benannt.

Hier kommt Marianne Willemer ins Spiel, die Seelenverwandte und Suleika von Goethes „Divan"-Dichtung. Ihr übersandte er einige Zeit nach der Dornburger Vollmondnacht eine Abschrift des Gedichts, im Begleitschreiben eine frühere beiderseitige Abmachung ins Gedächtnis rufend: künftig bei Vollmond einander zu gedenken.

Die Empfindung liebenden Aufgehobenseins geht in der Schlussstrophe über in einen allgemein lebensbejahenden Impuls – wiederum in direkter Analogie zum Lauf des Mondes. Denn die Ausrufe und gesteigerten Begriffe gelten auch hier nicht allein dem nunmehr „in voller Pracht" leuchtenden Gestirn, sondern vor allem auch dem Wiedererstarken des verzagten Gemüts.

Daran vermag auch die nochmalige Reminiszenz an Schmerzliches im vorletzten Vers nichts mehr zu ändern, denn, so lautet die finale Essenz: „Überselig ist die Nacht" – neu gewonnen der Lebensmut. „So hinan denn!", frisch ans Werk der eigenen Existenz: Das war dem Dichter auch an der Schwelle zum achten Lebensjahrzehnt noch lohnende Maxime.

Stefan Dosch

WILHELM LEHMANN

Hier

Wenn Mittag den Duft noch spürt
Von Mädesüß und Kamille,
Graben Schatten den Weg. Er führt
Zur Hadesstille.

Schatten, unter die Bäume gepreßt.
Zu gilben rührt die Blätter Gelüsten.
Mit Funken zerstiebt der Sommerrest,
Bluthänflingsbrüsten.

Suche, Demeter, die Entrückte
Nicht in Pisa und Hermione –
Hier, wo sie Kamille, Mädesüß pflückte,
Schwand Persephone.

Noch einmal Mädesüß

Mädesüß und Kamille, Lolch und Bibernell: Wilhelm Lehmann (1882–1968) konnte die Natur noch „lesen“. Er hat sich als Philologe mit der Herkunft von Pflanzen- und Tiernamen befasst und ihnen Aufsätze gewidmet. Sein Ziel als Lyriker war allerdings nicht die Beschreibung, sondern die Beschwörung der Natur, ihr magisches Wiedererstehen im Gedicht. „Der wahre Mystiker“, so sagte er, „schließt die Augen nicht, er öffnet sie weit. Er sieht sehr genau hin, so angestrengt, dass sein Blick die Phänomene zum zweiten Mal erschafft.“

Wie Lehmann den Akt der Kontemplation an die naturmythische Tradition zurückbindet, zeigt unser Gedicht. Der schlichte Titel „Hier“ verpflichtet es auf die Feier des Augenblicks, auf eine alle Sinne aktivierende Wahrnehmung, in der die Zeit einen Moment lang stillsteht. „Hier“ ist 1955 entstanden, also in jenen Jahren, da der Dichter im Zenit seiner Anerkennung stand. 1935 war sein Gedichtband „Antwort des Schweigens“ erschienen, 1942 folgte „Der grüne Gott“.

Die ersten beiden Zeilen lassen die „Temperatur“ eines Sommermittags erstehen, die Hitze ebenso wie das, was von den Pflanzen Mädesüß (Blütezeit von Juni bis August) und Kamille in der Luft liegt. Doch das „noch“ setzt sogleich ein Ausrufezeichen. Ihn ihm kündigt sich das nahende Ende an, angezeigt durch „Graben“, „Schatten“ und „Hadesstille“. Lehmann personifiziert das Naturgeschehen, er führt „Mittag“, „Schatten“ und „Weg“ als Akteure ein, denen die Verben „spüren“, „graben“ und „führen“ entsprechen. Der antithetische Bau der ersten Strophe findet seinen Widerhall im Gegeneinander der hellen ü- und der dunklen a-Laute. Diese Doppel-Stimme prägt das ganze Gedicht.

Die zweite Strophe verstärkt die unausweichliche Bewegung vom „noch“ zum „nicht mehr“. Es gilt Abschied zu nehmen („gilben“, „zerstieben“). Der Sommer vergeht, und es scheint, als leuchteten seine Reste ein letztes Mal im Rot des Bluthänflings auf.

Walter Benjamin hat die Klage als „Urlaut der Natur“ bezeichnet. Diesen „Urlaut“ beschwört Lehmanns Gedicht in synästhetischen Bildern. Sie münden in der dritten Strophe in den Mythos der Persephone. Die Tochter des Zeus und der Demeter ist die Göttin der Unterwelt. Sie wurde von Hades geraubt, der sie zu seiner Gemahlin machte. Noch einmal greift Lehmann „Kamille“ und „Mädesüß“ auf, um so entschiedener die Hochzeit des Sommers ins Schattenreich des Hades zu überführen. Der Dichter holt den Mythos gleichsam aus Pisa und Hermione (antike Gemeinde auf dem Peloponnes) in unsere Zeit, genauer: mitten hinein in die Natur. So ist sein Gedicht beides: Hymnus und Abgesang. *Günter Ott*

STEFAN GEORGE

Es lacht in dem steigenden jahr dir

Es lacht in dem steigenden jahr dir
Der duft aus dem garten noch leis.
Flicht in dem flatternden haar dir
Eppich und ehrenpreis.

Die wehende saat ist wie gold noch ·
Vielleicht nicht so hoch mehr und reich ·
Rosen begrüssen dich hold noch.
Ward auch ihr glanz etwas bleich.

Verschweigen wir was uns verwehrt ist ·
Geloben wir glücklich zu sein ·
Wenn auch nicht mehr uns beschert ist
Als noch ein rundgang zu zwein.

Freuden des Abschieds

Wenn das Jahr überm Zenit ist, verliert die Natur ihre Fülle und Spannkraft – Dichter haben das ungezählte Male beschrieben: Farben verblassen, Blätter welken, Düfte verdunkeln sich … Spätsommer ist die Zeit des Wandels, ist Vorbote des Absterbens und somit immer wieder auch Anlass für melancholische Töne in der Lyrik.

Bei Stefan George (1868–1933) klingt das anders. In seinem Gedicht – in typischer Kleinschrift und mit Hochpunkt an Versenden – herrscht zwar ebenso Spätzeit, doch im „steigenden jahr" schwingt keine Betrübnis mit, im Gegenteil, die Natur „lacht". Trotz der Gewissheit, dass die Herrlichkeit im Vergehen begriffen ist – das doppelte „noch" weist darauf hin –, liegt der Fokus der Wahrnehmung auf der nach wie vor existenten Naturschönheit: „wie gold" sind die Felder, Rosen „grüßen hold", und Gewächse wie Eppich (Efeu) und Ehrenpreis stehen ebenso für Reichhaltigkeit.

Und doch ist dieses Gedicht aus Georges 1897 vorgelegtem Zyklus „Das Jahr der Seele" kein reines Naturgedicht. Schon im ersten Vers wendet sich das sprechende Ich an ein Du und appelliert später an ein Wir, welches, wie der Gedichtschluss zeigt, das Ich und das Du umfasst. Dahinter (wie im gesamten Zyklus) darf man einen Nachklang von Georges Beziehung zu Ida Coblenz vermuten, der einzigen Frau, welcher der junge Dichter, im weiteren Leben dezidiert homoerotisch orientiert, ein tiefer gehendes Gefühl entgegenbrachte.

Was sich in der Natur des fortgeschrittenen Jahres spiegelt, ist die Seelenlage des Ich und die aus diesem Zustand resultierende emotionale Haltung. Auch die Zweisamkeit von Ich und Du ist über dem Zenit, eine Wiederkehr vergangener Hoch-Zeit wäre Illusion („… was uns verwehrt ist"), der Abschied ist unausweichlich. Trotzdem besteht kein Anlass zu Niedergeschlagenheit, zumindest nicht für das Ich. Das „noch" bestehende Beieinander bietet, gleich dem späten Sommer, hinreichend Beglückung, so man sie denn nur annehmen will: „Geloben wir glücklich zu sein."

Für seine euphemistische Sicht des Spätsommers in der Natur wie im Zwischenmenschlichen wirbt George mit betörenden Klängen. Das gilt nicht nur für die doppelten Senkungen, die den Versen so gar keine Abschiedsschwermut, sondern vorwärtsdrängende Beschwingtheit verleihen. Bemerkenswert auch die Gestaltung der Versschlüsse, bei denen in den ungeraden Strophenzeilen nach dem Muster des erweiterten Reims verfahren wird: Die Wiederholung des jeweils einsilbigen Reimworts erscheint zunächst einfallslos; dafür aber bieten das vorletzte Wort und weiter noch die Gleichklänge auf der dritt-, teils sogar viertletzten Silbe eine überreiche Fülle an Variationen. *Stefan Dosch*

GÜNTER KUNERT

Abendgedicht

Ach dieses langsame Einsinken
in den Abend. Die Erde
wird bodenlos sobald
ihr das Licht vergeht.
Noch treten die Füße Gras oder Schotter
dann nichts mehr.
Aus der Emigration des Tages
kehren die Toten zurück um raschelnd
in alten Fotos ihren Platz einzunehmen.
Jetzt zögert die Zeit wieder und täuscht
andere Zeiten vor: Welches Jahrhundert
hatten wir heute?
Ich würde mich nicht wundern
wenn vor der Tür Chamisso stünde
oder sein Schatten oder ich
sein Schatten bin oder auch Chamisso selber
der berlinwärts vor einer Tür
steht.

Wir wollen unseren Umriß verlieren
und glücklich sein wie niemand und zwar
Abend für Abend.

Es werde Dunkel!

Günter Kunert, geboren 1929 in der Berliner Chausseestraße neben dem Dorotheenstädtischen Friedhof, auf dem heute Brecht begraben liegt, hat 1976 gegen die Ausweisung des Liedermachers Wolf Biermann aus der DDR protestiert, wurde 1977 aus der SED ausgeschlossen und siedelte 1979 in die Bundesrepublik über. Daran zu erinnern, ist aller Ehren wert. Man kann die über 20 Lyrik-Bände des Dichters gewiss nicht über einen Kamm scheren, aber die anfänglich gefassten Hoffnungen sind längst einer nachdenklich-zweifelnden Lakonie, ja einer Verzweiflung über die als Fortschritt verkauften Machenschaften des Menschen gewichen.

Das „Abendgedicht" ist dem 1980 publizierten Band „Abtötungsverfahren" entnommen. Kunert greift darin einen privilegierten Topos der Romantik auf: die Nacht als Sphäre des Traums und der Poesie. Genauer, den Schwellenmoment der Dämmerung, in der sich die trennscharfe Wahrnehmung zusehends verliert und im Schattenreich des Unbestimmten neue Gewissheiten jenseits der eigenen Individualität aufsteigen.

Mit einem eher wohlig geseufzten „Ach" gleitet das Gedicht in einer Kette aus a-Lauten dorthin, wo es keinen sicheren Stand mehr gibt und der Glühfaden der aufklärerischen Vernunft verlöscht. Der Erde (und ihren Bewohnern) schwinden die Sinne im Überschreiten der Grenze vom wachen Bewusstsein zu Schlaf und Traum. In der Tageswelt haben die Toten kein Zuhause. Doch im Traum kommen sie zurück, frischen leise, „raschelnd", die Erinnerungsbilder auf und mit ihnen das Vergangene und Verdrängte.

Kunerts Gedicht spielt in souveräner Leichtigkeit auf der Grenze von Wachen und Schlafen. Er mischt Vorvergangenheit („hatten") und Gegenwart, erzeugt allein durch die Satzstellung Doppelsinnigkeiten und Irrealitäten. In einer wunderbaren Passage der vertauschten Möglichkeiten und Existenzen („wenn", „oder") öffnet das Ich dem berühmten Adelbert von Chamisso (1781–1838) die Tür zum Gedicht, dem nach Berlin ausgewanderten Emigranten der Französischen Revolution, dem Dichter des „Peter Schlemihl"; dieser ruiniert sein Leben, indem er dem Teufel seinen Schatten verkauft. Chamisso, der Emigrant, und Kunert, der Berliner Emigrant, werden im Schattenreich überblendet.

In den summierenden drei Schlusszeilen fallen die Distanzen zwischen Ich und Du und Wir. In einer Art sanften Dringlichkeit nimmt das Gedicht den Leser mit hinein in seine Sprachbewegung, in welcher der Tag zum Abend, das Bewusstsein zum Traum und das Ich zum „Niemand" wird. Wo alles mit allem verschmilzt, dort wartet das Glück. *Günter Ott*

BERTOLD BRECHT

Terzinen über die Liebe

Sieh jene Kraniche in großem Bogen!
Die Wolken, welche ihnen beigegeben
Zogen mit ihnen schon, als sie entflogen.

Aus einem Leben in ein andres Leben.
In gleicher Höhe und mit gleicher Eile
Scheinen sie alle beide nur daneben.

Daß also keines länger hier verweile
Daß so der Kranich mit der Wolke teile
Den schönen Himmel, den sie kurz befliegen.

Und keines andres sehe als das Wiegen
Des andern in dem Wind, den beide spüren
Die jetzt im Fluge beieinander liegen.

So mag der Wind sie in das Nichts entführren;
Wenn sie nur nicht vergehen und sich bleiben
So lange kann sie beide nichts berühren.

So lange kann man sie von jedem Ort vertreiben
Wo Regen drohen oder Schüsse schallen.
So unter Sonn und Monds wenig verschiedenen Scheiben.

Fliegen sie hin, einander ganz verfallen.

Wohin, ihr?
Nirgendhin.
Von wem entfernt?
Von allen.
Ihr fragt, wie lange sind sie schon beisammen?
Seit kurzem.
Und wann werden sie sich trennen?
Bald.
So scheint die Liebe Liebenden ein Halt.

Lektion in Sachen Liebe

Als Brecht das Libretto für die Oper „Mahagonny“ bei dem Verleger Hertzka einreichte, hatte dieser daran auszusetzen, dass in dem Operntext doch arg viel von „Boxkampf, Mord, Totschlag, Trunkenheit und dergl.“ die Rede sei, weshalb er zum Ausgleich „eine Dosis positiver und menschlicher Eigenschaften“ empfahl. Das reizte Brecht, und so schrieb er das Gedicht „Die Liebenden“, das dann auch Aufnahme in die endgültige Fassung von „Aufstieg und Fall der Stadt Mahagonny“ fand, allerdings mit drei weiteren Versen. Mit eben dieser Ergänzung wurde das Gedicht 1931 erstmals gedruckt unter dem Titel „Terzinen über die Liebe“, was bis heute für Verwirrung sorgt, da es eben auch – verkürzt – als „Die Liebenden“ in Umlauf ist.

Das Gedicht ist im überwiegenden Teil im Reimschema der Terzinen verfasst, für die es ein berühmtes Vorbild gibt: Dantes „Göttliche Komödie“. Bei Terzinen sind die dreizeiligen Strophen dadurch miteinander verknüpft, dass der umarmende Reim einen Mittelvers umschließt, der in der Folgestrophe dann selbst den umarmenden Reim bildet und so fort – eine bildhaft-formale Lösung für ein Gedicht, welches die Liebe zum Thema hat. Bei Dante, in der Paolo-und-Francesca-Szene des „Inferno“, tauchen auch bereits Kraniche auf als Verweis auf ein ewig, wenngleich tragisch verbundenes Liebespaar.

Bei Brecht sind die Kraniche jedoch nicht, wie die Schlusszeile des Gedichts vermuten lässt, „die Liebenden“. Der Hinweis („Sieh“) auf die ziehenden Vögel und die sie begleitenden Wolken zeigt vielmehr auf ein Bild für die Liebe. Dieses besitzt eine ebenso ruhevolle wie hochgradig suggestive Intensität, die sich in Metaphern des Fliegens und des Zeitenthobenseins entfaltet, einem klassischen und von Brecht hier virtuos gehandhabten Beschreibungsinventar für den Transzendenzdrang des Liebesgefühls. Dann aber setzt Ernüchterung ein, was sich auch formal niederschlägt, denn die Terzinen lösen sich auf und die Betrachtung weicht einem Dialog, der sich am Ende ins Lehrhafte wendet. Nun ist die Rede von baldiger Trennung, die zuvor wirkmächtig hergestellte Vorstellung ewiger Liebe wird als Illusion demaskiert. Freilich setzt Brecht mit den auseinanderfallenden Schlussversen nicht die ersten sechs Strohen seines Gedichts außer Kraft. Vielmehr weist er auf den Doppelcharakter der Liebe hin: Es gibt sie – aber eben nur in endlicher Form. Die Schlusszeile ist denn auch mit Akzent auf dem ersten Wort zu lesen: So verstanden, also ohne Ewigkeitsillusion, ist „die Liebe Liebenden ein Halt“.

Derart also kam Brecht der Forderung nach einer Dosis „menschlicher Eigenschaften“ nach. Vermutlich nicht so, wie der Stichwortgeber sich das erwartet hatte. *Stefan Dosch*

JOSEPH VON EICHENDORFF

Denkst du des Schlosses noch auf stiller Höh?

Denkst du des Schlosses noch auf stiller Höh?
Das Horn lockt nächtlich dort, als ob's dich riefe,
Am Abgrund grast das Reh,
Es rauscht der Wald verwirrend aus der Tiefe –
O stille! wecke nicht! es war, als schliefe
Da drunten unnennbares Weh. –

Kennst du den Garten? – Wenn sich Lenz erneut,
Geht dort ein Fräulein auf den kühlen Gängen
Still durch die Einsamkeit
Und weckt den leisen Strom von Zauberklängen,
Als ob die Bäume und die Blumen sängen,
Von der alten schönen Zeit.

Ihr Wipfel und ihr Brunnen, rauscht nur zu!
Wohin du auch in wilder Flucht magst dringen:
Du findest nirgends Ruh!
Erreichen wird dich das geheime Singen,
In dieses Sees wunderbaren Ringen
Gehn wir doch unter, ich und du! –

Nirgends Ruh'

In den meisten Eichendorff-Ausgaben und ebenso in Anthologien findet sich das Gedicht unter dem Titel „Die Heimat. An meinen Bruder", ergänzt um die Datierung „1819". Doch diese Betitelung ist nicht original, wurde vielmehr postum von Eichendorffs Sohn den Versen beigegeben, begleitet von einigen weiteren Veränderungen innerhalb der Strophen. Gerechterweise muss man sagen, dass der nachträgliche Titel nicht völlig aus der Luft gegriffen ist, gibt es doch eine Reihe thematisch ähnlicher Gedichte Joseph von Eichendorfs (1788–1857) an seinen Bruder Wilhelm, mit dem er eng verbunden war. Und doch: Das Wort „Heimat" verführt dazu, die Verse in der Hauptsache als Elegie auf Stätten des gemeinsamen Heranwachsens in den oberschlesischen Schlössern Lubowitz und Tost zu lesen. Doch der Text, vermutlich erst nach 1830 entstanden, greift tiefer.

Es ist eine der typischen Eichendorff-Szenerien, die sich hier auftut. Ein Schloss auf einer Anhöhe, der Ruf des Horns, rauschender Wald, ein grasendes Reh – Versatzstücke einer, so will es scheinen, zauberhaft-friedvollen Romantik. Und doch mischen sich hier dunkle Töne mit ein: Nacht, Abgrund, Verwirrung, gefolgt von einer Warnung („wecke nicht!") vor „unnennbarem Weh". Worin besteht dieses? In der zweiten Strophe lenkt das Ich die gemeinsame Erinnerung in einen „Garten". Das „Fräulein", das hier in jedem Frühling wandelt und auf offensichtlich magische Weise sich gerade aufs Erwecken der Natur versteht, ist in Wahrheit Frau Venus, Regentin im Garten der Erotik . Die „Zauberklänge", die sie entfacht, sind jedoch nicht nur von schöner, sondern zugleich schmerzlicher, „Weh" heraufrufender Art. Denn der geweckten Sehnsucht ist keine Erfüllung gegeben – gleichzeitig aber will das „Singen", die drängende Erwartung, nicht vergehen, wie der Beginn der dritten Strophe verrät: „…rauscht nur zu!"

So bleibt dem Ich und dem mit ihm symbiotisch verbundenen Du nur die Einsicht, dass diesem Zwiespalt nicht zu entkommen ist, nicht einmal „in wilder Flucht": „Du findest nirgends Ruh". Unumgänglich ist das Versinken im „See" – unnachahmlich überblendet Eichendorff hier äußere Landschaft und seelische Welt.

Man muss in diesem Untergehen jedoch nicht zwingend einen existenzvernichtenden Vorgang sehen. Davon ist nirgend die Rede, ausdrücklich jedoch von den „wunderbaren Ringen", die das Versinken hinterlässt. Die Erinnerung an Unwiederbringliches – und Eichendorffs Verse stehen hier nicht nur dem erotischen Gedächtnis offen – ist ambivalent, sie ist schmerzlich schön. Eine Zumutung, mit der es sich leben lässt. *Stefan Dosch*

GEORG HEYM

Berlin

Beteerte Fässer rollten von den Schwellen
Der dunklen Speicher auf die hohen Kähne.
Die Schlepper zogen an. Des Rauches Mähne
Hing rußig nieder auf die öligen Wellen.

Zwei Dampfer kamen mit Musikkapellen.
Den Schornstein kappten sie am Brückenbogen.
Rauch, Ruß, Gestank lag auf den schmutzigen Wogen
Der Gerbereien mit den braunen Fellen.

In allen Brücken, drunter uns die Zille
Hindurchgebracht, ertönten die Signale
Gleichwie in Trommeln wachsend in der Stille.

Wir ließen los und trieben im Kanale
An Gärten langsam hin. In dem Idylle
Sahn wir der Riesenschlote Nachtfanale.

Feuerzeichen in Berlin

Auf diese Nachricht hat Georg Heym (1887–1912) lange gewartet. Ende November 1910 erreicht den 23-Jährigen ein Brief von Ernst Rowohlt aus Leipzig. Er sei, so schreibt der Verleger, durch ein Gedicht auf Heym aufmerksam geworden, das kurz zuvor in Franz Pfemferts Wochenschrift Der Demokrat erschienen ist. Rowohlt weiter: „Und so erlaube ich mir ganz ergebenst bei Ihnen anzufragen, ob Sie mir nicht ein Manuskript zum Verlag unterbreiten möchten, sei es nun Lyrik oder Prosa."

Im Januar 1911 schließt Heym mit Ernst Rowohlt einen Vertrag über die Veröffentlichung eines Gedichtbandes ab. Selbiger wird im April 1911 unter dem Titel „Der ewige Tag" publiziert. In ihm findet sich eben jenes Gedicht, für das sich der Verleger so begeistert hatte. Sein Titel: „Berlin". (Die unterschiedlichen Nummerierungen mit I bzw. II lassen wir hier beiseite.) Georg Heym, aus der Provinz, dem schlesischen Hirschberg stammend, ist mit 13 nach Berlin gekommen. Von April 1910 an widmete er der Millionenstadt eine Reihe von Sonetten. Sie bekunden Faszination einerseits und Angst vor dem fremden Moloch andererseits.

Dieser Kontrast grundiert auch unser „Berlin"-Beispiel. Es reiht, wie es scheint, Beobachtungen aneinander, zeichnet ein detailliertes realistisches Stadtbild. Doch von Beginn an fallen die Inversionen auf („Der dunklen Speicher" usw.), vor allem die nicht ganz geheuren Bildelemente in den fünfhebigen Jamben. Heym entwirft ein düsteres Szenario (beteert, dunkel, Rauch, Ruß, ölig …), schwärzt es derart ein, dass die Drohkulisse ins Auge sticht.

Weitere „expressionistische" Strategien laden das Gedicht mit Verhängnisvollem auf: die Überdimensionierung des Realen („hohe Kähne"); die Metaphorisierung („des Rauches Mähne" lässt an ein riesiges Tier denken); die Kontrastierung (Ausflugsdampfer gegen Schlepperkähne, Lärmsignale, „wachsend in der Stille", Gartenidylle gegen Industrie); die Verdinglichung (übermächtige Industrie-Zeichen gegen die anonyme Menschenwelt); schließlich die Häufung des Abstoßend-Hässlichen.

Der von Heym sukzessiv entfaltete Zug ins Dämonische steigert und verdichtet sich in der mythisierenden Schluss-Metapher „der Riesenschlote Nachtfanale". Fanale sind Feuerzeichen, die auf einen gewaltsamen Umsturz deuten. Das den Befund des Gedichts ins bezwingend Übermächtige überführende Katastrophenbild weist voraus auf Heyms rauschhaft wütende Feuer, die seine späteren Großstadt-Gedichte heimsuchen.

Hingewiesen sei abschließend auf die hohe, weil eher unauffällige (Reim-)Kunst, mit der Heym sein Berlin-Bild ins Sonett einbettet. *Günter Ott*

ERNST JANDL

fortschreitende räude

him hanfang war das wort hund das wort war bei
gott hund gott war das wort hund das wort hist fleisch
geworden hund hat hunter huns gewohnt

him hanflang war das wort hund das wort war blei
flott hund flott war das wort hund das wort hist fleisch
gewlorden hund hat hunter huns gewlohnt

schim schanflang war das wort schund das wort war blei
flott schund flott war das wort schund das wort schist
fleisch gewlorden schund schat schunter schuns gewlohnt

schim schanschlang schar das wort schlund schasch wort
schar schlei schlott schund flott war das wort schund
schasch fort schist schleisch schleschlorden schund
schat schlunter schluns scheschlohnt

s----------------------c--------------------h
s----------------------c--------------------h
schllls----------------c--------------------h
flottsch

Das attackierte Wort

Die Mutter hätte wohl ob dieses Gedichtes ihres Sohnes Ernst Jandl (1925–2000) ein Stoßgebet gen Himmel geschickt. Luise Jandl, Lehrerin, strenge Katholikin, hat religiöse Verse geschrieben, die in katholischen Familienzeitschriften abgedruckt wurden. Der Sohn ist 14, als die Mutter stirbt. Er geht auf (ironische) Distanz zur Kirche und wird trotzdem das so gründlich eingebläute biblische Erbe nicht los.

„Im Anfang war das Wort, und das Wort war bei Gott, und Gott war das Wort…“ So hebt der Johannesprolog in unnachahmlicher Stringenz an. Die Sätze, die sich tief ins kulturelle Gedächtnis eingegraben haben, sind in Jandls respektloser, 1957 entstandener Überformung anfangs durchaus noch greifbar. Schritt für Schritt führt der Dichter den Text dann ins Dickicht der Verfremdung – wobei, erstaunlich genug, der Ausgangspunkt derselbe ist. „Im Anfang war das Wort“ – diesen Satz könnte jeder Dichter unterschreiben, zumal einer wie Jandl, der das Wort bei seinen Buchstaben und Silben packt, es sprachspielerisch durch die Bedeutungsmühle dreht und bis an die Grenze zum Nichtsagbaren treibt.

Was macht Jandl in seinem (laut aufzusagenden) Sprechgedicht? Anfangs stellt er den mit Vokal beginnenden Wörtern ein „h“ voran. Dann dringt er ins Wortinnere vor, fügt ein „l“ ein und ersetzt Buchstaben („gott“ zu „flott“). In der dritten Strophe tritt „sch“ an die Stelle des „h“, dann nimmt es ganze Wörter in Beschlag und wird im auseinander geschriebenen „s – c – h“ buchstabiert. Alles endet im satt flutschenden „flottsch“.

Das hat System. Das anfängliche „h“ weist auf Atem und Leben, auf den Anhauch eines Wortes; „l“ und „sch“ beziehen sich auf „fleisch“ – bis die Zeilen in einer fortschreitenden Sinnentleerung verzischeln. Der Titel kennzeichnet einen Verfallsprozess. Die biblische, auf Gott, das Wort und das Fleisch (= Menschwerdung) gestellte Höhenlage wird von Jandl unterminiert, zugleich natürlich auch die gehobene Dichtersprache. Poesie ist immer auch die Suche nach den eigenen Wörtern und Anfängen. Nicht zufällig bleibt der Begriff „wort“ bis zur vierten Strophe unangetastet.

Jandl provoziert. Schockiert er? Ist sein Gedicht blasphemisch? Das mag jeder für sich entscheiden. Zum Thema unverbrüchliche Textgestalt sei nur angemerkt, dass der Johannesprolog Spannungen, Unterbrechungen, Stilwechsel und unterschiedliche Sprachniveaus aufweist; dass im weiteren das Johannesevangelium den Exegeten bis heute zu schaffen macht (wobei wichtige Fragen wohl gar nicht mehr zu klären sind); dass schließlich auf einer katholischen Akademie-Tagung 2015 tatsächlich die Frage gestellt wurde: „Wie christlich ist das Johannesevangelium?“

Günter Ott

ANNETTE VON DROSTE-HÜLSHOFF

Der Knabe im Moor

*O schaurig ist's übers Moor zu gehn,
Wenn es wimmelt vom Heiderauche,
Sich wie Phantome die Dünste drehn
Und die Ranke häkelt am Strauche,
Unter jedem Tritte ein Quellchen springt,
Wenn aus der Spalte es zischt und singt,
O schaurig ist's übers Moor zu gehn,
Wenn das Röhricht knistert im Hauche!*

*Fest hält die Fibel das zitternde Kind
Und rennt als ob man es jage;
Hohl über der Fläche sauset der Wind –
Was raschelt da drüben im Hage?
Das ist der gespentische Gräberknecht,
Der dem Meister die besten Torfe verzecht;
Hu, hu, es bricht wie ein irres Rind!
Hinducket das Knäblein sich zage.*

*Vom Ufer starret Gestumpf hervor,
Unheimlich nicket die Föhre,
Der Knabe rennt, gespannt das Ohr,
Durch Riesenhalme wie Speere;
Und wie es rieselt und knittert darin!
Das ist die unselige Spinnerin,
Das ist die gebannte Spinnlenor',
Die den Haspel dreht im Geröhre!*

*Voran, voran, nur immer im Lauf,
Voran, als woll' es ihn holen;
Vor seinem Fuße brodelt es auf,
Es pfeift ihm unter den Sohlen
Wie eine gespenstige Melodei;
Das ist der Geigemann ungetreu,
Das ist der diebische Fiedler Knauf,
Der den Hochzeitheller gestohlen!*

*Da birst das Moor, ein Seufzer geht
Hervor aus der klaffenden Höhle;
Weh, weh, da ruft die verdammte Margret:
„Ho, ho, meine arme Seele!"
Der Knabe springt wie ein wundes Reh,
Wär nicht Schutzengel in seiner Näh',
Seine bleichenden Knöchelchen fände spät
Ein Gräber im Moorgeschwehle.*

*Da mählich gründet der Boden sich,
Und drüben, neben der Weide,
Die Lampe flimmert so heimatlich,
Der Knabe steht an der Scheide.
Tief atmet er auf, zum Moor zurück
Noch immer wirft er den scheuen Blick:
Ja, im Geröhre war's fürchterlich,
O schaurig war's in der Heide!*

Unheimlich belebte Natur

Lange schon hat das Moor seine Bedeutung verloren als Ort, der dem Abbau des Brennmaterials Torf diente. Geblieben im kollektiven Gedächtnis ist die Vorstellung der Moorlandschaft als unheimlicher Gegenden, in der es spukt. Nicht ganz unbeteiligt an diesem Bild dürfte „Der Knabe im Moor" sein, das in Meersburg entstandene bekannteste Gedicht der Annette von Droste-Hülshoff (1797–1848).

Erzählt wird in den sechs Strophen von einem Kind, das den Heimweg von der Schule (unterm Arm „die Fibel", das Schulbuch) übers Moor antritt und in der Begegnung mit den dortigen Naturphänomenen von Angst erfasst wird. Insbesondere, weil sich die Moornatur in der Kindfantasie in menschliche Gestalten verwandelt. Gestalten, von denen der Knabe wohl gehört, von denen man ihm vielleicht sogar in erzieherischer Absicht Bericht gegeben hat. Denn die vier Männer und Frauen, die dem furchtsamen Passanten in den Sinn kommen, haben sich allesamt eines Vergehens schuldig gemacht: Der Torfstecher („Gräberknecht") ist ein betrügerischer Trunkenbold, die Spinnerin hat – wie die Droste andernorts nahelegt – unerlaubt am Sonntag gearbeitet, der Musikant ist Dieb einer Hochzeitsgabe, und die „Margret" hat sich offenbar eines Kapitalverbrechens schuldig gemacht, da sie „verdammt" ist.

Dass das Grauen, welches den Knaben erfasst, sich auch auf den Leser überträgt, gelingt der Dichterin durch eine Fülle kunstvoll eingesetzter Mittel. Schon die erste Strophe beschreibt die Natur des Moors in einer Weise, die den Erscheinungen Züge belebter (Geister-)Wesen zuschreibt (es „häkelt", „springt", „singt"). Hier wie im Folgenden sind es vor allem tönende Phänomene, die auf den Knaben einwirken (es „brodelt", „birst", knistert", „zischt" usw.). Wobei sich zusätzliche Beklemmung durch die vielfach wiederholte Konstruktion mit dem Pronomen „es" einstellt: Es ist nicht genau zu benennen und deshalb umso unheimlicher.

Suggestive Wirkung entfaltet auch der mehrfache Perspektivwechsel. Erscheint der Knabe zunächst in erzählter Distanz, so sieht der Leser sich unmittelbar in das Angsterleben des Kindes versetzt, wenn die Verse zu Schreckensrufen werden: „Das ist…!" (unter anderem Verse 13, 22, 30). Solche und weitere (klangliche, rhythmische) Finessen tragen dazu bei, dass das Gedicht immer weiter in Fahrt gerät, bis in der Schlussstrophe eine abrupte Verlangsamung einsetzt, die rettende Wendung signalisiert: der Knabe hat wieder festen Boden unter sich.

Dieser Schluss unterscheidet Drostes Verse von Goethes „Erlkönig", mit dem es die Schilderung kindlicher Angstfantasien teilt. Das Kind bei Goethe überlebt das Grausen nicht; der Knabe des sechzig Jahre später (1841/42) entstandenen Droste-Gedichts findet in die Geborgenheit zurück. *Stefan Dosch*

CHRISTIAN MORGENSTERN

Fisches Nachtgesang

—

◡ ◡

— — —

◡ ◡ ◡ ◡

— — —

◡ ◡ ◡ ◡

— — —

◡ ◡ ◡ ◡

— — —

◡ ◡ ◡ ◡

— — —

◡ ◡

—

Das Bild eines Gedichts

Wer dieses Gedicht vertonen wollte, der müsste ein Lied ohne Worte schreiben – allenfalls ein melismatischer Gesang auf zwei Vokalen wäre vorstellbar. Ebenso gilt: Wer dieses Gedicht – beispielsweise für eine Hör-CD – rezitieren wollte, der müsste gleichfalls zu einer akustischen Krücke greifen – allenfalls ein leises Ploppen der Lippen, wie es von Pfeiferauchern zu hören ist, wäre vorstellbar – und ein hauchendes Ausatmen.

Aber dafür ist dieses „Poem“ – unter einer Überschrift von semantischer Bedeutung – tatsächlich das Bild eines Gedichts!

Das Bild eines Gedichts. Wir sehen typografische Zeichen, nämlich Striche und Bögen, und zwar geregelt, in bewusst-rhythmisierter Ordnung. Es bedarf nur wenig Fantasie, um darin – analog zum Titel – eine stilisiert-gekräuselte Wasseroberfläche zu sehen (vielleicht im Mondschein) oder auch den Blick in ein geöffnetes stummes Fischmaul voller kleiner Luftblasen. Wem diese Fantasie als zu weit hergeholt erscheint, der sei darauf verwiesen, dass Christian Morgenstern (1871–1914) sein Gedicht „Die Trichter“ tatsächlich in die bildliche Form eines Trichters „goss“: Die zentrierten einzelnen Zeilen, acht an der Zahl, werden immer kürzer, das Schriftbild, die „Figur“ des Trichters, läuft spitz zu.

„Fisches Nachtgesang“, „Die Trichter“ und auch „Das große Lalula“ mit seinen sinnfrei-klangvollen Silbenketten (plus Refrain) erschienen 1905 im Lyrik-Band „Galgenlieder“ nach zehnjähriger Arbeit. Sie stellen Gestaltungsprinzipien auf, die erst Jahre, wenn nicht Jahrzehnte später, als Kunstrichtung greifen sollten: Dada und Konkrete Poesie. Und sie versammeln einen Humor, der nach Morgenstern gepflegt wurde auch von Joachim Ringelnatz, Ernst Jandl, Robert Gernhardt und Heinz Erhardt. Wobei Morgenstern seinerseits im speziellen Fall des „Nachtgesangs“ womöglich auf eine Idee Detlef von Liliencrons zurückgriff, der gegen Ende seines Scherz-Gedichts „Und so bleibts denn halter beim alten“ ebenfalls typographische Zeichen einsetzte, um ein langsames Verstummen seiner Verszeilen hervorzurufen.

In skurrilen Anmerkungen zu den Galgenliedern bezeichnete Morgenstern unter dem Pseudonym Jeremias Müller „Fisches Nachtgesang“ als „das tiefste deutsche Gedicht“. In dieser Aussage mag etwas Kalauerhaftes stecken, dazu etwas Ironie, aber auch etwas Philosophisches des philosophisch äußerst beschlagenen Morgenstern. „Fisches Nachtgesang“ ist auch ein wortloses, ja buchstabenloses „Antigedicht“ – ein Gedicht, das sich kontemplativ-provokant gegen die Menge des Erdichteten stellt. Selbst für Lyriker gilt mitunter: Schweigen ist Gold. *Rüdiger Heinze*

HEINRICH HEINE

Wie langsam kriechet sie dahin

Wie langsam kriechet sie dahin,
Die Zeit, die schauderhafte Schnecke!
Ich aber, ganz bewegungslos
Blieb ich hier auf demselben Flecke.

In meine dunkle Zelle dringt
Kein Sonnenstrahl, kein Hoffnungsschimmer,
Ich weiß, nur mit der Kirchhofsgruft
Vertausch ich dies fatale Zimmer.

Vielleicht bin ich gestorben längst;
Es sind vielleicht nur Spukgestalten
Die Phantasien, die des Nachts
Im Hirn den bunten Umzug halten.

Es mögen wohl Gespenster sein,
Altheidnisch göttlichen Gelichters;
Sie wählen gern zum Tummelplatz
Den Schädel eines toten Dichters. –

Die schaurig süßen Orgia,
Das nächtlich tolle Geistertreiben,
Sucht des Poeten Leichenhand
Manchmal am Morgen aufzuschreiben.

Der Dichter als Lazarus

Die biblische Gestalt des Lazarus, die einem 1853/54 entstandenen Zyklus von elf Gedichten zum Titel wurde, hat Heinrich Heine (1797–1856) nicht ohne Grund gewählt. In Lazarus, in dessen erbarmungswürdiger, von körperlichen Gebrechen gepeinigter Existenz das Lukas-Evangelium berichtet, sah Heine sich gespiegelt. Ein Nervenleiden machte ihn für die letzten acht Jahre seines Lebens bettlägerig, zwang ihn dauerhaft in die Einsamkeit eines Pariser Hinterhofzimmers, ließ ihn nachts nur noch kurzen Schlaf finden, und auch das nur unter Zuhilfenahme von Morphium.

Sein Siechtum in der „Matrazengruft" hat Heine immer wieder reflektiert und beschrieben, so auch im vorliegenden Gedicht, das an dritter Stelle des Lazarus-Zyklus steht. Dem an seine Lagerstatt Gefesselten wird das Vergehen der Zeit zur Qual, weil die sich nur im Kriechtempo zu bewegen scheint. Wenigstens kommt die „Schnecke" Zeit vom Fleck: „Ich aber" – und die metrisch gegenläufigen schwebenden Betonung des Ich wird hier regelrecht zum Schmerzenlaut – ich, Heine, bin seit langem schon (deshalb die Vergangenheitsform „blieb") gebannt in das immer gleiche Zimmer. Eine „Zelle", die Getrennt-Sein grausam spürbar macht: vom Licht der Sonne, von Gesellschaft, vor allem aber von Hoffnung auf Gesundung. Die einzige Zukunftsaussicht, die Änderung verspricht, ist der Tod.

Und doch müssen Heine diese Jahre ambivalent vorgekommen sein. Einerseits der hinfällige Körper, der bereits „Gestorben"-Sein signalisierte – auf der anderen Seite ein Geist, der alle Zeichen de Lebendigseins zeigt. Nachts, wenn der Schlaf ausbleibt, tritt der eine mit dem anderen in fatale Wechselbeziehung. „Phantasien" toben sich aus in einer Weise, die nicht dazu angetan ist, das Ich Ruhe finden zu lassen. Die „Gespenster … Altheidnisch göttlichen Gelichters" sind eine Reminiszenz des Dichters an vergangene gesunde Zeiten, an ein Leben voll „griechisch-heidnischer Götterlust" („Die Göttin Diana"), sehr im Kontrast zu christlich-jüdischen Mäßigungsforderungen. Ein Nachtspuk solcher Art ist für den Schmerzgepeinigten natürlich eine Marter für sich.

Bei allem Elend aber vermag der Dichter-Lazarus mit Versen wie diesen zu zeigen, dass das Gebrechen seinem Intellekt nichts anhaben kann. Das „Geistertreiben" in seinem „Schädel" formt er zu klarer, gefasster, noch immer ironisch eingefärbter Poesie. So außerordentlich die physische Anstrengung für den kranken Heine auch gewesen sein muss, sie hat ihn vom Denken und Schreiben nicht abzuhalten vermocht. „Des Poeten Leichenhand" war weiter produktiv. Ein Triumph des Geistes über die Hinfälligkeit des Körpers. *Stefan Dosch*

GEORG TRAKL

Zu Abend mein Herz

Am Abend hört man den Schrei der Fledermäuse.
Zwei Rappen springen auf der Wiese.
Der rote Ahorn rauscht.
Dem Wanderer erscheint die kleine Schenke am Weg.
Herrlich schmecken junger Wein und Nüsse,
Herrlich: betrunken zu taumeln in dämmernden Wald.
Durch schwarzes Geäst tönen schmerzliche Glocken.
Auf das Gesicht tropft Tau.

Der poetische Rausch

Georg Trakl (1887–1914) und die Drogen – dieses Kapitel in der Biografie des Salzburgers wird gern aufgeblättert. Die offene Flanke eines Dichterlebens verführt zu Spekulationen und Skandalisierungen.

Man kann sich lange in die Gründe vertiefen, Tatsache ist, dass Trakl früh und ausgiebig mit Drogen zu tun hatte. Sein Alkohol- und Tabakkonsum erreichte beachtliche Ausmaße. Andere Mittel erweiterten den „Gift"-Kreis. Schließlich hatte Trakl während seiner Apothekerausbildung das ganze Arsenal in greifbarer Nähe. Er nahm Chloroform und Äther, Veronal, Morphium, Opium und Kokain.

In einem Brief vom Herbst 1905 schreibt er dem Schulfreund Karl von Kálmár: „Ich habe anfangs viel, ja sehr viel gearbeitet. Um über die nachträgliche Abspannung der Nerven hinwegzukommen habe ich leider wieder zum Chloroform meine Zuflucht genommen. Die Wirkung war furchtbar. Seit acht Tagen leide ich daran – meine Nerven sind zum Zerreißen…"

In dem nicht genau zu datierenden, vielleicht 1912 entstandenen Gedicht „Zu Abend mein Herz" begegnet der Rausch, wenn man so will, in einer milderen, „poetischen" Form. Die Verse lassen ein durch den Dichter immer wieder abgewandeltes Schema erkennen: die Bewegung vom Morgen zum (Lebens-)Abend, von der Aktivität zur Passivität bzw. zur Passion. Jeder Vers ist ein Satz. Sie reihen sich, ohne dass das im Titel versprochene lyrische Ich („mein") greifbar wird. Es folgt ein „man", dann der Wanderer.

Kann man den „Schrei" der Fledermäuse hören? Das Gedicht setzt ein mit einem verstörenden akustischen Signal. Es entwirft zusammen mit den durch Trakl stark emotionalisierten Farben Schwarz („Rappen") und Rot eine Herbstszenerie von magischer Bedrohlichkeit. Das „Rauschen" des Ahorns nimmt den Rausch des Wanderers vorweg. Diesem mag die Schenke wie eine Zuflucht erscheinen – ja wie die Vision einer Erlösung von Ängsten und Schrecken. In den meisterhaft gedoppelten „herrlich"-Zeilen, zuerst trochäisch, dann in den Daktylus fallend, feiert das Gedicht den Weingenuss und seine Euphorisierung im Rausch, im Schwanken, im Verlust der Orientierung, im Niedersinken.

Doch im alliterierenden „schwarz" und „schmerzlich" zerstiebt der poetische Rauschtraum. Die hart aneinander stoßenden t-Laute in der durchweg betonten Schlusszeile legen den Tod nahe. Das letzte Wort „Tau" nimmt allerdings dem Leser diese Gewissheit wieder. So hält Trakl das Gedicht mit seinen berauschenden Klängen in der Spannung von Leid und Lust. In seinem Gedicht „An Novalis" heißt es: „Fortlebt sein Lied im nächtlichen Haus der Schmerzen."

Günter Ott

JOHANN WOLFGANG GOETHE

Der Fischer

Das Wasser rauscht', das Wasser schwoll,
Ein Fischer saß daran,
Sah nach dem Angel ruhevoll,
Kühl bis ans Herz hinan.
Und wie er sitzt und wie er lauscht,
Teilt sich die Flut empor:
Aus dem bewegten Wasser rauscht
Ein feuchtes Weib hervor.

Sie sang zu ihm, sie sprach zu ihm:
„Was lockst du meine Brut
Mit Menschenwitz und Menschenlist
Hinauf in Todesglut?
Ach wüßtest du, wie's Fischlein ist
So wohlig auf dem Grund,
Du stiegst herunter, wie du bist,
Und würdest erst gesund.

Labt sich die liebe Sonne nicht,
Der Mond sich nicht im Meer?
Kehrt wellenatmend ihr Gesicht
Nicht doppelt schöner her?
Lockt dich der tiefe Himmel nicht,
Das feuchtverklärte Blau?
Lockt dich dein eigen Angesicht
Nicht her in ew'gen Tau?“

Das Wasser rauscht', das Wasser schwoll,
Netzt' ihm den nackten Fuß;
Sein Herz wuchs ihm so sehnsuchtsvoll
Wie bei der Liebsten Gruß.
Sie sprach zu ihm, sie sang zu ihm;
Da war's um ihn geschehn;
Halb zog sie ihn, halb sank er hin
Und ward nicht mehr gesehn.

Die Ohnmacht männlicher Vernunft

Auch wenn diese Ballade zunächst im Freundeskreis Goethes (1749–1832) als ein Volkslied rezipiert wurde, sie ist alles andere als harmlos. Endreime und Stabreime, Wiederholungen und Auslassungen – wie gleich im ersten Vers und zu Beginn der vierten Strophe – erzeugen nur den Anschein des Unmittelbaren und Elementaren. Bei genauerer Betrachtung zeigt sich ein virtuoses Sprachspiel, das als erotische Verlockung magische Anziehung und Vernichtung zusammenbindet. Auch ein Umschlag vom Humor zur Tragik ist nicht zu übersehen, wenn der zunächst so unbeweglich scheinende Fischer – „Kühl bis ans Herz hinan“ – durch die Begegnung mit dem „feuchten Weib“ Leib und Leben verliert.

Im Wettkampf zwischen den beiden, in dem nur der nicht namentlich genannten Nixe oder Undine eine Stimme verliehen wird, geht es um wechselseitige Verlockung. Der angelnde Fischer geht nicht nur leer aus, sondern er wird selbst das Opfer der Verführung, die die beiden mittleren Strophen beherrscht: Aus dem Mund der Frau erfährt er, dass er erst „auf dem Grund“ des Wassers gesund würde, das heißt, seine bisherige Existenz erscheint als mangelhaft: Sie ist mit „Menschenwitz und Menschenlist“ bezeichnet, aber gerade darin unvollständig.

Die in der dritten Strophe formulierte Faszination zeigt das Wasser als verlockende Spiegelwelt, in der sich der Himmel, die Sonne und der Mond „doppelt schöner“ zeigen. Ja, letztlich ist es die narzisstische Verlockung des eigenen Spiegelbildes, die sie dem bislang kühlen Fischer entgegenhält.

Am Ende ist es um ihn geschehen, das berühmte „Halb zog sie ihn, halb sank er hin“ zeigt die Ohnmacht der Vernunft. Statt die gefangenen Fische in die „Todesglut“ eines Küchenherdes hinauf zu den Menschen zu bringen (Vers 12) – eine unschöne Deutung, auf der Goethe selbst bestanden hat! –, wird der Fischer von der Magie des Abgrundes heruntergezogen. Der kühle Mann ist schwächer als das feuchte Weib in seinem Sprechen und Singen, das über deren Redeanteil hinaus die Ballade insgesamt zu einer betörenden Sprachszene macht.

Dass der Hintergrund des Textes ebenfalls ernsthaft ist, kann man aus den Zeugnissen ersehen, zu denen wohl ein Brief an Charlotte von Stein vom Januar 1778 zählt, in dem Goethe auf den Freitod der Christiane von Laßberg in der Ilm zu sprechen kommt: „Diese einladende Trauer hat was gefährlich anziehendes wie das Wasser selbst, und der Abglanz der Sterne des Himmels der aus beiden leuchtet“ – aus der Trauer wie aus dem Wasser – „lockt uns“.

Mathias Mayer

ROBERT GERNHARDT

Schön, schöner, am schönsten

Schön ist es,
Champagner bis zum Anschlag zu trinken
und dabei den süßen Mädels zuzuwinken:
Das ist schön.

Schöner ist es,
andere Menschen davor zu bewahren,
allzusehr auf weltliche Werte abzufahren:
Das ist schöner.

Noch schöner ist es,
speziell der Jugend aller Rassen
eine Ahnung von geistigen Gütern zukommen zu lassen:
Das ist noch schöner.

Am schönsten ist es,
mit so geretteten süßen Geschöpfen
eine gute Flasche Schampus zu köpfen:
Das ist am allerschönsten.

Das süße Leben

Künstler äußern sich immer wieder über ihre Kunst. Manchmal auch derart, dass man hinterher so klug ist wie zuvor. Bei Robert Gernhardt (1937–2006) ist das anders. Der Dichter hat Erhellendes zur eigenen Dichtung niedergeschrieben, so auch zu seinen Versen „Schön, schöner, am schönsten“. Daran kann man sich in diesem Fall halten – auch wenn ein Dichter, der sich mit seinem Werk befasst, wie ein Fremder ins eigene Haus zurückkehrt (frei nach Hilde Domin).

Das Gedicht ist am 22. April 1986 in Rom entstanden, in einer Zeit, da die Verse aus Gernhardt, salopp gesagt, nur so sprudelten. Drei Monate dauerten diese römischen Tage, und an ihrem Ende standen 60 Gedichte. Gernhardt ermittelte im Schnitt eineinhalb Tage pro Gedicht.

Die erste Zeile, „ein Geschenk der Götter“, überfällt ihn beim Frühsport. Er überträgt sie sogleich ins Notizheft. Wie aber weiter? Die Worte bleiben im Kopf, plötzlich schließt ein zweiter Vers an, dann der dritte. Wobei der Dichter als „wichtigsten Schritt“ den Einfall mit der Steigerung „schön, schöner, am schönsten“ bezeichnet. Damit gewinnt das Gedicht seine (anaphorische) Struktur – und zugleich ein Spannungsmoment. Denn das Publikum fragt sich sogleich, in welchem Superlativ, mit welcher Pointe wird alles enden? Das Gedicht bezieht seinen Reiz und seine Komik aus den Gegenläufigkeiten. Gereimtes folgt auf Ungereimtes, Hochsprachliches auf Niedersprachliches, Schicksalhaftes (Erziehung der Jugend!) auf den Suff („Champagner bis zum Anschlag“), hochfliegende Substanzen („weltliche Werte“ kontra „geistige Güter“) auf die pure Seichtigkeit des Genießens.

Gernhardt hat schon früh Tonfälle und Gedichtformen auf ihre Tauglichkeit abgeklopft. Und ebenso früh hat er sich über den hohen Ton und die Bedeutungsschwere im Gedicht lustig gemacht. So auch in unserem Beispiel einer mehrfachen Fallhöhe. Kann man auf Werte „abfahren“? Verflüchtigen sich die geistigen Güter nicht augenblicklich im Nebel der Ahnung? Die großen Worte ertrinken im perlenden Schampus. Er ist das A und O, versetzt mit „süßen Mädels“ und einem guten Gewissen („geretteten süßen Geschöpfen“), welches das süße Leben bemäntelt. So schießt Gernhardt gegen die Heuchler und Zeigefinger-Spezies aus Politik, Kirche und Gesellschaft.

Am Ende seines Gedicht-Berichtes nennt er noch Gottfried Benn. Dieser entfaltete in seinem Gedicht „Was schlimm ist“ so etwas wie einen Gegenlauf zu Gernhardt. Benn vollzog die Steigerung vom Banalen zum Existenziellen: „Am schlimmsten: / nicht im Sommer sterben, / wenn alles hell ist / und die Erde für Spaten leicht“.

Günter Ott

HERMANN HESSE

Im Nebel

Seltsam, im Nebel zu wandern!
Einsam ist jeder Busch und Stein,
Kein Baum sieht den anderen,
Jeder ist allein.

Voll von Freunden war mir die Welt,
Als noch mein Leben licht war;
Nun, da der Nebel fällt,
Ist keiner mehr sichtbar.

Wahrlich, keiner ist weise,
Der nicht das Dunkel kennt,
Das unentrinnbar und leise
Von allem ihn trennt.

Seltsam, im Nebel zu wandern!
Leben ist Einsamsein.
Kein Mensch kennt den andern,
Jeder ist allein.

Ein jeder ist auf sich gestellt

Mit seiner nachgerade zum Spruch gewordenen ersten Zeile ist „Im Nebel“ das bekannteste Gedicht (neben „Stufen“) von Hermann Hesse (1877–1962). Weniger verbreitet ist, dass die vier Strophen Bestandteil einer kleineren Erzählung des Autors sind. „Eine Fußreise im Herbst“ entstand 1906 und wurde erstmals im Folgejahr in der Prosa-Sammlung „Diesseits“ veröffentlicht. Der Zusammenhang mit der Erzählung ist nicht unbedeutend, erwecken die Verse doch leicht den Eindruck, hier gebe ein welterfahrener und an Jahren schon weit fortgeschrittenerer Sprecher eine Weisheit von sich. Das Gegenteil ist der Fall. Der Ich-Erzähler der „Fußreise“, der im Schlusskapitel von sich berichtet: „Verse fielen mir ein…“ und daraufhin die besagten 16 Zeilen folgen lässt, ist gerade mal Ende 20 – wie auch ihr Autor Hesse.

Die erste Strophe schildert eine Naturszene, doch schon hier wird deutlich, dass die Nebellandschaft lediglich die Folie abgibt für eine menschlich-existenzielle Problematik. „Zu wandern“, das ist ja auch seit jeher ein poetisches Sinnbild für den Lebensgang des Menschen. „Jeder ist allein“, der Schlussvers schon dieser ersten Strophe, ist zudem Wortfolge, die in ihrer Mehrdeutigkeit unschwer zu erkennen gibt, worauf die beschriebene Situation eigentlich zielt: keineswegs nur auf Bäume, Büsche, Steine.

Die in den Dunst gehüllte Landschaft bringt die Reflexion des Wanderers in Gang. Die eingeschränkte Sicht hat neben der weiteren und nicht nur „einsam“ aufscheinenden Natur auch die „Freunde“, die Mitmenschen, dem Gesichtsfeld entzogen und ihn „allein“ gelassen. Doch der Nebel schafft nicht nur die Bedingung für die Erkenntnis, er ist sie zugleich selbst: Im Wahrnehmen der Menschen bleibt die Sicht des Individuums begrenzt, bei diesem Unterfangen steckt ein jeder buchstäblich im Nebel. Ein Gedanke, der umfassend („unentrinnbar“) Gültigkeit besitzt, so dass die Konsequenz in die Formel mündet: „Leben ist Einsamsein“ – tief innerlich und selbst dort, wo man sich in der Gemeinschaft von „Freunden“ weiß. In der Erzählung von der Fußreise ist diese ernüchternde Einsicht noch etwas näher ausgeführt. Im Nebel, heißt es da, „empfindest du das Symbolische darin erschreckend deutlich“: Wie nämlich „unsere Wege immer nur für wenige Schritte und Augenblicke sich kreuzen und den flüchtigen Anschein der Zusammengehörigkeit, Nachbarlichkeit und Freundschaft gewinnen.“

Bewusst hat Hesse die zentralen Begriffe des Gedichts, Nebel und Leben, in den beiden ersten Versen der Schlussstrophe nah zueinander gestellt, nicht nur ihres Gleichklangs, sondern auch ihrer Spiegelbildlichkeit wegen: „Nebel“ ist „Leben“, rückwärts gelesen.

Stefan Dosch

PAUL CELAN

Mandorla

In der Mandel – was steht in der Mandel?
Das Nichts.
Es steht das Nichts in der Mandel.
Da steht es und steht.

Im Nichts – wer steht da? Der König.
Da steht der König, der König.
Da steht er und steht.

Judenlocke, wirst nicht grau.

Und dein Aug – wohin steht dein Auge?
Dein Aug steht der Mandel entgegen.
Dein Aug, dem Nichts stehts entgegen.
Es steht zum König.
So steht es und steht.

Menschenlocke, wirst nicht grau.
Leere Mandel, königsblau.

Es lebe der König!

Mandorla (= italienisch für Mandel) meint jenen ovalen Strahlenkranz um Jesus und Maria, wie er in vielen katholischen Kirchen begegnet. Doch Paul Celan (1920–1970) stellt zunächst das Nichts in die Mandel. Schon 1952, bei der Lektüre von Heideggers „Was ist Metaphysik?“ (1929), hatte er die Frage unterstrichen: „Wie steht es um das Nichts?“

Das „Mandorla“-Gedicht (1961) rückt den König an die Stelle des Nichts. Beide spiegeln sich ineinander. Die Schöpfung aus dem Nichts *(creatio ex nihilo)* bestimmt seit Jahrhunderten das jüdisch-mystische Denken. Der im und durch das Gedicht erschaffene König wird doppelt, mit allem Nachdruck genannt, als eine alles überstrahlende Erscheinung.

Celan schreitet in Frage und Antwort voran. Der Wortschatz ist begrenzt. Parallelismen prägen den insistierenden, fast schon ritualisierten Stil. Ein Wort kehrt wieder: „stehen“. Es meint zunächst „sein“, dann das aufrechte Verharren („Da steht der König“), dann die aufrechte Geisteshaltung („Es steht zum König“).

In der vierten Strophe kommt ein Du ins Gedicht, mit ihm das Auge, das die Form der Mandel fortführt. Das Gedicht tritt gleichsam in die Entscheidungsphase. Das Auge fasst den König in den Blick, es schlägt sich auf seine Seite, lässt ihn als Verheißung hervortreten. Die Vision des Königs ist indes immer an die Erinnerung, an das Leid und die Vernichtung der Juden gebunden. Das verdeutlicht die genau in der Gedichtmitte stehende Zeile: „Judenlocke, wirst nicht grau“. Nicht grau werden heißt nicht alt werden. (Anderswo findet sich Celans Vers „Meiner Mutter Haar ward nimmer weiß“.)

Die eingerückten Zeilen sind eng verzahnt. Die Siebensilbigkeit, das trochäische Metrum und der einzige Reim des Gedichts heben sie heraus: „grau“ – „königsblau“. Zunächst einmal kassiert der Wechsel von „Judenlocke“ zu „Menschenlocke“ die rassistische Abspaltung der Juden. Ihr Schicksal ist Menschenschicksal! Im Schritt von „grau“ zu „königsblau“ gibt Celan seinem Gedicht zudem die Richtung auf das „Andere“, noch nicht Erreichte vor. Es ist dem Nichts abgerungen und im Hoffnungszeichen von König und Blau chiffriert.

Zugleich verweist das Wort „König“ auf Celans Deutung von Büchner in der „Meridian“-Rede (1960). „Es lebe der König!“ ruft Lucile am Ende von „Dantons Tod“ aus – für Celan ein Akt des Widerstandes und der Freiheit: „Es ist das Gegenwort“, das „der für die Gegenwart des Menschlichen zeugenden Majestät des Absurden“ huldige. Celans „Mandorla“ steht zum König und damit zum Humanen, und sei es im Angesicht der übermächtigen Katastrophe der Shoa. Celans Gedichte sind „Gegenworte“.

Günter Ott

GOTTFRIED BENN

Ein Wort

Ein Wort, ein Satz –: aus Chiffren steigen
erkanntes Leben, jäher Sinn,
die Sonne steht, die Sphären schweigen,
und alles ballt sich zu ihm hin.

Ein Wort – ein Glanz, ein Flug, ein Feuer,
ein Flammenwurf, ein Sternenstrich –
und wieder Dunkel, ungeheuer,
im leeren Raum um Welt und Ich.

Der Dichter und seine Flamme

Im Anfang war das Wort –: Schon der Evangelist Johannes hat ihm schöpferische Bedeutung zugeschrieben. Und wie ein später Nachklang dieser Allmacht mutet es an, dass Gottfried Benn (1886–1956) sein Gedicht „Schöpfung“ (1929) zur Hälfte und nur wenig modifiziert in einen viele Jahre später geschriebenen Achtzeiler übernahm, in das erstmals 1941 vorgelegte Gedicht „Ein Wort“. Das geschah mit Bedacht, handelt dieses im Umfang schmale Verskunstwerk doch eben von der Schöpfungskraft des Worts. Ein poetologisches Gedicht, das sich selbst, sein Wesen und Wirken, zum Thema macht.

Im Kontrast zur leicht überschaubaren Anlage – zwei vierzeilige Strophen in jambischen Vierhebern, kreuzgereimt mit wechselnd unbetonten bzw. betontem Versschluss – steht die hoch verdichtete Darlegung des Gedankengangs. „Ein Wort, ein Satz –:“ Dass es „Chiffren“, Bezeichnungen sind, aus denen Bedeutungen auf-„steigen“, verweist auf die Besonderheit des Worts, von dem hier die Rede ist: Es ist das dichterische Wort. Ihm kommt die Fähigkeit zu, Erkenntnis über das Leben und seinen „jähen Sinn“ mitzuteilen. Was umso mehr von Gewicht ist, als eine solche Sinnstiftung die alte Ordnung – festgehalten im Bild des starren Kosmos, in dem „die Sonne steht, die Sphären schweigen“ – nicht mehr zu leisten vermag. Folgt man dem letzten Vers der ersten Strophe, steigt Sinn nur mehr aus dem Dichter-Wort, „ballt sich“ Erkenntnis nur mehr im künstlerischen Schöpferwerk.

„Ein Wort –“: Fünf aneinander gehängte Attribute schreibt ihm Benn zu Beginn der zweiten Strophe zu mit fünf erlesenen Substantiven, die den kosmischen Bezug erneut aufgreifen und dem Wort geistige Strahlkraft und Flugfähigkeit zusprechen. Eine glänzend gebaute Reihe in ihrer intensivierenden, erst ein-, dann zwei-, schließlich dreisilbigen Folge (Glanz – Feuer – Sternenstrich). Und doch, so hell dieser Wortkomet zu leuchten vermag, ist ihm zugleich das Verlöschen schon eingeschrieben. Stellt sich doch „wieder“ jener Zustand ein, der vor dem Chiffren-Aufstieg herrschte: „Dunkel, ungeheuer“ – „leerer Raum um Welt und Ich“.

„Alles ist durch das Wort geworden“, heißt es im Schöpfungsbericht des Evangelisten weiter. Benn aber war Realist genug, um dem Wort und seiner Erkenntniskraft lediglich „jähe“, begrenzte Dauer beizumessen. Trotzdem bleibt das ambivalente Wechselspiel zwischen den beiden Strophen bestehen; trotzdem leuchtet immer wieder, einem „Flammenwurf“ gleich, der de-chiffrierte Sinn in den „leeren Raum“ hinein. Was bei Gottfried Benn hier Sprache geworden ist, kündet zu gleichen Teilen von Macht und Ohnmacht der Kunst.

Stefan Dosch

Die Sprache und ihre Mittel: einige Fachbegriffe

Zum Wesen eines Gedichts gehört der Einsatz bestimmter formaler und stilistischer Mittel. Die Dichter verwenden sie, um damit die von ihnen beabsichtigten Wirkungen zu erzeugen. Manches ist auf den ersten Blick zu erkennen, anderes eher verborgen. Nachfolgend eine kleine Auswahl mit Beispielen.

Alexandriner
Sechshebiger Reimvers mit Wechsel von sechs unbetonten (◡) und sechs betonten (/) Silben. Die in der Versmitte stehende Zäsur verdeutlicht die antithetische Aussage. Besonders im Barock verwendet.
Der schnelle Tag ist hin/die Nacht schwingt ihre Fahn
◡ / ◡ / ◡ / ◡ / ◡ / ◡ /
(Andreas Gryphius, Abend)

Alliteration
Gleichlautender Anlaut von betonten Stammsilben.
***D**ienst **du** **d**em Gegenglück, **d**em Geist*
(Gottfried Benn, Einsamer nie)

Anapher
Wiederholung gleicher Wörter (oder Wortgruppen) zu Beginn von Versen oder Strophen.
Röslein, Röslein, Röslein rot,
Röslein auf der Heiden.
(Johann Wolfgang Goethe, Heidenröslein)

Assonanz
Halbreim, bei dem die Vokale am Gleichklang beteiligt sind.
*Gel**a**ssen stieg die N**a**cht **an** L**a**nd,*
*Lehnt träumend **an** der Berge W**a**nd*
(Eduard Mörike, Um Mitternacht)

Ballade
Längere Gedichtform, in der eine Geschichte sich zum dramatischen Konflikt zuspitzt.
(Johann Wolfgang Goethe, Erlkönig,
Heinrich Heine, Belsatzar)

Enjambement
(Zeilensprung, Hakenstil)
Die syntaktische Einheit setzt sich über das Versende hinaus fort; der Vers wird „gebrochen".
Über allen Gipfeln
Ist Ruh
(Johann Wolfgang Goethe, Wandrers Nachtlied)

Freie Rhythmen
Reimlose, metrisch ungebundene, aber stark rhythmisch bewegte Verszeilen beliebiger Länge.
Bedecke deinen Himmel, Zeus
Mit Wolkendunst
Und übe dem Knaben gleich,
Der Disteln köpft,
An Eichen dich und Bergeshöhn
(Johann Wolfgang Goethe, Prometheus)

Inversion
Umstellung der üblichen Wortstellung
In seinen Armen das Kind war tot
(Johann Wolfgang Goethe, Erlkönig)

Kadenz
Metrische Form des Versschlusses
Männlich (stumpf), wenn der Vers auf einer betonten Silbe endet: *Flut, Glut*
Weiblich (klingend), wenn der Vers auf einer unbetonten Silbe endet: *Ferne, Sterne*

Metrum
Versmaß, das die regelmäßige Abfolge von betonten (Hebung) und unbetonten Silben (Senkung) regelt. Folgen betonte und unbetonte Silben unmittelbar aufeinander, spricht man von einem alternierenden Metrum. Die wichtigsten Metren:

· **Jambus**
Versfuß, aus einer unbetonten (◡) und einer betonten (/) Silbe bestehend
Der Mond ist aufgegangen
◡ / ◡ / ◡ / ◡
(Matthias Claudius, Abendlied)

· **Trochäus**
Wechsel von betonter und unbetonter Silbe
Sah ein Knab' ein Röslein stehn
/ ◡ / ◡ / ◡ /
(Johann Wolfgang Goethe, Heidenröslein)

· **Daktylus** Auf eine betonte Silbe folgen zwei unbetonte Silben
Wir sitzen an einer Kunkel
◡ / ◡ ◡ / ◡ / ◡
(Eduard Mörike, Die Schwestern)

· **Anapäst**
Auf zwei Senkungen folgt eine Hebung
Wir weben, wir weben!
◡ / ◡ ◡ / ◡
(Heinrich Heine, Die schlesischen Weber)

Ode
Gedichtform, die gewöhnlich ohne Endreim erscheint. Gleichmäßiger Strophenbau mit festem Metrum, oft nach antikem Vorbild *(L. C. H. Hölty, Ihr Freunde)*, aber auch mit eigenem metrischem Schema *(F. G. Klopstock, Die frühen Gräber)*.

Personifikation
Leblose Dinge oder abstrakte Begriffe werden vermenschlicht, um die Anschaulichkeit zu erhöhen.
Gelassen stieg die Nacht an Land,
Lehnt träumend an der Berge Wand,
Ihr Auge sieht die goldne Waage nun
Der Zeit in gleichen Schalen stille ruhn
(Eduard Mörike, Um Mitternacht)

Reimschema Die häufigsten Varianten sind:

· **Paarreim** Zwei unmittelbar aufeinander folgende Verse reimen sich nach dem Schema a a b b
Wer reitet so spät durch Nacht und Wind?
Es ist der Vater mit seinem Kind;
Er hat den Knaben wohl in dem Arm,
Er faßt ihn sicher, er hält ihn warm
(Johann Wolfgang Goethe, Erlkönig)

· **Kreuzreim**
Schema a b a b
Auf einem Häuserblocke sitzt er breit,
Die Winde lagern schwarz um seine Stirn,
Er schaut voll Wut, wo fern in Einsamkeit
Die letzten Häuser in das Land verirrn
(Georg Heym, Der Gott der Stadt)

· **Umarmender Reim**
Schema a b b a
Es sang vor langen Jahren
Wohl auch die Nachtigall,
Das war wohl süßer Schall,
Da wir zusammen waren
(Clemens Brentano, Der Spinnerin Nachtlied)

· **Kehrreim (Refrain)**
Wiederholung eines (Kurz-)Verses, meist am Schluss der Strophe; im Volkslied beliebt
Wir weben, wir weben!
(Heinrich Heine,
Die schlesischen Weber)

· **Binnenreim**
Reim des Versendes mit einem Wort im Versinneren
Im Frühlingsschatten fand ich sie;
Da band ich sie mit Rosenbändern
(F. G. Klopstock,
Das Rosenband)

Sonett
Streng geregelte Gedichtform, bestehend aus 14 Versen, die sich in zwei Quartette (vierzeilige Strophen, meist mit dem Reimschema a b b a) und zwei Terzette (dreizeilige Strophen mit variierendem Reimschema) gliedern. Beispiele besonders im Barock *(Andreas Gryphius, Abend),* aber beispielsweise auch bei Mörike, Rilke, Trakl.

Synästhesie
Verschiedene Sinnbereiche werden gemischt („Farbton")
Golden wehn die Töne nieder…
Blickt zu mir der Töne Licht!
(Clemens Brentano, Abendständchen)

Waise
Ein Vers, der in gereimter Nachbarschaft isoliert, d. h. ohne Reim steht (z. B. die letzten Verse der vier Strophen von *Martin Luthers* *„Ein feste Burg ist unser Gott"*)

Dichterverzeichnis

Die Autoren der Interpretationen

Stefan Dosch, 1963 in Augsburg geboren, studierte Germanistik und Theaterwissenschaften in München. 17 Jahre Kulturredakteur der Allgäuer Zeitung. Seit 2008 Feuilletonredakteur der Augsburger Allgemeinen.

Günter Ott, 1947 in Bamberg geboren, studierte Germanistik, Theaterwissenschaften und Politik in München und Mainz. Feuilleton-Redakteur der Augsburger Allgemeinen von 1976–2008, zuletzt Leiter des Ressorts Kultur.

Rüdiger Heinze, 1956 in Zwickau geboren, studierte Musikwissenschaften und Orchestermusik in Frankfurt/Main. Feuilleton-Redakteur der Augsburger Allgemeinen seit 1983.

Richard Mayr, 1974 in Kaufbeuren geboren, studierte Germanistik, Philosophie und Geschichte in Frankfurt/Main. Seit 2008 Feuilleton-Redakteur der Augsburger Allgemeinen.

Mathias Mayer, 1958 in Freiburg/Breisgau geboren, promovierte 1987 in München über Goethes „Wilhelm Meister"-Romane. Seit 2002 Ordinarius an der Universität Augsburg.

Inhaltsverzeichnis

VERLAG
© 2016 Presse-Druck- und Verlags-GmbH, Andreas Schmutterer (Leitung),
Curt-Frenzel-Straße 2, 86167 Augsburg, www.presse-druck.de

REDAKTION UND KONZEPT
Stefan Dosch, Günter Ott, Rüdiger Heinze

PRODUKTMANAGEMENT
Martin Hoffmann (Leitung), Andreas Zündt

LAYOUT/SATZ
Corinna Ziemer, Medienzentrum Augsburg GmbH

DRUCK/PRODUKTION
Firmengruppe APPL, aprinta druck GmbH, 86650 Wemding

AUFLAGE/JAHR
1. Auflage 2016

ISBN
9-783981-737073

QUELLENNACHWEISE

S. 4: „Schlechte Zeit für Lyrik“, aus: Bertolt Brecht: Werke. Große kommentierte Berliner und Frankfurter Ausgabe, Band 14: Gedichte 4. © Bertolt-Brecht-Erben und Suhrkamp Verlag, 1993; S. 8: „Schatten Rosen Schatten“, aus: Ingeborg Bachmann: Werke, Bd. 1, Gedichte. © Piper Verlag, 1978; S. 14: „Genazzano“, aus: Marie Luise Kaschnitz: Neue Gedichte. © Dr. Dieter Schnebel und Claassen Verlag, 1957; S. 24: „Inventur“, aus: Günter Eich, Sämtliche Gedichte. © Suhrkamp Verlag, 2006; S. 36: „Einen jener klassischen“, aus: Rolf Dieter Brinkmann: Westwärts 1&2. Gedichte. Mit Fotos und Anmerkungen des Autors. Erweiterte Neuausgabe. © Rowohlt Verlag, 2005; S. 42: „Auf eine Weise des Joseph Freiherrn von Eichendorff“, aus: Peter Rühmkorf: Gedichte – Werke 1. Herausgegeben von Bernd Rauschenbach. © Rowohlt Verlag, 2000; S. 50: „Sachliche Romanze“, aus: Lärm im Spiegel, © Thomas Kästner und Atrium Verlag, 1929; S. 58: „wien : heldenplatz“, aus: Ernst Jandl: Poetische Werke. Hrsg. von Klaus Siblewski. © Luchterhand Literaturverlag , 1997; S. 64: „Im Sommer“, aus: Sarah Kirsch: Sämtliche Gedichte. © Deutsche Verlagsanstalt, 2013; S. 66: „Vom ertrunkenen Mädchen“, aus: Bertolt Brecht: Werke. Große kommentierte Berliner und Frankfurter Ausgabe, Band 11: Gedichte 1. © Bertolt-Brecht-Erben und Suhrkamp Verlag, 1988; S. 72: „Astern“, aus: Gottfried Benn: Statische Gedichte. © Arche Literatur Verlag, 2006; S. 82: „Wiederkehr“, aus: Johannes Bobrowski: Gesammelte Werke in sechs Bänden. Erster Band. Gedichte. © Deutsche Verlags-Anstalt/Randomhouse, 1998; S. 90: „Nur eine Rose als Stütze“, aus: Hilde Domin: Gesammelte Gedichte. © S.Fischer Verlag, 1987; S. 102: „Immer zu benennen“, aus: Johannes Bobrowski: Gesammelte Werke in sechs Bänden. Erster Band. Gedichte. © Deutsche Verlags-Anstalt/Randomhouse, 1998; S. 112: „In der Flucht“, aus: Nelly Sachs: Werke. Kommentierte Ausgabe, Bd. II – Gedichte 1951-1970. © Suhrkamp Verlag, 2011; S. 118: „Dodo“, aus: Silke Scheuermann: Skizze vom Gras. Gedichte. © Schöffling & Co, 2014; S. 120: „Zeichen“, aus: Ernst Jandl: poetische Werke in 6 Bänden. Hrsg. von Klaus Siblewski. © Luchterhand Literaturverlag, 2016; S. 128: „Frühjahr“, aus: Karl Krolow: Gesammelte Gedichte 2. Suhrkamp Verlag, 1975; S. 134: „Letzter Frühling“, aus Gottfried Benn: Sämtliche Gedichte. © Klett-Cotta, 1998; S. 140: „Gebirgsrand“, aus: Ilse Aichinger: Verschenkter Rat. © S. Fischer Verlag, 1978; S. 144: „Spielregeln“, aus: Friedrich Dürrenmatt: Philosophie und Naturwissenschaft. Essays, Gedichte und Reden. © Diogenes Verlag, 1998; S. 154: „Fadensonnen“, aus: Paul Celan: Die Gedichte. Kommentierte Gesamtausgabe in einem Band. © Suhrkamp Verlag, 2003; S. 156: „Um 1800“, aus: Heinz Piontek: Früh im September. Werke. Band 1: Die Gedichte. © Anton Hirner und Schneekluth, 1982; S. 168: „In den Autos“. © Wolf Wondratschek; S. 172: „Hier“, aus: Wilhelm Lehmann: Gesammelte Werke in acht Bänden. Band 1: Sämtliche Gedichte. © Klett-Cotta, 1982; S. 176: „Abendgedicht“, aus: Günter Kunert: Abtötungsverfahren. Gedichte. © Carl Hanser Verlag, 1980; S. 178: „Terzinen über die Liebe“, aus: Bertolt Brecht: Werke. Große kommentierte Berliner und Frankfurter Ausgabe, Band 14: Gedichte 4. © Bertolt-Brecht-Erben und Suhrkamp Verlag, 1993; S. 184: „fortschreitende räude“, aus: Ernst Jandl: Poetische Werke. Hrsg. von Klaus Siblewski. © Luchterhand Literaturverlag, 1997; S. 196: „Schön, schöner, am schönsten“, aus: Robert Gernhardt: Gesammelte Gedichte 1954-2006. © S.Fischer Verlag, 2008; S. 198: „Im Nebel“, aus: Hermann Hesse: Sämtliche Werke in 20 Bänden. Hrsg. von Volker Michels. Band 10: Die Gedichte. © Suhrkamp Verlag, 2002; S. 200: „Mandorla“, aus: Paul Celan: Die Niemandsrose. © S. Fischer Verlag, 1963; S. 202: „Ein Wort“. © Arche Literatur Verlag AG, 1948, 2006